프레너미

프레너미

심아진
장편소설

friend + enemy = frienemy

차 례

1부

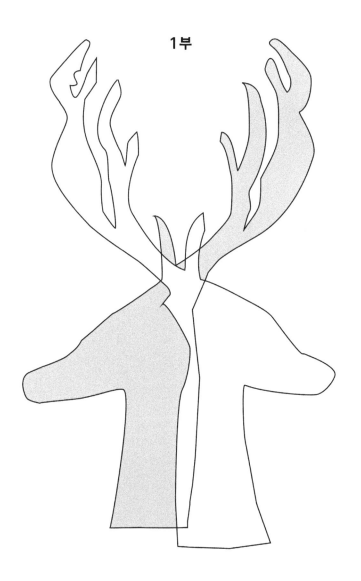

한밤의 공연

세계의 본질이 균형이라는 걸, 나는 일찍이 깨달았다. 세계가 밝고 건강하고 옳은 면으로 기운 저울 끝을 보며 울상을 지을 때마다 나는 기꺼이 반대편으로 뛰어들었다. 어둡고 아프고 그릇된 쪽에 퐁당 빠져 허우적거릴지라도 기뻤다. 나는 어느 쪽으로도 기울지 않은, 그리하여 도저하게 품위를 유지하는 세계의 추종자였으니까.

서른여섯 해 대부분을 그렇게 살았다. 나는 반대편에 속한 자답게 과도한 집중력이나 열정을 발휘하지 않았다. 창조나 미래 따위를 목청껏 외쳐 누군가의 귀청이 떨어져 나가게 하지도 않았다. 나는 고상한 자태를 견지하려는 세상을 위해 우아하게 나태했다. 그래서였다. 원래 그렇게 생겨 먹어, 나는 뚜렷한 균열의 징후를 보고도 이불을 걷고 일어서지 않았다.

몰이해의 베개에 얼굴을 파묻은 채 게으름을 부렸고 걷잡을 수 없이 벌어진 틈을 보고도 삶에 원래부터 있던 무늬겠거니 했다. 그래서 이미 일 회, 이 회, 아니 무려 백 회 공연도 마친 당근을 그날 처음 본 것처럼 대했다.

어쨌거나 당근 같은 채소가 감히 내 인생에 개입했다는 사실만은 분명했다.

그날 밤, 자다가 아내 쪽으로 몸을 돌린 나는 단단하면서도 거친 것이 손에 닿아 놀라 일어났다. 창을 통해 가로등 빛이 비쳐 들어왔으므로 실내의 사물을 분간할 수 없을 정도는 아니었다. 아내가 있어야 할 자리에, 기름하고 거대한 당근이 누워 있었다. 당근은 미용실에서 공들여 자른 듯한 줄기 부분을 베개에 괸 채 팔다리 없는 몸을 일자로 곧게 뻗고 있었다. 난 내가 있어야 할 자리에 있는 것뿐이야. 나도 알고, 너도 알지. 당근의 목소리까지 들렸으므로 나는 황급히 화장실로 달려갔다. 찬물로 세수를 하는 동안 칫솔이나 치약 등 무고한 일상을 대변하는 소품들을 살피며 내가 분명 채소밭에 누워 있지 않았다는 사실을 확인했다.

방으로 돌아와 불을 켰다. 당근은 없었다. 그러나 아내도 없었다. 나는, 내가 잠든 사이 아내가 예고 없이 어딘가로 갈 수 있다는 생각을 해본 적이 없었고 이전에 비슷한 일을 겪은 적도 없었다. 가끔 소파에서 잠들기도 한다는 사실을 떠올려

거실을 살폈으나 거기에도 없었다. 크지 않은 집 곳곳을 뒤졌다. 심지어 테이블보를 깐 2인용 식탁 아래까지 살펴보았다. 쪼그리고 앉았던 아내가 "왜? 뭐 찾아?"라고 말하며 무심히 걸어 나올 것만 같았다. 불빛에 놀라 일어난 웅이가 꼬리를 흔들며 나를 따라다녔다. 오랜 세월 시틋한 법 없이 덤덤하게 나이를 먹은 웅이는 소리를 듣지 못했다. 엄마 어디 갔니? 내 불안을 감지한 녀석이 응석을 부리는 데 익숙한 꼬리를 어쩌지 못한 채 검은 눈알을 굴렸다. 새벽 세시. 내가 잠든 후 아내가 외출했다가 돌아오지 않았다기에는 너무 늦은 시각이었고, 산책을 나섰다고 하기에는 지나치게 이른 시각이었다. 불길한 예감이 틀리지 않게, 아내는 전화를 받지 않았다.

전적으로 당근의 탓일지 모른다

그들이 내내 기다렸다는 듯, 내가 털썩 주저앉다시피 한 소파로 모여들었다. 잠옷 차림의 예나가 내 어깨를 토닥이며 말했다. 누구든 언제든 사라질 수 있는 거잖아. 예나는 아내를 만나기 전에 사귀었던 몇몇 여자 중 한 사람이었다. 느닷없이 예나를 다시 보았을 때는 놀랐지만 점차 아무렇지 않았다. 그래도 아내가 사라진 밤에 그녀가 내 옆에 착 붙어 있는 건 어색했다. 더군다나 살이 살짝 비치기도 하는 원피스 잠옷이라니…… 나는 이런 순간에도 생기를 뿜어내는 아랫도리를 어쩌지 못한 채 예나를 곁눈질했다. 대충 틀어 올린 듯한 머리모양과 도도록한 가슴이 묘하게 잘 어울렸다. 나는 억지로 시선을 다른 데로 돌렸다. 아내가 없어진 상황과 옛 애인의 고혹적인 자태 사이에는, 한갓 인간에 불과한 나로서는 감당하기 힘든 부끄러움이 있었다.

　턱수염 외국인 파넬이 자기를 잊지 말라는 듯 흠흠, 목을 가다듬었다. 그러나 나는 그가 "아내가 나갔어?"라고 반문하며 놀란 척, 안쓰러운 척이나 할 걸 뻔히 알았기에 아무것도 묻지 않았다. 비슷하게 메꿎은 태도를 보일 정체불명의 꼬마에게도 물어보지 않았다. 나는 내가 도움을 청할 때마다, 어쩌면 도움이 가장 절실한 순간일수록 그들이 모르쇠로 일관한다는 사실을 잊지 않고 있었다.

　돌아가신 지 오래된 어머니가 변명하는 투로 말했다. 나는 몰랐다. 내가 네 아내만 지켜보고 있을 수는 없잖니. 무언가를 알고 있다면 아는 대로 얘기해줄 사람은 어머니밖에 없었다. 문제는 어머니가 아무것도 제대로 모른다는 점이었다. 시어머니가 며느리만 지켜보고 있을 수 없다는 말도 일견 타당했거니와 아내가 보이지도 않는 시어머니에게 인사를 하고 나갔을 리도 만무했다.

　예나와 파넬과 꼬마와 어머니. 사실 그들 모두 나를 돕지 않는 게 그들의 유일한 책무요 도리라 여기는 게 분명했다. 그런데도 그들은 꾸역꾸역 내 근처로 모여들어 걱정 비슷한 걸 하는 시늉을 했다. 새벽 세시에 딱 맞는 놀이를 생각해낸 꼬마가 소파 위에서 뛰기 시작했다. 예나가 꼬마의 발목을 잡아채 넘어뜨리려 했지만, 녀석은 좀체 걸려들지 않았다.

나는 곰곰 생각했다. 간밤에 아내와 시시한 일로 말다툼을 했다. 지나고 보니 그 일은 절대로 시시하지 않았지만, 어쨌거나 그때는 그렇게 생각했다. 당근 때문이었다.

나는 당근을 먹지 않았다. 누군가가 콩이나 닭고기를 먹지 않는 것과 같은 이유였다. 무조건 싫었다. 싫어하는 음식을 놓고 식감이니 향이니 온갖 것을 갖다 붙여봐야 별무소용이다. 나는 당근이 들어간 김밥을 먹지 않았고 당근을 잘게 다져 넣은 계란찜이나 버섯전에도 손을 대지 않았다. 우연히 내 앞에 놓인 당근 케이크는, 쓰레기통에 들어가기 위해 굳이 밀가루, 우유, 버터 등을 뒤집어쓴 경솔한 당근에 지나지 않았다. 신혼 초에 아내가 고기완자에 갈아 넣은 채소가 당근이 아니라 주황색 피망이라고 우긴 적이 있지만, 나는 믿지 않았다. 시각, 후각, 미각 등을 동원하지 않더라도 내게는 당근을 알아보는 다른 차원의 감각이 있었다.

돌이켜보니, 전날 저녁의 아내는 분명 무언가 작정한 듯했다. 그렇게 당근을 싫어하는 내 앞에 버젓이 당근을 내놓았기 때문이다. 당근의 속을 칼로 도려내고 그 안에 버섯과 고기를 갈아 넣어 쪘다는 요리는 이전에 본 적도, 들은 적도 없는 것이었다. 시퉁스레 접시에 앉은 당근은 세상 우둔한 것들을 욱여넣은 아귀처럼 보였다. 그때 내 곁에 바짝 붙어 있던 어머니가 입맛을 다셨으므로 나는 더 화를 냈다.

노망났어? 안 먹을 걸 알면서 왜 만들었어?

어머니도 함께 들었으면 하는 바람에 어울리지도 않는 거친 단어를 사용했다. 아내는 태연했다. 내 말을 의도적으로 무시하겠다는 듯 당근 한 토막을 자신의 접시로 가져가더니 먹기 시작했다. 나는 아내의 기분이 좋지 않다는 사실을 눈치챘지만 그럴 만한 이유가 떠오르지 않았다.

내가 이제까지 단 한 번이라도 당근 먹는 걸 봤냐고!

그러나 아내는 나 따위 안중에도 없는 듯 저작 활동에만 열중해 있었다. 나는 약간 절박해져서 언성을 높였다.

말 좀 해봐. 이걸 왜 내놓은 거야?

아내가 두번째 조각에 포크를 찔러 넣고는 접시를 내려다보며 말했다. 내가 아니라 당근을, 오직 당근만을 상대하겠다는 듯한 태도였다.

안 먹을 걸 알면서 왜 만들었냐는 말이지?

나는 화를 내면서도 머릿속으로 재빨리 아내의 생리 날짜를 짚어보았다. 하지만 아직 생리전증후군이 있을 시기가 아니었다. 내가 이해하거나 아량을 베풀 수도 있을 이유 중, 비중 있는 부분이 사라졌다. 나는 사그랑주머니처럼 후줄근해진 자신감을 억지로 일으켜 세웠다. 결혼 생활 초반 이후, 아내는 내가 당근을 먹지 않는 데 대해 더는 토를 달지 않았다. 당근을 피망이라고 우기다가 실패한 이후로 음식에 그것을 넣으려는 어떤 시도도 하지 않았다. 그런데 느닷없이 왜?

도대체 이유가 뭐야? 왜 이러냐고?

다른 음식도 있잖아. 당근찜 먹으라는 말 안 했어.

아내가, 찜이라고 언급한 그 음식을 한 토막 더 제 그릇에 옮기며 말했다. 물론 식탁에는 갈치구이도 있었고, 미역국도 있었다. 하지만 다른 반찬은 당근찜이 가하는 위협에 대한 허술한 핑곗거리에 불과해 보였다. 습한 창고에서 한두 마리 발견할 뿐이던 쥐며느리를 어느 순간 대여섯 마리 한꺼번에 본 듯한 느낌이었다. 스멀스멀, 간질간질, 아찔아찔…… 하지만 나는 단지 느낌일 뿐이라 여기며, 잔뜩 찌푸린 고민이라는 얼굴에 보자기를 덮어놓았다. 잠시만이라도 외면하고 싶었다. 예나를 비롯해 꼬마와 어머니, 파넬이라는 아일랜드 남자까지 내가 신경 써야 할 것들이 도처에 널려 있었다.

새벽 세시, 아내가 보이지 않는 상황은 온 집이 수천수만 마리의 쥐며느리로 덮였음을 의미했다. 고민이 제 얼굴을 가렸던 보자기를 신경질적으로 걷어내며 내 앞에 우뚝 섰다. 아내를 찾아야 했다.

아내는 계속 전화를 받지 않았다. 그녀가 일하는 반려견 매장에 전화를 넣었다. 매장의 휴무일과 영업시간을 알리는 자동 안내 음성만이 낭랑하게 울렸다. 사실 집을 나간 아내가 한밤중이랄 수도 새벽이랄 수도 없는 애매한 때에 직장으로 갔을 리 없었다. 아내는 동물들에게 응급치료를 할 일이 생기기도 하는 수의사가 아니라 체계적인 예약제로 개들의 털을 깎거나 목욕을 시키는 미용사였다. 그 시각에 아내와 어울릴 만한 사람이나 아내가 갈 만한 곳이 떠오르지 않았다. 걱정하거나 이상하게 여길 게 분명한, 아내의 친정 식구들에게 물어볼 수도 없었다.

동네를 한 바퀴 돌았다. 꼬마가 바지 주머니에 손을 찌른 채 내 옆에서 함께 걸었다. 녀석이 끝없이 돌멩이를 차대며 무언가를 중얼거렸는데, 마른나무에 물 내기, 어쩌고 하는 소리도 들렸다. 꼬마는 추워 보였지만, 나는 그런지 어떤지를 물어보지 않았다. 우리는 친하지 않았다.

동이 틀 듯한 기미가 보이지 않았다. 신문이나 우유 배달을 하는 자전거도 보이지 않았고, 쓰레기통을 질질 끄는 청소차 소리도 들리지 않았다. 한낮의 소란과는 아직 말도 섞고 싶지 않다는 듯 몸을 사린 냉랭한 어둠에 질려 집으로 돌아왔다.

수시로 아내에게 전화를 넣었다. 수십 통, 아니 못해도 백여 통은 넘었을 것이다. 걱정이 되었다가 화가 났다가, 경찰에 신고를 하려다가 말았다가, 앉았다가 일어섰다가…… 머리가 아프고 어지러워 침대에 누웠다. 어머니가 옆에 앉아 내 이마를 짚어주었다. 그 손길을 피하려고 모로 눕다가 당근이 누워 있던, 아니 누워 있다고 착각했던 자리에 눈이 갔다. 아내가 잠을 잔 흔적은 보이지 않았다.

나른했다. 몸이 침대 아래, 방바닥 아래, 그보다 더 깊은 지면 아래로 스르르 빨려 들어가는 것 같았다. 하얗고 가는 손들이 기갈난 듯 다급하게 나를 끌어내렸다. 피근피근한 침묵 가운데 점점 깊이, 더 옥죄이며…… 문득 내 팔이며 다리가 한군데로 모이는가 싶더니 몸이 하나로 붙었다. 눈이며 입, 코 등이 이마, 뺨, 턱으로 녹아 들어갔다. 둥그스름하고 기름한 원뿔형의 채소. 나는 어느새 당근이 되어가고 있었다. 비명을 지르고 싶어도 목소리가 나오지 않았다. 가느다란 뿌리로 변해가는 손발을 되찾기 위해, 당근으로 변하지 않기 위해 몸을 일으키고 싶었으나 꼼짝도 할 수 없었다. 안 돼. 안 돼……

또라랑! 혹시나 싶어 소리를 최대로 키워둔 휴대폰이 메시지 수신음을 울리지 않았더라면, 한참을 더 악몽에 시달려야 했을 것이다. '헤어져. 저녁에 집에서 얘기하자.' 아내가 보낸 메시지였다. 나는 남아 있는 당근의 잔해를 떨쳐내기 위해 세차게 고개를 흔들었다. 헤어져? 헤어지자고? 나는 초조할 때 늘 그러듯 눈썹을 쥐어뜯으며 아내에게 전화했으나 전원이 꺼져 있다는 안내 음성만 들렸다. 이가 없어야 마땅할 당근이 이를 드러내며 웃는 것 같았다. 전적으로 당근의 탓일지도 모른다는 생각이 들었다.

얼간이, 최악의 못난이

사장은 안경원에 늦게 출근한 내게 할 말이 많다는 얼굴이었다. 나는 오늘 새벽에 황당한 일을 겪었단 말입니다! 내 기분이 얼마나 헷갈스러운지 아십니까? 그렇게 말하고 싶었으나 당연하게도 그럴 수 없었다. 나는 안경원의 사장이 아니라 직원이었으므로 안경 너머로 물끄러미 바라보는 사장의 시선에, 미안하다는 표정 외 다른 표정으로 응대해서는 안 된다는 사실을 모르지 않았다. 사장을 제외하고 나이가 가장 많은 나의 입지는 좁았다. 내가 내 안경원을 열지 못한 게 사장의 탓은 아니었으므로, 나는 시르죽은 채 사과의 말을 읊조렸다.

죄송합니다. 아내가 아파서 좀 늦었습니다.

나는 호기롭게 사표를 던지거나 안경원에서 잘리는 게 어떤 결과를 초래하는지 이미 알고 있었다. 사장의 안경원에는 네 명의 직원이 있었는데, 네 명이 세 명으로 준다고 해서 매출이 크게 달라지지 않을 상태에 있었다. 상황이 좋지 않은 건 전적으로 입점 위치 때문이었다. 안경원은, 부모가 돈 쓰는 걸 아끼지 않을 아이들 혹은 안경이 절대적으로 필요한 노인들이 많이 사는 동네에 있지 않았다. 젊은이들이 붐비는 유흥가에, 그것도 가겟세가 가장 비싼 일층에 자리 잡고 있었다. 비용이 저렴해진 라식이나 라섹 수술 등을 선호하는 젊은이들은 멋내기용으로나 안경을 찾을 뿐이었다. 가끔 렌즈를 찾는 이들조차 안경사의 도움보다 인터넷에 떠도는 이런저런 정보를 더 신뢰했으므로 매장을 쓱 둘러본 후 나가버리기 일쑤였다. 매출 감소는 명백히 소비자층과 시장 상태를 제대로 분석하지 않은 사장 탓이었다. 하지만 나는 사장의 잘못된 선택도 또 고뇌도 마냥 외면할 수 없는 그의 직원이었다.

최 실장, 북한의 방사포 사격 기사 봤어요?

사장이 내게 시선을 고정한 채 북한 기사를 들먹이는 건, 자신이 직원의 아내가 아픈 데까지 신경 쓸 이유가 없다고 못 박기 위해서였다. 타당했다. 나와 헤어지고 싶다고 한 건 내 아내이지 사장의 아내가 아니니까. 사장은 쟁점이 되는 사건, 특히 북한 이슈를 놓고 대화하기 좋아했다. 나는 아침마다 그날의 뉴스를 죄다 훑곤 하는 부류가 아니었으나 대답을 기다리는 사장에게 최소한의 성의라도 보여야 했다.

예. 기사 봤습니다.

그걸 일본이 탄도미사일이라며, 북한이 국제사회에 심각한 도전을 했다고 비난했답니다.

네에……

네, 라니 그게 다예요?

나는 아차, 싶었다. 내 지각 때문에 기분이 좋지 않은 사장이 원한 건 무성의한 짧은 대답이 아닐 터였다. 사장은 평소 안경원 매상 못잖게 눈 밝게 세상을 보는 것도 중요하다고 강조하곤 했다. 안경을 팔지 못하는 직원을 마냥 놀리기보다 말상대로라도 써야 손익계산이 맞는다고 여겨서 하는 말이지 싶었다. 아내가 집을 나갔단 말입니다! 헤어지자고 했단 말입니다! 나는 그렇게 말하고 한바탕 눈물이라도 쏟고 싶은 기분을 가까스로 눌렀다.

참, 예전에 북한이 아베한테 쏟아부은 욕 기억해요?

쭈뼛거리는 내게 다시 기회를 주겠다는 듯, 그러나 나를 괴롭히지 않을 작정은 아니라는 듯 사장이 안경테를 올리며 물었다. 나는 가슴과 머리에서 각각 다른 말이 울리는 통에 도무지 입을 열 수가 없었다.

그거 기억하죠. 진짜 통쾌했지요.

뜻밖에 오 대리가 나섰다. 직원 중 그나마 가깝게 지내는 그가 우거지상이었을 내 표정을 더는 외면할 수 없었던 모양이다.

얼간이라고 했잖아요. 아베가 방사포와 탄도미사일도 구분

할 줄 모르는 얼간이라고.

사장이 원한 게 정확히 그 말인 모양이었다. 웃음을 터뜨리며 오 대리의 말을 받았다.

맞아요. 최악의 못난이라고도 했지요. 북한 표현 참 재미있어요.

사장이 얼간이, 최악의 못난이라 칭하고 싶은 건 나였을 것이다. 나는 어쨌거나 오 대리의 성의를 봐서라도 힘을 내야 했다. 의견을 피력하고 싶을 사장에게 마지못해 질문을 던졌다.

미국이 수위를 높이는 것 같던데, 앞으로 어찌 될까요?

제재가 거세져도 북한은 절대로 핵을 포기하진 않을 겁니다. 트럼프 때 속았다고 여길 텐데 바이든 때 또 속을 수는 없다고 생각하겠죠. 김정은이 열받으면 통일은 또 저만치 멀어져버릴 겁니다.

사장이, 저만치 멀어질 게 자신의 사랑이라도 되리라는 듯 아쉬운 표정으로 말했다. 사실 그런 표정은 내가 지어야 했다. 느닷없이 헤어지자고 말한 아내와 아직 통화도 하지 못한 나로서는 내 결혼 생활에 아무런 영향을 끼치지 못할 대북 정세에 마음 쓸 입장이 아니었다. 내 가정이 파탄 날지 모르는 마당에 도대체 다른 어떤 파탄에 신경을 쓴단 말인가. 그러나 사장은 개인의 행복이 세상의 행복과 연루되어 있다고 강조하기를 좋아했으며 자신의 그런 견해를 남들이 높이 사주기를 바라는 사람이었다. 게다가 그는 '징조' 운운하기를 즐겼다.

예전에 김정은이 문 대통령에게 선물한 풍산개 새끼 중 한 마리가 사람을 물었다지요. 그게 이미 좋지 않은 징조였어요. 정말 좋지 않았어요.

북에서 남으로 온 곰이와 송강이, 또 그 새끼들에 대해서라면 잘 알았다. 아내가 몹시 관심을 가졌기 때문이다. 아내는 햇님이가 김정은처럼 포악하다는 인상을 주려는 듯한 기사 제목을 마뜩잖아했다. 햇님이가 이유도 없이 사람을 문 게 아니야. 동네 개와 싸움이 붙은 와중에 말리는 주인을 우발적으로 물었을 뿐이지. 아내는 자기가 햇님이라도 되는 양 억울해하며 언젠가 마당 있는 집을 갖게 되면 꼭 풍산개를 키우고 싶다고 했다. 그 마당 있는 집에 풍산개는 있고 나는 없었던 걸까? 나는 울적한 마음으로 간신히 답했다.

예, 그 기사 기억납니다. 녀석 이름이 햇님이라지요.

아, 맞아요, 햇님이. 그리 예쁜 녀석이 사고를 치다니…… 큰일입니다, 큰일.

큰일이라면 햇님이가 아니라 사장에게 닥친 게 분명했다. 소위 대북주에만 올인한 사장은 증시 호황 때도 아무런 재미를 보지 못하다가 최근 얼어붙은 정세와 경기 침체로 영영 회복 불가능한 상태에 있었으니까. 하지만 나야말로 회복 불가능한 상태에 처했을지 몰랐다. 새벽에 아내는 대단한 선심을 쓰기라도 한 양, '헤어져. 저녁에 집에서 얘기하자'라는 짧은 메시지를 끝으로 어떤 문자도 보내지 않았고 전화도 받지 않왔다. 덕분에 경찰에 신고하려던 생각은 접었지만, 나는 당장이라도 안경 매대를 박차고 뛰어나가 아내에게 가고 싶었다.

기호든 취향이든 억지든

때마침 손님으로 보이는 남자가 들어오지 않았더라면, 나는 내 기분 따위를 배려하지 않는 사장에게 한참 더 시달렸을 것이다. 남자는 나와 잘 아는 사이라는 듯, 그러니까 나 말고 다른 안경사는 상대하고 싶지 않다는 듯 곧장 내게로 걸어왔다. 나와 비슷한 연배로 보이는, 마른 나뭇가지를 연상시키는 왜소한 체구의 남자였다.

시력 검사를 하고 싶습니다.

서류 먼저 작성해주시면 안내해드릴게요.

남자를 검안실로 데려갔다. 그를 노란 대기선에 세운 후 검안표를 가리켰다. 여태 안경을 쓰지 않고 살아온 남자는 두 눈 모두 0.6선에서 걸렸다. 사실 안경을 쓸 수도, 쓰지 않을 수도 있는 애매한 시력이었다. 난시가 있다면 쓰는 쪽이 나았다. 그는 팔을 구로 읽었고 육을 오로 읽었다. 남자가 고개를 갸웃거리더니 내게 물었다.

저, 이쪽저쪽으로 뚫린 동그라미로 검사를 하고 싶은데요.

란돌트 고리를 말하는 모양이었다. 사장이 얼마 전 검안표를 새것으로 교체하려 했을 때, 나는 기왕이면 고리와 사물 모양도 모두 들어간 표로 바꾸자고 제안한 바 있었다. 하지만 사장은 이것저것 다 들어 있는 검안표가 촌스러워 보인다는 이유로 내 말을 듣지 않았다.

시력표에 무엇이 있느냐는 어차피 상관없습니다. 이 선에서 숫자가 제대로 보이지 않으면 다른 어떤 것도 잘 보이지 않습니다.

내가 친절히 설명했지만 남자는 세차게 고개를 흔들었다. 그가, 들고 있던 눈가리개를 내려다보며 혼잣말하듯 중얼거렸다.

동그라미라면 제대로 볼 수 있을 것 같습니다.

나는 쭈뼛거리면서도 완강한 데가 있는 그가 마음에 들지 않았다. 안경원에 오는 손님 중, 가끔 끝없이 검사를 하겠다고 떼를 쓰거나 안경테를 수도 없이 껴본 후 마음에 드는 게 없다며 그냥 나가는 진상들이 있었다. 물론 그들 모두를 모아도, 다 만들어진 안경을 두고 시력이 안 맞는다며 트집을 잡는 사람을 능가할 수는 없었다. 검안표를 두고 딴지를 거는 사람은 처음이었다. 살살 달래보기로 마음먹었다.

요즘은 첨단 기계로 보다 정밀하게 검사할 수 있습니다. 검안표로는 대강만 알면 됩니다. 이쪽으로 오시죠.

아닙니다. 그러고 싶지 않습니다.

남자는 요지부동이었다. 사장이 "손님이 세상을 잘 보도록 도와주는 안경이니만큼, 책임감을 가지고 팔아야 합니다. 인내심을 좀 가져요!"라고 호통치며 금방이라도 검안실 문을 열 것 같았다. 하지만 남자는 사장의 매출에도 내 인센티브에도 도움을 줄 성싶지 않았다. 기본적인 태도만 유지하자는 생각이 들었다. 나는 지침대로 인공지능 검사에 대해 설명하기 시작했다.

VCS 검사는 거리감 측정, 색감 테스트, 커버 테스트, 폭주 근점 테스트, 조절 근점 테스트를 포함하고 눈의 망막 이상 여부까지 알려줍니다. 두 눈을 균등하게 사용하고 있는지, 오른눈과 왼눈 중 어느 쪽을 더 많이 사용하는지 세밀하게 보여주기도 하고요.

돌연 남자가 관심을 보였다.

오른쪽 눈, 왼쪽 눈 중 더 많이 사용하는 눈이라는 게 있나요?

네, 당연히 있습니다. 우리가 양발을 똑같이 사용하는 것 같지만 실제로 오른발이나 왼발을 조금 더 사용하거나 덜 사용하는 것처럼요. 구두 굽이 항상 한쪽만 더 닳는 거 보신 적 없으세요?

아…… 그러나 발과 눈은 다르지 않습니까? 책을 읽을 때도, 버스 번호판을 볼 때도 양쪽 눈이 다 있는데 한쪽 눈을 더 쓰거나 덜 쓴다는 게 말이 됩니까?

무엇이든 꼬치꼬치 따지는 손님들이 있기 마련이다. 그들은 전문가인 내가 그렇다고 해도 억보소리나 늘어놓으며 도무지 제 주장을 굽히지 않는다. 양안 시력이 비슷한 남자에게 더 많이 사용하는 눈 같은 게 있을 가능성은 희박했지만 나는 검사를 유도했다.

정말 그런지 한번 보시겠습니까?

남자가 거의 넘어왔다고 확신하며 검안기기를 가리켰다. 하지만 그가 돌연 더 단호하게 말했다.

저는 꼭 그 동그라미들로 검사를 하고 싶습니다.

나는 동그라미가 아니라 란돌트 고리라고 정정해주려다 그만두었다. 동그라미든 란돌트든, 남자에게 이름 따위가 중요할 성싶지 않았다. 나는 굳이 좌나 우, 위나 아래가 끊어져 있는 고리로 시력 검사를 하겠다는 이상한 남자를 하릴없이 바라보았다. 잠을 제대로 자지 못해서인지 어깨며 등이 내려앉는 것 같았다. 가뜩이나 힘이 들어 죽을 지경인 나를, 이 사람은 왜 더 힘들게 하려는 걸까? 사장을 용케 피했다고 생각했는데 사장보다 더 버거운 손님이라니! 남자가 내 생각을 읽기라도 한 듯, 나를 괴롭힐 의도가 전혀 없는데 억울하다는 듯 고개를 툭 떨구었다. 바닥에 그어진 노란 선을 향해 구부린 남자의 키가 아까보다 더 작아 보였다. 조금 과장하자면, 내 키의 반이라 해도 무리가 없을 것 같았다. 남자는 놓쳐서는 안 될 무기인 양 눈가리개를 꼭 쥔 채 바닥을 내려다보고 있었다.

언제 왔는지 꼬마가 나타나 내 팔꿈치를 툭 쳤다. 견지망월(見指忘月), 손가락 말고 달을 봐야지. 아무 때고 나타나 아무 말이나 던지는 꼬마에게는 이골이 나 있었다. 나는 꼬마를 밀쳐낸 후 복도로 나가 벽에 걸려 있는 한천석 시력표를 떼어 냈다. 아주 오래전에 쓰던 것으로 요즘은 사용하지 않는, 사실 그래서 유리 액자에 끼워 장식용으로 걸어놓은 검안표였다. 사장이 고개를 빼고 내 쪽을 쳐다보는 걸 알았지만 못 본 척하고 문을 닫았다. 나중에 그가 물어보면 당당하게 '최선을 다했다'고 말할 심산이었다.

남자는 숫자와 글자, 란돌트 고리, 그림 등이 모두 들어 있는 시력표를 보고 기뻐하는 눈치였다. 액자에 들어가 있는 검안표가 제대로 된 표가 아니라는 데에 개의치 않았다. 나는 1.0선부터 가리켰다. 남자가 원하는 대로 고리만을 짚었다. 그는 사거리에서 수신호로 상황을 정리하는 교통경찰처럼 오른팔을 이쪽저쪽으로 뻗었다 내렸다 했다. 꼬마가 남자의 동작을 따라 하며 까불었는데 그걸 알 리 없는 남자는 만족한 미소만을 띠었다. 그러나 또다시 0.6선에 걸리자, 남자의 표정이 한겨울의 젖은 빨래처럼 뻣뻣하게 얼었다. 남자가 팔을 어설프게 든 채 가만히 검안표를 노려보았다.

어느 부분이 끊겨 있는지 보이지 않습니다.

남자의 목소리가, 고리의 끊긴 부분이 자신의 유일한 탈출구라도 되는 듯 비장했다. 내가 그의 절실한 마음을 헤아려주리라, 자신의 낙담에 어떤 해결책을 주리라 믿기라도 한 걸까. 나를 바라보는 얼굴이 어이없으리만치 비통하고 간절했다.

시력이 좌우 모두 0.6이십니다. 교정 안경을 써보시겠습니까?

나는 그가 안경을 맞추지 않으리라 짐작하면서도 공손히 물었다. 남자는 안경원에 들어서면서 다른 사람들처럼 안경이나 렌즈를 맞추고 싶다고 말하지 않았다. "시력 검사를 하고 싶습니다." 분명 그렇게 말했다는 사실이 뒤늦게 떠올랐다. 예상대로 남자는 안경 쓰기를 거부했다.

남자는 내가 검사비 명목으로 요구한 팔천 원을 순순히 내고 나갔다. 팔천 원은 안경을 맞추는 손님에게는, 혹은 그날 당장 맞추지 않더라도 훗날 다시 안경원을 찾을 가능성이 있는 손님에게는 받지 않는 돈이었다. 사장이 내게 해명을 요구했다. 직원이 비록 매상을 올리지는 못했더라도 자신의 무료함을 달래줄 의무는 있다고 여기는 당당한 얼굴이었다.

도대체 저 손님 뭐야?

나는 준비한 대로, 최선을 다한 과정에 대해 장황하게 설명했다. 안경을 반드시 써야 한다고 강권할 수 없는 시력이었다는 데에 사장은 동의하지 않았다. 나는 그가 VCS 검사를 한사코 거부했으며, 애초에 안경 맞출 의사가 없어 보였다고 덧붙였다.

석 달쯤 후에 다시 오라고 했습니다. 그사이 새 검안표가 준비되면 안경을 맞추려 할지도 모르죠.

사장은 시력 검사만 하러 온, 어쩌면 다시 오지 않을지도 모를 사람을 위해 검안표를 새로 살 의향이 없는 게 분명했다.

거, 아침부터 이상한 작자가 들어와서는!

아직 손님 한 명 받지 못한 김 실장과 오 실장이 심드렁하게 말을 주고받았다.

기호죠, 기호. 구식이건 뭐건, 죽어도 그것만 해야 하는 거.

취향 저격인가, 그런 말도 있잖아요.

사장이 짜증스럽게 말했다.

그냥 억지지, 억지.

오랜만에 나는 사장의 말에 동의를 표하고 싶었다. 남자도 사장도 집을 나간 아내도, 다들 내게 억지를 부리고 있었다. 아까부터 사장을 따라다니며 혀를 날름거리던 꼬마가 대신 고개를 끄덕였다. 녀석이 고개를 오른쪽으로 더 숙여 흔드는 버릇이 있다는 걸 처음 알았다.

모두가 알고 있다

아내가 저녁에 보자고 했지만 잠시라도 통화를 하고 싶었다. 반려견 매장에 전화를 걸었다. 아내의 동료가 "윤서, 오늘 휴무인데 모르셨어요?"라며 반문했다. 누군가의 치부를 알아낸 후 인정하기는 싫어도 어쩔 수 없이 샘솟는 기쁨을 주체하지 못하는 듯한 목소리였다. 전화 건 게 후회되었다.

나는 사장의 고리눈을 묵묵히 감수하며 평소보다 이른 퇴근을 했다. 내내 생각했다. 최근 아내에게 실수를 했거나 소홀히 대한 일이 있었던가? 실수도 했고, 따지고 보면 소홀히 대한 적도 있었다. 그러나 아침에 밥 먹고 점심에 또 밥을 먹는 것과 마찬가지로, 즉 이유 없이 점심을 건너뛰거나 호텔에서 거하게 뷔페 음식을 먹지 않는 것과 비슷하게 일상적이었을 뿐이다. 누구나 실수를 하고 사소한 잘못을 저지르지 않는

가. 아내의 돌출 행동을 이해할 수 없었다. 집으로 가는 길 내
내 어깨를 펴지 못하고 걸었다. 누군가가 거대한 멍키스패너
로 세모근께를 단단히 조이는 듯했다.

새 도로명으로 회나무로지만 경리단길로 더 잘 알려진 동
네가, 낮 동안 갈무리해두었을 활기를 드러내며 저녁을 열고
있었다. 봄도 가을도 없어졌다고들 하지만, 가을은 또 가을이
었다. 나는 적선하듯 잠시 물들었다가 이내 가지에서 떨어져
버린 나뭇잎들을 밟으며 걸었다. 낙엽들을 짓이기는 기분이
들 때마다 자학적인 쾌감이 일었다. 내가 짓밟히는 낙엽이면
딱 좋겠다는 생각이 들었다.

청년 사업가 장진우가 등장했다가 사라진 이래 동네는 근
거 없이 오르락내리락하는 분위기였다. 언젠가 아내가 "덕분
에 동네가 유명해지긴 했지만, 예전부터 장사하던 분들이 치
솟은 세를 감당하지 못해 쫓겨났다"며 안타까워했던 게 떠올
랐다. 아내의 말에 내가 뭐라고 했던가? "젠트리피케이션이
지 뭐. 선한 의도가 꼭 선한 결과를 가져오는 건 아니잖아"라
는 성실한 답변을 했을 수도 있지만, 그저 건성으로 "다 오르
는 임대료, 시세대로 올랐을 뿐이지, 뭐"라고 했을 수도 있
다. 아무런 대꾸를 하지 않았을 가능성이 가장 컸다. 반복된
일상, 되풀이되는 대화가 자주 주의력을 흩트렸다. 꼬마가 일
조한 면도 있었다. 예상치 못한 곳, 그야말로 아무 데나 불쑥
불쑥 나타나 뒤까불곤 하는 꼬마 때문에 신경이 분산되곤 했

다. 그러고 보니 안경원에 나타난 꼬마가 언제 사라졌는지 기억나지 않았다.

장진우길 중간 즈음에 있는 슈퍼마켓에 다다랐을 때였다. 간이 테이블에 술상을 차리고 앉았던 슈퍼 주인이 알은체를 했다.

일찍 퇴근하시네요.

주인은 수염이 더부룩한 초로의 남자, 그리고 장화를 신은 젊은이와 함께였다. 짧은 순간이었는데도 흰 털이 희끗거리는 수염과 파란 장화가 눈에 확 꽂혔다.

네.

가볍게 목례를 하고 지나치려는데 주인이 불러세웠다.

와서 한잔하고 가실래요?

나는 좀 놀랐다. 평소 슈퍼마켓에서 물건을 사고 계산을 하면서 가볍게 인사를 나눈 적은 있어도, 그와 내가 술잔을 주고받을 사이는 결코 아니었다.

오늘 간판을 바꿨거든요.

주인이 한잔하라고 한 게, 그럴 만한 이유가 있다고 말하려는 듯 간판을 가리켰다. 그러고 보니, 볼 때마다 개화기 영화에 나오는 소품처럼 색이 바랬던 간판이 새 걸로 교체되어 있었다. 노란 바탕에 '이원슈퍼'라고 쓰인 검은 글씨가 선명했다.

네, 그렇군요. 보기 좋습니다.

경박한 취향을 여실히 드러내는 새 간판이 보기 좋지 않았으나 그렇게 말했다. 주인이 갑자기 가게 안으로 손을 뻗나 싶더니 갈색 병 하나를 꺼내 내게 내밀었다. 비타민 음료였다.

이거 하나 드시고 가세요. 다들 힘들지 않습니까.

나는 얼결에 작은 병을 받아들고, 얼결에 고맙다는 인사를 했다. 인사를 하는 사이 남자가 주절거렸다.

사는 게 그래요. 멀쩡해 보여도 멀쩡한 게 아니지요.

나는 그가 아리송한 말을 던진다는 사실에, 또 평소와 달리 지나치게 친한 척을 한다는 사실에 기분이 묘했으나 예의 바르게 맞장구쳤다.

예, 다들 어렵지요. 잘 마시겠습니다.

나는 자리를 빨리 뜨고 싶어 병을 단번에 비웠다. 새콤하고 달콤한 게, 마시고 보니 오늘처럼 피로한 날 내게 딱 필요했다는 생각이 들었다.

장사한 지 십삼 년째인데, 처음으로 칠을 다시 했다니까요.

그러셨군요.

나는 바랜 간판이 오히려 멋스러운 면도 있었다고 하려다 그만두었다. 두 마디, 세 마디 보태면, 주인이 억지로 자리에 앉혀 술을 권하기라도 할 듯해서였다. 나는 빨리 집으로 돌아가 아내를 만나야 했다. 가볍게 고개를 숙이고는 서둘러 발걸음을 옮겼다.

아닌 거 붙잡고 끙끙거리는 거 그만둬야지, 안 그래?

가게를 거의 지나쳤나 싶은데 외침과도 같은 주인의 소리가 들렸다. 이어 일행의 웃음소리가 크게 퍼졌다. 나는 흠칫 놀라 뒤를 돌아보았다. 더부룩한 수염이 킬킬거리며 침을 튕겼고 파란 장화가 배를 잡고 웃었다. 나를 향해 한 말일 리 없는데도, 어쩐지 나를 겨냥했다는 느낌을 떨칠 수 없었다. 그러나 그저 느낌일 뿐일 수도…… 나는 쫓기는 사람처럼 급히 걸었다.

이십여 미터를 채 가지 않아 골목 어귀를 돌아 나오는 앞집 할머니를 만났다. 단정하게 염색을 하고 화장도 곱게 해, 늙었어도 가꿀 건 가꾼다는 듯한 인상을 주는 사람이었다. 빨간 립스틱을 바르고 다니는 노인을 볼 때마다 아내가 말하곤 했다. 나이 들어도 자기 관리하는 거, 참 보기 좋아. 하지만 나는 그런 모습이 과히 마음에 들지 않았다. 게다가 할머니가 아내를 볼 때마다 '애기 엄마'라 부르는 게 영 탐탁지 않았다. 아내와 나 사이에는 아이가 없었다. 물론 원해서 아이를 갖지 않았으니 상처가 되지는 않았지만, 틀린 호칭을 버젓이 쓰는 게 못마땅했다. 할머니가 손에 든 지갑을 부채처럼 부치며 내게 다가왔다. 그냥 지나치고 싶은 마음 간절했으나 이미 거리가 너무 가까웠다. 가볍게 눈인사만 할까 어쩔까 궁싯거리고 있는데 할머니가 하지도 않은 내 질문에 답을 했다.

으응, 두부 사러 가는 길이라오. 그리고 나는 안녕해.

언제나처럼 이유 없이 싫은 노인네라는 생각이 들었다. 그 저 인사를 건넸을 뿐인데도 좋은 의도로 보이지 않았다. 내가 묵묵히 고개를 숙인 후 지나가려는데 할머니가 한마디를 더 얹었다.

참, 내일 마을버스 파업하는 거 알아요?

할머니가 얼굴 주름 몇 가닥의 방향을 눈에 띄게 바꾸며 물었다. 나는 마을버스를 잘 타지 않는데다 관심 기울일 여유도 없었다. 어떻게든 대답을 해야 한다는 사실에 짜증만 났다.

몰랐습니다.

큰 버스들만 하는가 했더니, 이제 마을버스들도 나섰다는군.

예에······

하루 열여섯 시간 이상 운전을 하니 얼마나 고단하겠어. 당연히 데모해야지. 암, 해야 하고말고.

어리찡찡한 마음으로 간신히 고개만 끄덕였다. 나는 지금 내 처지가, 헤어지자는 아내를 만나러 가는 내 처지가, 부당한 노동 환경에 항거해 파업을 단행하는 버스회사 노조원들만큼이나 절박하다는 사실을 노인이 알아줬으면 싶었다. 소식을 알려줘서 고맙다는 말을 하고 빨리 가야겠다는 생각을 했다. 그런데 그녀가 또 선수를 쳤다.

뭐, 고마울 거 없수. 늙으니 귀가 도자전 마룻구멍이라, 듣는 게 많아져서 말이지.

예에······

그래요. 살펴 가요.

할머니가 가까스로 걸음을 옮기려다, 획 몸을 다시 돌리더니 물었다.

참, 애기 엄마는 왔수?

왔수? 한껏 웅크린 내 내면과 그 내면을 은폐하기 위해 곧추세운 외면 사이 간신히 연결되어 있던 긴 끈 하나가, 텅 소리를 내며 끊어진 듯했다. 일시에 등뼈가 무너져내린 듯 기운이 빠졌다. 할머니가 나와 아내를 내내 보고 있었다는 의심, 심지어 오늘 새벽에 내가 아내를 찾아 동네를 헤맸다는 사실까지 알지 모른다는 의심이 들었다. 바로 앞집에 살기는 해도 아내가 할머니에게 무언가를 말했을 리 없는데, 어째서 그녀가 우리 일을 알고 있는 듯 말하는 거지?

하지만 다시 생각해보니, 아내가 퇴근했냐는 물음일 수도 있었다. 내가 입술을 달싹거리고 있는데 노인이 슬며시 내 어깨를 쓸며 말했다.

찬바람 불기 시작하니 몸조심해 다니구려.

노인이 다시 얼굴 주름 몇 가닥의 방향을 바꾸더니 지갑을 흔들며 멀어져갔다. 일흔 살은 훌쩍 넘었을 노인이지만 걸음걸이가 젊은 사람 못잖게 활기찼다.

황당한 일이었다. 할머니가 동네 쓰레기 수거에 관해 불만을 토로하거나 재개발을 두고 정부 탓하는 소리 하는 걸 들은 적은 있으나, 내게 '몸조심' 운운한 적은 없었다. 할머니와 나는 결코 그리 가까운 사이가 아니었다. 게다가 내 어깨를 쓸기까지 하다니…… 찜찜한 기분에서 헤어날 수가 없었다. 나는, 살 만큼 살았으나 아직 끝은 어림도 없다는 듯 가뿐하게 걸어가는 그녀를 멍하니 바라보았다.

세상이 살얼음판 같습니다. 안 그렇습니까? 좀체 집 밖에 나오는 일 없는 파넬이 웬일로 내 옆에 서서 말했다. 오늘은 떼로 나를 괴롭히려 드는구나 싶었다. 언제나처럼 젠체하는 그의 태도가 마음에 들지 않았다. 뭐가 살얼음판이란 말이오? 내가 그렇게 말하며 따지려는데, 파넬이 순식간에 사라져버렸다. 내가 골풀이할 줄 이미 알고 있었다는 듯, 그런 걸 받아주려고 나온 건 아니라는 듯 약삭빠른 동작이었다.

육 년을 살았지만, 나는 동네 사람들과 표면적인 관계를 넘어 친해진 적이 없었다. 누구네 집 강아지가 유난히 짖어대거나, 누구네 집에 조등이 걸렸거나 한 것을 듣거나 보고, 흐음, 그렇군, 하며 지나칠 정도 이상으로 가까운 사람이 없었다. 인사는 나눠도 대화를 나누지는 않는, 소위 목례는 해도 손을 흔들지는 않는 선에서 평화롭게 지냈다고 할 수 있었다. 그러나 그날 동네에 들어서고서 잠깐 사이에 내가 만난 두 이웃은 나를 과하게 친밀히 대했다. 어쩐지 그게, 간밤에 아내가 사라졌고 헤어지자는 문자를 보낸 것과 무관하지 않으리란 생각이 들었다.

이제 더는 누군가를 만나고 싶지 않았다. 서둘러 집으로 가서 아내와 대면하고 싶었고, 지금껏 눌러온 분노를 마음껏 터뜨리고 싶었다. 도대체 왜 갑자기 나갔는지, 왜 전화를 받지 않았는지, 헤어지자는 건 또 무슨 말인지, 게다가 어째서 두 이웃의 태도가 그리 이상한지까지도 물어보고 싶었다. 모든 게 평소와 달랐고, 그렇게 다른 게 전부 아내 탓이라는 생각이 들었다. 나는 다시 한번 아내에게 전화를 걸었다. 오 분만 더 걸어가면 집이었으나 그 오 분도 참을 수가 없었다.

휴대폰을 귀에 댄 채 바삐 걸음을 옮기는데, 갑자기 오른편에 있던 미장원에서 얼굴 하나가 쑥 튀어나와 길을 막았다.

퇴근하세요?

다른 사람의 머리를 만지는 사람치고는 한심해 보이는 머리 모양을 한 원장이 거의 내 얼굴에 닿을 만큼 가까이 다가왔다. 쌀쌀한 날씨에 어울리지 않게 짧은 반바지 차림인 여자는 이런저런 감정을 지나치게 낭비하며 사느라 겉늙은 듯한 면이 있었다. 어쨌거나 나는 이제 더는 정말, 누구라 할지라도 알은체하고 싶지 않았다. 거의 울고 싶은 기분이었다. 하지만 예에, 정도로 대답하고 휙 지나가려 해도 결국 미장원 원장에게 붙들리고 말 거라는 강한 예감에 사로잡혔고, 그건 틀리지 않았다. 내가 건성으로 고개만 끄덕였는데도, 상대해 줄 수 없는 상태를 확실히 보여주기 위해 이미 자동응답기로 넘어간 휴대폰에 여전히 귀를 대고 있었는데도, 여자가 기어이 나를 붙잡았다. 원장이 내가 곧 전화를 끊을 수밖에 없으리라고 확신한다는 듯 성큼 걸어 나와 내 앞에 섰다. 윤기라고는 없는 머리카락에서 인체에 틀림없이 유해할 듯한 염색약 냄새가 났다. 누가 보았다면, 내게 받을 돈이 있는 여자가 나를 막아선 채 담판을 지으려는 모습으로 비쳤을 것이다.

저 얼마 전에 이 미장원 건물 샀어요. 안채까지 다 같이요.

뜬금없는 말이었다. 내 기억으로 그녀는 우리보다 이삼 년쯤 더 뒤에 이 동네에 들어왔다. 새로 생긴 미장원인데다가 원장이 싹싹하게 굴었으므로, 아내가 몇 번 다닌 것으로 알고 있었다. 하지만 아내는 더 청결하면서 더 비싸지도 않은 다른 미용실로 가야겠다며 언제부터인가 그곳에 발길을 끊었다. 나는 거기서 한 번도 이발을 한 적이 없었다. 원장이 돌연 내게 인사를 건네거나 미장원 건물을 인수했다는 사실을 알리는 건 상식적이지 않았다. 나는 좀 더 적극적으로 벗어나려는 태도를 취했다.

네, 축하드립니다. 제가 좀 바빠서요.

어머, 그럴 리 없을 텐데요.

나는 자동응답기의 삐 소리마저 오래전에 그친 휴대폰을 쥔 채 원장을 노려보았다. 그럴 리가 없을 텐데요, 라니 어이없는 말이 아닌가. 도대체 나를 언제부터, 얼마나 알기에 그리 말할 수 있을까 싶었다. 슈퍼마켓 주인이나 앞집 할머니와 마찬가지로 원장 역시 평소와 너무 다르게 굴었다. 왜 이들이 나에 대해, 아니 나와 아내에 대해 뭔가 알고 있는 듯 말하는 걸까? 참고 싶지 않았다. 나는, 내가 내 얼굴을 볼 수는 없으니 느낌상으로 만들어냈다고 믿을 수밖에 없는, 험악한 표정을 지었다.

뭐가 그럴 리 없다는 겁니까?

원장이 돌연 한 걸음 물러났다. 내 앞을 막아섰던 자세에서 실제로 뒷걸음질을 쳤다는 말이다. 하지만 겁에 질려서가 아니라 충분히 할 만큼 해서 미련이 없는 듯한 태도였다. 여자가 돌연 호도깝스럽게 말했다.

이웃들에게는 삼십 프로 할인해드려요. 언제 꼭 들르세요.

원장이 재빨리 내 손에 명함 크기 쿠폰 한 장을 쥐여주었다. 그녀가 이전에 한 말을 얼버무리기 위해 슬쩍 알랑수를 놓는 듯 보였지만 나는 그냥 넘기기로 했다. 길거리에서 여자와 다투며 시간을 낭비하고 싶지 않았다. 하지만 막 걸음을 옮기려는 나를 원장이 한 번 더 자극했다.

아내분께 한번 오라고 전해주세요. 너무 지겨워서 인테리어 새로 싹 했거든요.

'너무 지겨워서'라는 말이 머리에 철퍼덕 얹혔다. 가당찮은 추정이지만 그거야말로 원장이 내내 하고 싶었던 말이지 싶었다. 나는 원장 아니라 누구에게라도 대거리하고 싶은 심정이 되었다. 하지만 기다리고 있을 아내를 생각하며 억지로 돌아섰다. 더는 지체하고 싶지 않았으므로 거의 뛰다시피 집으로 향했다.

집에 다다르기까지, 짧은 길의 풍광이 조각조각 나뉘어 시야에 들어왔다. 떠올리기 싫은 과거를 쓸어 담은 듯한 쓰레기 봉투를 멀찍이서 던지는 사람이 있었고, 무료한 현재에 지친 표정으로 우편함에서 잡다한 우편물들을 꺼내는 사람이 있었다. 피자 배달 오토바이가 츱츱할 게 뻔한 미래를 향해 구급차보다 더 빨리 지나가기도 했다. 까치 두 마리가 나뭇가지 끝에서 위태롭게 그네를 타고 있었고, 비둘기 떼가 시멘트 바닥을 부리가 부러질 정도로 콕콕 찍어대고 있기도 했다. 여유가 없음에도 불구하고 그 모든 것들이 눈에 들어오다니 신기했다. 육 년이나 살았던 동네를 그때만큼 유심히 본 적이 없지 싶었다. 동시에 그 동네 전체가 내 구석구석을 훑고 있다는 느낌을 떨칠 수 없었다. 176센티미터의 키, 볕에 거의 그을리지 않은 흰 피부, 제대로 깎지 못한 수염…… 동네에 사는 모두가 피핑 탐(Peeping Tom)처럼 커튼 뒤에 숨어 나를 보는 듯했다. 내가 나체로 말을 타는 고다이바 백작 부인이 아닌데도 흘끗흘끗, 건듯건듯, 그러나 집요하게…… 나만 모르는 무언가를 이웃들 모두가 알고 있는 것 같았다. 불쾌한 일이었다. 나는 숨이 거의 턱에 닿아 현관문을 열면서부터 아내를 불렀다.

여보! 윤서야!

아내는 없었다. 옹이가 그 순간에는 오히려 울적하게 느껴질 만큼 천진한 태도로 나를 반겼다. 다시 아내를 불렀으나 집에 없는 게 확실했다. 나는 곧 식탁에 놓인 메모지를 발견했다. 내가 돌아올 때까지 참고 또 참으며 기다렸다는 듯, 그러나 할 말은 꼭 해야겠다는 듯 오달져 보이는 하얀 종이였다. '얼굴 보고는 도저히 얘기 못할 거 같아. 얘기하는 게 의미 없을 것도 같고. 헤어지자. 곧 서류 보낼게.' 분명 아내의 글씨였다.

아무런 이유가 없다

　아내가 집에서 제 물건들을 추려서 나간 흔적이 역력했다. 욕실 선반에 놓인 화장품 대부분이 사라졌고, 서랍장이며 옷장이 비어 있었다. 전화도 문자도 소용없을 거라는 생각이 들었다. 사태가 짐작보다 훨씬 나쁜 방향으로 틀어졌다는 걸 받아들여야 했다. 나는 '헤어지자'는 네 글자 때문에 더는 아내를 아내라고 칭할 수도 없을 것 같았다. 아내의 이름은 두윤서였다. 희귀 성씨라, 또 세윤서, 네윤서는 없냐고 짓궂게 물어보는 친구들 때문에 윤서는 그 이름이 편했던 적이 별로 없었노라 했다. 전혀 이상하지 않다고, 예쁘기만 하다고 칭찬했던 내게도 그 이름이 불편하게 여겨질 날이 올 줄은 몰랐다. 나는 윤서가 없는 집을 황망히 둘러보았다.

　윤서의 허벅지에 머리를 대고 눕기 편하도록, 무리해서 큰

사이즈로 장만했던 긴 소파가 얄망궂게 말했다. 네가 귀 파 달라며 윤서를 귀찮게 한 게 문제일 수 있어. 소파는 바싹 마른 내 귀지가 제게 떨어지기라도 한 양 몸서리를 쳤다. 하지만 내가 그녀의 무릎을 베고 누운 건 몇 번 되지 않았다. 윤서의 마른 허벅지가 내 머리의 무게를 견디지 못해서였다. 쥐가 나는 걸 참고 있었다는 사실을 안 후로 나는 더는 다리를 베고 눕지 않았다. 혹시 섹스가 문제였던 거 아닐까? 소파가 다 알지 않느냐는 듯 흥흥, 흥흥거렸으나 나는 무시했다. 물론 윤서와 나는 거기서 사랑을 나누기도 했다. 이웃에게 보일까 봐, 한참 달아오르던 중에 윤서가 벌떡 일어나 블라인드를 내리고 불을 끈 적도 있었다. 그사이 늘어져버린 성기를 다시 일으켜 세우느라 내가 쩔쩔맸던 적도 물론 있었다. 그러나 소파에서의 정사는 오래전에 그만두었다. 신경 쓸 것도 많고 불편하다는 게 이유였다.

매장 진열품이라 싸게 샀던 냉장고도 한마디 거들었다. 사람은 자고로 먹는 게 맞아야 한다니까. 나는 냉장고 문을 열었다. 반쯤 남은 오리엔탈 소스, 두 개 묶음으로 사서 아직 개봉도 하지 않은 쫄면, 육포와 치즈, 양파와 파, 달걀…… 평소와 크게 다르지 않았다. 양쪽 모두 일을 하고 아이가 없으니 집에서 밥 먹지 말자고 먼저 말한 건 나였다. 하지만 매일 밖에서 먹는 건 일 년도 가지 못했다. 두 사람 다 "오늘은 뭐 먹지?"라고 말만 해도 신경이 곤두서는 단계에 이르렀다. 밖에서 한 번 먹으면 집에서도 한 번 먹는 식으로 타협을 보았다. 나와 윤서 중 일찍 퇴근하는 쪽이 간단한 요리를 준비했다. '당근'을 제외하고, 우리 사이에 먹거리로 크게 다툴 일은 없었다. 어리뜩한 냉장고가 잘못 짚은 게 분명했다.

이유를 말해야 알지, 이유를. 이유나 말하고 집을 나가든지. 왜 이러는 거야! 도대체 왜?

나는 혼자 소리를 지르며 휴대폰을 찾았다. 그때 갑자기 벨이 울렸다. 윤서였다.

윤서야!

예나, 어머니, 파넬 일당들이 순식간에 내 주위로 몰려들었다. 모두, 알을 낳는다는 전설의 곰을 곧 만나기라도 할 것처럼 호기심 가득한 얼굴이었다.

야!

나는 하고 싶은 모든 말을 한마디로 축약해 고함을 질렀다. 심약한 어머니가 너무 놀랐는지 황급히 귀를 막았다. 꼬마가 나를 흉내 내며 고함을 질렀다. 야! 하지만 나는 곧 후회했다. 흥분을 가라앉히고 애원하듯 말했다.

윤서야, 일단 만나서 얘기하자.

수화기 너머 윤서의 목소리는 차분했다.

만나서 얘기해도 마찬가지야. 구질구질해지기만 할 거야.

내가 뭘 잘못했어? 이유가 뭐야, 도대체?

우리가 헤어지자고 한 게 이번이 처음은 아니잖아. 알면서 왜 그래?

당연히 우리는 이혼을 들먹이며 다툰 적이 있었다. 하지만 결혼 육 년 차에 헤어지자는 말 한번 뱉지 않고 순탄하게 살아온 부부가 몇이나 될까.

헤어지려는 이유를 알아야 나도 생각을 해보지. 도대체 왜 그래?

이유는…… 나도 알고 너도 알아.

무슨 소리야? 윤서야, 윤서야! 그게……

나는 참았던 말을 쏟아내느라 분주했다. 했던 말을 하고 또 하며 소리를 질렀다가 울부짖었다가 한숨을 쉬었다. 윤서 역시 나처럼 했던 말을 하고 또 하며 화를 냈다가 울먹였다가 애원했다. 헤어져. 헤어지고 싶어. 헤어지자, 제발! 이유가 뭐냐는 내 질문과 내가 이미 이유를 알고 있다는 윤서의 답이 엇박자를 내며 돌고 돌았다.

윤서야, 일단 얼굴 보고 무슨 얘기든 해보자. 제발……

하지만 윤서는 요지부동이었다.

얼굴 보고 얘기하면 또다시 주저앉겠지. 더는 안 돼. 끝내, 제발.

나는 그녀가 그렇게 고집이 센 줄 이전에 알지 못했다. 황소고집 외고집 옹고집 왕고집 생고집 등을 모두 합해도 윤서의 고집에 미치지 못할 것 같았다.

어쨌든 내 결심이 바뀔 일 없다는 거 알리려고 전화한 거야.

윤서는 그렇게 말하고는 전화를 끊었다. 나는 윤서가 끝내 말하지 않은 '헤어지려는 이유'에 대해 생각했다. 나도 알고 너도 알아. 윤서는 그렇게 말했지만 나는 알지 못했다. 아무런 이유가 없었다. 도대체 아무런 이유가……

갈증이 심하게 났다. 그 순간 이혼이니 뭐니보다 냉장고에 있을지 확신할 수 없는 맥주 한 병이 더 중요하게 여겨졌다. 다행히 맥주 캔 대여섯 개가 야채칸에 들어 있었다.

병으로 사자.

무거워. 캔으로 사자.

병이 맛있어.

병이 더 싸서 그런 거지?

누가 병을 고집했는지, 누가 캔을 고집했는지 선명치 않았다. 윤서와 나는 사소한 데에 의견 차이가 있었지만, 사소했으므로 무던히 넘어갔다. 결혼하고 육 년, 남들만큼 다투기는 했으나 남들 이상으로 심각했던 적은 없었다. 부부가 헤어질 때 내세울 만한 여러 사연을 떠올려보았다. 경제, 생활, 습관, 성격…… 설마 시댁? 그러나 내 경우엔, 결혼하기 한참 전에 어머니가 돌아가셨고 아버지는 나를 괴롭히는 데 집중했으므로 윤서가 스트레스 받을 만한 일이 없었다. 내가 윤서의 친정 식구와 갈등을 일으킨 적도 없었다. 호주에 사는 윤서의 언니도 내 아버지보다 더 오래전에 상처한 윤서의 아버지도 나를 좋아했고, 나 역시 그들을 싫어하지 않았다. 우리가 헤어진다면 다른 부부는 열 번도 더 헤어져야 했다. 윤서나 나나 되잖게 욕심을 내서 인생을 그르치는 부류의 사람들이 아니었다. "다 내가 하기 나름입니다." 우리는 그렇게 말하는 법정 스님의 강의를 팟캐스트로 함께 들은 적도 있었다. 아이가 없었지만 두 사람 다 아이 갖기를 원하지 않았다. 각자 일이 있었으므로 주중에 바쁘게 지냈고 주말에는 함께 늘어져 있든가 바람을 쐬러 다녔다. 우리의 결혼 생활은 평범했다. 감정이 상해도 오래 끌지 않았고, 견해가 달라도 적당히 모른 척하며 순순하게 넘어갈 줄 알았다. 윤서가 개들의 털을 깎거나 목욕을 시켜서 벌어들이는 수입과 안경사인 내 수입은 생활을 포실하게 만들지는 않았으나 곤궁하게 만들지도 않았다. 윤서가 갑자기 나와 헤어지려는 이유를 도무지 알 수 없었다. 달리 문제가 없었다. 소위 아무런 문제가 없다는 게 문제였다.

나는 단번에 맥주 한 캔을 비웠다. 사위가 휘휘한가 싶었는데 서서히 일상의 소음들이 들리기 시작했다. 윗집 돌잡이 아기의 멜로디 볼이 굴러다니는 소리, 아랫집 현관문이 수차례 여닫히며 끽끽거리는 소리, 그리고 어디인지 짐작할 수 없는 곳에서 휘몰아치는 윙, 바람 소리. 윤서와 내가 사는 집만 오붓하고 평범한 일상으로부터 멀어진 것 같았다.

내 기분을 귀신처럼 알아차린 웅이가 엉덩이를 흔들며 다가왔다. 시기가 좋지 않은 걸 알고 있다는 듯, 하지만 사랑해서 어쩔 수 없다는 듯 초조하게 엉덩이를 씰룩였다. 나를 올려다보는 커다란 눈동자에 근심이 가득했다. 나는 웅이를 격하게 끌어안았다. 윤서가 이런 웅이를 두고 나갔다는 사실을, 고도의 감각을 동원해 윤서의 영혼까지 침투하곤 하는 웅이마저 떨치고 가버렸다는 사실을 믿을 수 없었다. 그 정도로 확고했던 걸까, 웅이도 포기할 정도로 나와 헤어지고 싶었던 걸까……

절망이, 사정을 봐준답시고 적당히 둘렀던 울타리를 걷어차고는 곧장 내게로 돌진했다. 이마를 뚫고 들어와 탱탱탱 소리를 내며 내장 구석구석까지 타격을 입혔다. 사지가 부르르 떨렸다. 제대로 절망하자 용기도 오기도 아닌 이상한 기운이 터무니없이 솟구쳐올랐다. 까짓거! 그래, 이혼하자. 이혼해!

오빠, 정말 헤어지는 거야? 예나가 내 목에 팔을 두르더니 몸을 바짝 붙이며 물었다. 그녀의 가슴이 출렁이며 만들어낸 파동이 내 사타구니까지 번지자 정신이 번쩍 들었다. 그 와중에도 침울하게 가라앉지 않는 내 육체에 대한, 즉 나에 대한 증오가 오히려 절망을 밀어냈다. 이혼이라니 가당찮다! 술덤벙물덤벙한 입이 아무렇게나 내뱉었을 뿐이다! 나는 세차게 고개를 저으며 예나를 밀어냈다. 맥주 캔을 우그러뜨리고는 새로 하나를 더 땄다. 팔딱거리는 위장이 모처럼 흥분한 상태를 즐기며 알코올을 빨아들였다.

그러나 나는 술이 약했다. 위장이, 간이 차례로 나가떨어졌고, 이어 머리가 뱅글뱅글 돌기 시작했다. 탱중했던 의지가 헤실바실 스러져갔다. 헤어지면 집은 어떻게 해야 하는 걸까? 윤서가 겨울에 꼭 필요하다며 주문한 빨래 건조기 할부금도 아직 다 갚지 않았는데…… 안경원 그만두고 여행이나 떠날까? 이혼 서류를 들고 법원에 갈 때 같이 가야 하는 건가? 잠깐만, 내가 왜 이런 생각을…… 술기운이라 해도 어이가 없었다. 아내가 막 집을 나간데다 헤어지자는 이유를 도무지 납득하지 못한 남편의 뇌리에 떠오를 법한 생각들이 아니지 않은가. 나는 두 주먹으로 머리 양옆을 툭툭 쳤다. 할 수만 있다면 머릿속에 든 것을 죄다 꺼내 제대로 한번 빨아 헹구고 싶었다. 도대체 어째서 비극적인 상황과 전혀 어울리지 않는, 상황이 끝나고서야 들 법한 그런 일들이 떠오르는지 모를 일이었다. 하지만 일단 정체를 드러내고야 만 어떤 가능성들은 쉽게 물러서지 않았다. 그것들은 줄 서고 차례 기다리는 것을 귀찮아했고, 무례하게 구는 데 당당했다. 나는 이혼을 하자고 한 윤서보다 이혼을 받아들이고 있는 나 스스로에 더 놀랐다.

윤서야. 나는 하릴없이 그녀의 이름을 부르며 맥주를 들이켰다. 비어 있는 창가, 비어 있는 거실, 비어 있는 현관…… 인생 전체가 헐거워진 느낌이었다. 물론 집요하게 내 주위를 어슬렁거리는 무리가 있으니 집이 결코 텅 비었다고 할 수는 없었다. 열이 오빠, 괜찮은 거야? 몸 상하게 왜 빈속에 술을 마시는 거냐. 예나와 어머니가 그 순간에 아무런 도움이 되지 않는 살뜰함으로 나를 챙겼다. 파넬은 괜히 내 심기를 건드려 된서리를 맞지 않도록 멀찌감치 떨어져 있었다. 맥주에 손을 대려다 어머니에 의해 제지를 당한 꼬마는 식탁 의자 등받이 위에 올라가기 위해 애를 쓰고 있었다. 녀석이 가까스로 균형을 잡고 일어서는가 싶더니 휘청거리며 떨어졌다. 청력을 잃은 이래 좀처럼 소리 내는 법 없는 웅이가 웡웡, 두어 번 짖었다. 나는 그들을 보지 않으려고 눈을 감았다. 헤어지자고? 윤서가, 아니 윤서보다 더 살벌한 이유가 있는 누군가가 내 삶을 휘젓고 있는 것 같았다. 아무런 이유가 없었다. 도대체 아무런 이유도……

배가 불러 더 들어갈 것 같지 않은데도 계속 마셨다. 다섯 캔이나 혹은 여섯 캔쯤. 혈관으로 피가 아니라 알코올이 돌아다니는 게 아닐까 싶은 상태로, 속이 몹시 울렁거리는 상태로 침대에 누웠다. 예나가 함께 누우려 했지만 밀어냈다. 순식간에 잠에 빠졌다.

내 손에 다시 예의 그 단단하고 거친 감촉이 느껴진 것은 요의 때문에 어쩔 수 없이 잠을 깼을 때였다. 또 당근이라는 생각이 들자마자 후닥닥 화장실로 향했다. 소변을 보고 세수를 한 후 안방으로 돌아왔다. 하지만 당연히 사라졌으리라 생각한 당근이 버젓이 윤서의 자리에 누워 있었다. 창밖 가로

등 불빛이 그 기름한 실루엣을 선명하게 비춰주었다. 나는 다급하게 불을 켰다. 하지만 이번에도 당근은 사라지지 않았다. 손과 발을 가지런히 모은, 면접을 보는 취업준비생처럼 혹은 기도하는 수도승처럼 다소곳한 자세였다. 물론 손발이 없는데도, 윤곽이 뚜렷하지 않은 거대 당근일 뿐이었음에도 그렇게 느껴졌다는 말이다.

정말 아무런 이유가 없다고 생각해? 당근이 물었다. 나는 대답을 하고 싶었지만, 입이 열리지 않았다. 다행히 어머니가 나타나 당근의 머리채를, 그러니까 줄기 부분을 거머쥐더니 침대에서 끌어내렸다. 예나가 당근의 아래쪽을 잡고 거들었다. 당근이 발악을 했다. 거대하고 굵은 원뿔형 몸통 어딘가에서 웅웅거리며 소리가 흘러나왔다. 잘 생각해봐. 이유가 없기는 왜 없어!

결국, 다시 윤서에게 전화를 걸지 않을 수 없었다. 긴 신호음 끝에 메시지를 남기라는 안내 음성이 들렸다. 기계적인 음성은 내 인생 따위에는 일말의 관심도 없는 듯 건조했다. 윤서야, 일단 만나자. 만나서 얘기하자. 왜 피하는 건데? 왜 갑자기 이러는 거야? 왜 나한테……

분명 무언가를 도둑맞았다

'왜'라는 질문을 누에고치 틀듯 친친 감고 앉아 생각에 잠겼다. 집에 있는 그들도 내 곁에 둘러앉아 다양하게 생각하는 시늉을 했다. 파넬은 다리를 꼰 채, 어머니와 예나는 약속이나 한 듯 왼쪽과 오른쪽 무릎을 하나씩 세우고 앉았다. 꼬마는 소파 등받이에 앉아 로댕의 동상을 흉내 내며 산망스레 킬킬댔다. 나는 소용 없으리라 생각하면서도 다시 전화를 걸었고 문자를 보냈다. 윤서는 묵묵부답이었다.

별 이유가 없다고 생각했지만, 한 가지 마음에 걸리는 사건이 있었다. 아내가 당근을 식탁에 올리기 며칠 전 토요일, 결혼기념일에 도둑이 들었다. 어이없게도, 도둑맞은 것보다 도둑이 집에 들어왔다 나가기까지 한 시간여밖에 걸리지 않았다는 사실이 조금 더 충격적이었다. 기념일을 맞아 식당을 예약한 게 일곱시였는데, 계산을 치르고 식당을 나선 게 여덟시경이었으니 한 시간이 분명했다. 와인 한 병 다 비우는 데 한시간도 걸리지 않았네. 윤서가 말했다. 그때 윤서의 표정이 어땠는지 기억나지 않았다. 두 잔씩 마셨으니까, 뭐. 내가 무심코 그렇게 답했던 듯하다.

저녁을 먹으러 가기 전, 윤서와 나는 지나치게 삶은 국수가락처럼 퍼져 있었다. 주말이면 자주 그랬듯, 이리저리 뒹굴었으며 유튜브 동영상을 보았고 화장실을 들락거렸다. 또 무엇을 했던가? 차를 마셨거나 커피를 마셨을 것이다. 인공지능 스피커 클로바가 뚱뚱거리며 울리지 않았더라면, 우리는 불어터진 국수 가락 상태로 잠이 들었을지도 몰랐다. 주섬주섬 옷을 챙겨 입고 머리를 매만진 후 집을 나섰다. 이탈리안 레스토랑 알마또는 걸어서 오 분 거리에 있었다.

돌아왔을 때 우리는 물건들이 죄다 쏟아진 낯선 집을 발견했다. 황망하게도, 수건, 책, 화병, 김치통 등 맥락 없이 뒤엉킨 더미가 어쩐지 경쾌해 보였다. 그간 쏟아질 기회만 엿보고 있었는데 마침 그렇게 되어 속이 시원하다는 듯, 더는 원이 없다는 듯 후련한 인상이었다. 윤서가 비명을 지르더니 웅이를 찾았다. 여느 때라면 냄새로라도 우리를 알아보고 현관 입구에서 꼬리를 흔들었을 웅이였다. 웅이야, 웅이야! 오만 가지 생각이 다 드는 순간, 다행히 웅이가 모습을 드러냈다. 웅이는 다급하게 자신을 끌어안는 윤서가 오히려 이상하다는 듯 태평하게 윤서를 핥았다. 누군가가 온 집 안을 엎어놓는 걸 보면서도 아무런 역할을 하지 않았을 웅이를 나무랄 수 없었다. 그저 살아 있어준 것만으로도 고마웠다.

다행이다. 우리 웅이, 무사하네.

그러게. 다행이다.

진짜 다행이야.

응, 진짜 다행이네.

'다행'을 여러 번 주고받은 우리는 잠시 멍해져 있다가 신고를 했다. 나는 사촌인 재우에게도 연락할까 하다가 그만두었다. 아무나 겪지 않는 일이 생겼을 경우 가장 먼저 부를 만한 사람이 재우였지만, 어쩐지 그러고 싶지 않았다.

십 분 내로 도착한다더니 이십 분을 넘기고서야 도착한 경찰은 퉁퉁한 체구의 사내였다. 경찰보다는 중국집 요리사처럼 보였다. 요리사까지는 아니더라도 중국집을 거쳐 온 게 분명해 보인 건 그의 입에서 짜장과 양파 냄새가 심하게 났기 때문이었다. 윤서가 미심쩍은 눈빛을 지우지 못하며 말했다.

저녁 먹으러 나갔다 온 사이에 도둑이 들었어요. 한 시간 남짓이었을 뿐인데……

뜻밖에도 경찰이 전문가다운 위엄 있는 어조로 우리가 쓴 단어를 정정해주었다.

도둑이 아니라 도둑들입니다.

매우 세심한 조사를 요하는 일이므로 사소한 실수 하나라도 용납할 수 없다는 듯한 어조였다. 경찰이 곧 네모난 검은 가방을 들어 올려 보이며 말했다.

우선 장비를 사용해 철저히 조사하겠습니다.

경찰은 불룩한 배 위로 벨트를 너무 조여서인지 아니면 코감기에 걸려서인지, 말을 할 때마다 쌕쌕거렸다. 가방은 한때 방문 외판원들이 자주 들고 다니던 화장품 가방으로 보였지만, 그가 단호하게 '장비'라고 말했으므로 우리는 고개를 끄덕였다. 경찰은 도둑이 아닌 도둑들에 관한 증거가 더 중요하다는 사실을 납득시키는 게 우선이라는 듯 자꾸 '들'을 강조했다. 사실 상식적으로 생각해도 한 사람이 그 짧은 시간에 그토록 많은 물건을 죄다 흐트러뜨리기는 불가능했다. 첫인상과 다른 경찰의 섬세한 태도가 얼마간 신뢰를 주었다. 윤서가 물었다.

차를 두고 나갔습니다. 우리가 집 앞 슈퍼에 물건을 사러 갔을 뿐이거나 짧은 산책을 마치고 돌아오리라는 생각을 못하고 이리 대범하게 군 걸까요?

경찰이 고개를 흔들며 답했다.

평소에 개를 놔두고 인근을 산책하기도 하시나요? 개 없이 둘이서만 나가는 걸 보고 식당에라도 가나 보다 짐작했을 수 있죠. 개가 짖지 않도록, 간식 등을 미리 준비해 왔을 거고요.

웅이는 잘 짖지 않아요. 귀가 안 들려서.

어쨌거나 경찰의 설명에 타당한 부분이 있었다. 우리는 반려견 동반이 불가능한 식당에 갈 때만 웅이를 집에 두고 다녔다. 늙어가는 웅이가 심심하지 않도록, 적절한 자극을 받을 수 있도록 늘 신경을 썼다. 웅이에게 도둑들이 준 간식을 먹었는지, 그사이 도대체 무슨 일이 있었는지 물어보고 싶었다. 하지만 아까부터 경찰에게서 나는 냄새를 맡는 데 열중해 있을 뿐인 웅이가 대답할 리 없었다. 경찰이 신빙성 있는 추리를 더했다.

무리 중 한 놈이 망을 봤을 겁니다. 갑작스레 집을 방문하는 사람이 있는지, 수상하게 여기는 이웃이 있는지 살펴야 했을 테니까요. 다른 놈이 두 분의 뒤를 밟았을 수 있습니다. 저녁을 드셨다는 그 식당까지 따라갔겠지요.

윤서와 내가 늘 다니던 길에서 누군가에게 뒤를 밟혔다고 생각하니 으스스했다. 우리는 그날 특별히 알마또에서도 가장 밖이 잘 내다보이는, 다시 말해 밖에서도 안이 잘 들여다보이는 창가 자리에 앉았다. 어쩌면 도둑은 내가 해물 링귀니를, 윤서가 게살 크림 펜네를 주문해 먹는 것까지 다 보고 있었을지 몰랐다.

경찰이 가방을 열었다. 각종 크기의 솔이며 통, 집게 같은 게 빼곡히 정렬되어 있었다. 내부가 오히려 더 화장품 가방 같았다. 그가 하얀 가루가 든 은색 통과 솔, 테이프 등을 꺼낸 후 장갑을 끼며 말했다.

지문이나 발자국 등을 찾아볼 겁니다. 그런데 도둑맞은 게 무엇입니까?

우리는 신고하면서 현장을 그대로 보존하라는 경찰의 충고를 충실히 따랐다.

글쎄요. 뒤져보지 않아서, 뭐가 없어졌는지 아직 잘 모르겠습니다.

나는 그렇게 답한 후 우리가 잃어버렸을 만한 것을 떠올려보았다. 윤서도 그러고 있는 듯했다. 반지, 목걸이, 시계, 현금…… 어떤 집에 도둑이 들었을 때 충분히 도둑맞을 수 있는 물품들이었다. 하지만 금붙이라면, 윤서와 내게 남아 있는 게 없었다. 현금이 더 실용적이라는 우리의 생각을 양가에서 받아들인 탓에 처음부터 패물이랄 게 거의 없기도 했거니와 어느 해인가 재우로부터 받은 은수저 세트마저 팔아 전세금 대출을 갚는 데 보탰기 때문이었다. 현금이나 주민등록증, 신용카드는 각자 지갑을 들고 나갔으니 잃어버리지 않은 게 분명했고, 은행 통장이나 보험 증서 등은 잃어버려도 크게 문제될 게 없는 것들이었다. 우리에게는 고가의 스카프나 가방, 신발 등도 없었다. 얼마 전 윤서가 너무 비싼 걸 샀다고 후회했던 새 코트는 그날 입고 나갔으니 애초에 잃어버릴 일이 없었다. 나는 우리 사는 형편이 다 드러난 듯해 적잖이 당혹스러웠다. 그러므로 허리를 굽혔다 폈다 하며 쌕쌕거리던 경찰이 다음과 같이 말하자 반가운 기분마저 들었다.

이들은 프로입니다. 발자국, 지문, 아무것도 남기지 않았어요. 이런 프로들은 허접한 것들은 거들떠보지도 않아요. 가장 귀한 것, 진짜 알짜배기만 챙겨 가죠.

우리에게도 가장 귀한 것, 진짜 알짜배기가 있을 가능성이 열린 것만 같았다. 윤서도 나와 비슷한 생각을 한 모양이었다. 값나가는 귀한 어떤 것을 도둑맞고 말았다는 사실에 동의한다는 듯, 그리고 그 무언가가 우리 집에 있었음이 틀림없다는 사실에 위안을 얻었다는 듯 크게 고개를 끄덕였다. 우리가 레스토랑에서 디저트로 나온 파나코타와 생 초콜릿을 안주 삼아 토스카나산 와인을 마저 마시는 동안, 그리고 계산서를 달라고 했을 때 겨우 한 시간이 지났다는 사실에 겸연쩍어하는 동안 도둑, 아니 도둑들이 귀중한 무언가를 훔쳐 간 게 분명했다.

한 시간은, 살아온 습관에 따라 누군가에게는 턱없이 짧을 수 있지만 다른 누군가에게는 충분히 길 수 있었다. 사실 한 시간이면, 나로서는 이발한 후 공중목욕탕에 들렀다 나올 수 있는 시간이었고, 윤서라면 미리 예약한 네일숍에서 손톱이든 발톱이든 열 개 모두를 마음에 드는 색으로 바꿀 수 있는 시간이었다. 그 한 시간 동안 한 명의 도둑은 집 근처를 살폈고, 또 한 명은 윤서와 나를 감시했으며 나머지 도둑들은 집에서 털어갈 만한 것들을 물색했다. 그들은 옷장 문, 수납장

문, 냉장고 문, 문, 문, 문들을 닥치는 대로 열어 내용물을 쏟아놓았다. 틀림없이 그랬을 거였다.

그러나 엄밀히 말해, 물건들은 쏟아졌다기보다 검불덤불 쌓여 있는 느낌이었다. 신기하게도 두서없이 얽혀 있는 것 중 망가지거나 깨진 물건들은 보이지 않았다. 냉장고에서 나온 반찬 그릇들도 얌전히 뚜껑을 위로 한 채였다. 훔쳐 갈 만한 것을 찾기 위해 마구잡이로 물건들을 던졌다기보다는 무엇이 있는지를 보기 위해 바닥에 차곡차곡 놓은 느낌이었다. 사실 좀 기묘했다.

우리가 감히 물건들을 건드리지도 못하고 이리저리 시선을 옮기고 있는데, 경찰이 여러 개의 비닐봉지를 들고 다가와 '프로'에 다시금 방점을 두며 말했다.

프로도 보통 프로가 아닙니다. 어디에도 침입 흔적이 없어요. 특수키를 가졌거나 비밀번호를 알고 현관문을 열었다고 추정해볼 수밖에요.

경찰은 자신이 수사해야 할 대상이 아마추어가 아니라 프로, 그것도 보통 이상의 프로라는 사실에 일종의 자부심을 느끼는 듯했다. 그러나 그 대단한 도둑들을 잡을 수 있으리라는 자신감은 결여된, 단지 그들을 상대한다는 상황 자체에 대한 자부심으로 보였다. 그의 추리에 얼마간 경의를 느끼긴 했으나 전적으로 신뢰해도 될지 알 수 없었다. 윤서가 피곤하거나 초조할 때면 늘 그러듯 머리카락을 손가락으로 감아 돌렸다가 풀어내기를 반복하며 물었다.

우리는 한 달에 한 번씩 비밀번호를 바꿔요. 가까운 지인 중에도 우리 집 비밀번호를 아는 사람이 없는데요?

이런 도둑들은 그날 하루 딱 보고 아무 집이나 털지 않아요. 소위 배회형 좀도둑들이 아닌 겁니다. 한두 달 대상지를 면밀히 조사하지요. 그 집에 사는 사람의 패턴을 완벽하게 익힌 후에 가장 안전한 방법을 택해요. 소형 카메라로 비밀번호 누르는 걸 촬영했을 수도 있고요, 버튼에 찍힌 패턴을 분석했을 수도 있습니다. 제가 이미 문밖에서 조사해봤는데 카메라 같은 게 있지는 않았습니다. 하지만 일을 마친 후 흔적을 남기지 않고 떼어갔을 수도 있지요.

그럼 이제 어떻게 해야 하죠? 불안해서 살 수가 없잖아요.

윤서의 질문은 타당했다. 경찰이 양손으로 허공을 누르는 동작을 하며 차분하게 우리를 달랬다. 솔이며 비닐봉지 등을 거머쥔 손이 피아노 건반을 두드리기라도 하듯 위아래로 오갔다.

자자, 우려하실 것 없습니다. 우선 특수키를 하나 더 다세요. 원하시면 세콤이나 예스콤 등을 설치하는 것도 방법이고요. 당분간은 우리가 이 집 근처를 순찰하며 수상한 점이 있는지 살필 겁니다.

위로가 안 되는 말이었지만, 윤서도 나도 수긍할 수밖에 없었다. 경찰은 프로들이니만큼 지문을 남겼을 가능성이 크지 않지만 혹시나 싶은 모든 부분에서 흔적을 채취했다고 말하며 우리가 작성해야 할 서류를 내밀었다.

잃어버린 물건 목록을 작성하시고요. 수상한 점이 더 발견되거나 궁금한 점이 있으면 언제든 연락 주십시오. 조사 마치는 대로 다시 들르겠습니다.

경찰이 가고 나자 나는 그제야 내 주위를 어슬렁거리던 위인들이 하나도 보이지 않는다는 사실을 깨달았다. 하지만 굳이 그들을 찾아 물어보려고 하지 않았다. 그들이 나서는 건 그들이 내킬 때, 대개 굳이 나서지 않아도 될 때뿐이라는 걸 잊지 않아서였다.

나와 윤서가 물건들을 정리하기 시작했다. 그녀가 물었다.

그런데 우리, 무엇을 도둑맞았을까?

나도 물론 그게 궁금했다. 하지만 도둑들이 훔쳐 갈 게 없었으리라고는 말하기 싫었다.

뭐든 도둑맞은 게 틀림없어.

윤서가 내 말에 맞장구를 쳤는지 반대했는지 기억나지 않았다. 윤서가 어떤 표정을 지었는지도 아령칙했다. 그녀가 느닷없이 '헤어지자'는 말을 한 시점에서 돌이켜보니, 그날 도둑이 들었던 게 하나의 전조가 아니었을까 하는 생각이 들었다. 내가 도둑맞은 게 분명한, 내가 모르는 어떤 것……

얼마 전, 결혼기념일에 일어난 일이었다.

2부

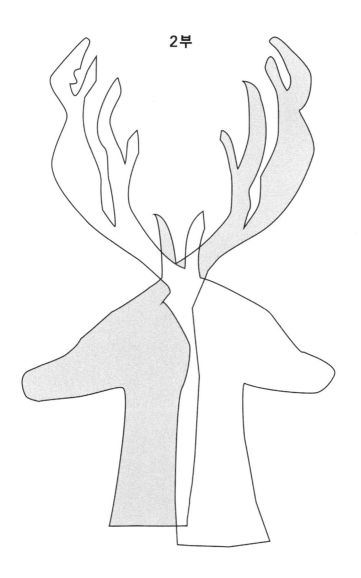

내가 원하는 것

나는 안경원 사장이 나를 쳐다보지도 않는 것을 무시하고 또 일찍 퇴근했다. 사장은 진짜로 화가 난 게 아니라 화난 척만 하고 싶을 때 고리눈을 뜬다. 눈알을 휘둥그렇게 뜨고 놀란 듯한 표정을 짓는 것이다. 조금 화가 났을 때, 그리고 그 사실을 상대에게 알리려는 노고 정도는 감수하고 싶을 때는 안경 너머로 가시눈을 하고서 노려본다. 쳐다보지도 않을 때는 그야말로 엄청나게 화가 났다는 걸 뜻했다. 나는 알아서 기지 않았다. 될 대로 되라는 심정이었다.

윤서가 여전히 전화를 받지 않았으므로 그녀가 일하는 망원동으로 갔다. 반려견 매장을 볼 수 있는 맞은편 빵집을 발견했다. 나는 내 모습을 거의 가리면서도 밖을 훤히 볼 수 있는 벽면 구석에 앉았다. 초저녁, 간이 테이블만 몇 개 놓인 빵

집에서 남자 혼자 커피를 마시는 모습이 썩 자연스럽지는 않았을 것이다. 하지만 통유리가 있는 그곳이, 윤서가 퇴근할 경우 놓치지 않고 볼 수 있는 가장 적절한 장소였다. 윤서가 출근했으리란 보장이 없었으나 그녀의 동료가 전날 분명 휴가가 아닌 휴무라고 언급했다는 사실을 떠올렸다. 게다가 휴가는, 윤서가 이미 지난달에 혼자 챙겨 썼다는 사실도 기억해냈다. 윤서는 친구들과 '가까운 오사카에라도 다녀오겠다'며 떠났고, 나는 웅이와 함께 집에서 뒹구는 쪽을 택했다.

일이 이렇게 되고 보니, 그때 윤서와 여행을 간 게 정말 친구였을까 하는 의심이 들었다. 윤서에게 다른 사람이 생긴 거라면? 생각해보니 그럴 가능성을 뒤늦게야 떠올린 게 오히려 놀라웠다. 어쩌면 갑작스러운 이별 통보 이전에 이미 여러 징후가 있었던 건 아닐까? 나는 전조 증세라 할 만한 것이 있는지 곰곰 생각해보았다. 쿠션을 껴안고 소파에 비스듬히 누워 텔레비전을 보던 윤서, 칫솔을 문 채 화장실에서 나왔다가 잡지를 챙겨 들고 다시 들어가던 윤서, 인터넷으로 배송시킨 샴푸며 세탁세제를 정리하다가 포장 쓰레기가 너무 많다며 한숨을 내쉬던 윤서…… 의심스러울 수 있을, 일상을 벗어난 정황 같은 건 하나도 떠오르지 않았다. 윤서의 모습 대부분이 케이크의 생크림 표면에 박힌 딸기나 포도처럼 평범한 생활에 콕 박혀 있었다.

그럼에도 불구하고 나는 휴대폰을 켜 '외도'라는 단어를 검색했다. 잠시 한눈판 사이 윤서를 놓치는 일이 없도록 신경을 바싹 곤두세운 채였다. 휴대폰에 유난히 집착한다, 심지어 샤워할 때조차 욕실로 휴대폰을 가지고 들어간다, 외출하고 돌아온 날 이상하리만치 친절하다, 묻지 않았는데 누구를 만났는지 어땠는지를 상세히 설명한다, 기념일도 아닌데 선물을 한다 등의 항목이 꼽혔다. 윤서에게 해당하는 사항이 거의 없었다. 남자냐 여자냐에 따라 다르다고 여겨지는 항목도 있었다. 바람난 남자는 오히려 과도하다 싶을 만큼 배우자에게 스킨십을 하거나 섹스를 요구한다. 반면에 여자는 대체로 잠자리를 피하고 살짝 살이 닿았을 뿐인데도 몸을 움츠리며 싫은 반응을 보인다. 나는 모든 게 성별이 아니라 사람의 차이일 뿐이라 생각하면서도 윤서가 내게 어떻게 대했는지를 되짚어보지 않을 수 없었다. 산책할 때 손을 잡거나 팔짱을 꼈던가? 몸이 닿았을 때 윤서가 움찔거렸던가? 어이없게도 아주 오랫동안 손을 잡거나 팔짱을 끼지 않았다는 사실이 떠올랐다. 우리의 산책길에 빠짐없이 웅이가 있어서였다. 우리 둘 중 한 사람은 반드시 목줄을 잡거나 변을 치우거나 길에서 만난 고양이를 향해 돌진하려는 웅이를 보살펴야 했다. 결혼기념일이 최근 들어 웅이를 떼놓고 나간 거의 유일한 날이었는데, 그날 우리가 다정하게 붙어서 갔는지 휴대폰을 들여다보며 떨어져서 갔는지 좀체 기억나지 않았다. 그렇다면 잠자리는…… 육 년째 함께 사는 부부가 매일 잠자리를 할 수는 없었다. 신혼이 아닌 다른 부부가 대개 그러듯 우리 역시 드문드문 서로의 문을 두드렸다.

어쨌거나 경쟁자의 접근을 원천 봉쇄하고 싶을 정도로 소유욕이 발동해서, 두 사람만의 침대라는 걸 가짐으로써 들끓는 질투심으로부터 해방되고 싶어서, 소위 뜨겁게 사랑해서 한 결혼이었다. 몇몇 친구들이 걱정 반, 비웃음 반으로 "사랑이 식을지도 모르는데 결혼이라니, 굳이 왜?"라고 묻기도 했으나 윤서도 나도 확신했다. 우리 사랑은 영원할 거라고, 우리 결혼은 완벽할 거라고. 도무지 무엇이 잘못되었는지 알 수 없었다.

커피를 마실 기분도 아니라 멍하니 밖만 내다보고 있는데, 아내의 동료가 매장을 나서는 모습이 보였다. 문을 잠그거나 셔터를 내리지 않는 걸로 보아 윤서가 안에 있는 게 분명했다. 나는 일이 나중에 끝나는 쪽이 뒷정리를 한 후 퇴근한다는 것을 알고 있었다. 반려견 매장의 통유리창을 가린 블라인드 때문에 안이 선명히 보이지는 않았으나 사람의 실루엣 같은 게 비쳤다. 나는 윤서가 일을 모두 끝낼 때까지 진드근히 기다리기로 했다.

오가는 행인들이 점점 많아지고 있었다. 누군가는 귀갓길을 서두르는 듯한 모습이었고, 누군가는 이것저것 볼일을 보느라 꾸물대고 있었다. 빵을 사기 위해 들락거리는 사람도 꽤 많았다. 여느 날이었다면 윤서와 나 역시 서둘러 버스를 타기도 하고 몇 시쯤 퇴근하는지 문자를 주고받기도 하며 다음 날 아침에 먹을 견과류 든 식빵을 사기도 했을 것이다. 우리가 사는 모습은 남들과 크게 다르지 않았다. 나나 윤서나, 같이 벌고 같이 쓰고 같이 집안일을 하는 데 큰 불만이 없었다. 헤어질 만큼 적대감이 쌓인 것도 아니었고, 결혼 생활을 홀랑이질할 만한 특별한 사건도 없었다. 그런데 왜? 도대체 왜?

나도 모르게 눈썹을 뽑고 있었다. 학창 시절에 눈썹을 뽑다가 달걀귀신처럼 우스운 얼굴이 된 적 있었다. 우울하거나 초조할 때 그랬는데, 사실 그 시절엔 우울하거나 초조하지 않은 날이 거의 없었다. 유학 생활을 끝내고 한국으로 온 이후로는 거의 사라졌던 습관인데 도진 것이다. 눈썹 있는 곳이 화끈거렸다. 누군가가 내 꼴을 보지나 않을까 싶어 두리번거리는데, 건너편에서 윤서가 나오는 모습이 보였다. 반사적으로 일어섰다. 그리고 서둘러 나가려다 흠칫 멈춰 섰다. 다부져 보이는 체격의 젊은 남자가 매장을 나서는 윤서에게 다가가 알은체를 했기 때문이었다. 두 사람은 몇 마디를 나누지도 않은 채 나란히 걷기 시작했다. 남자와 윤서가 미리 약속한 후 만난 게 틀림없었다.

눈썹 주변에서 화끈거리던 기운이 머리끝까지 번지는 것 같았다. 윤서가 짐을 싸 들고 나간 다음 날 다른 남자를 만나는 게 믿기지 않았다. 게다가 남자를 직장으로까지 불러들이

다니. 그래, 이유가 있었구나. 남자가 생겼던 거다. 인터넷에서 검색한 모든 외도의 징후가 떠올랐다. 내가 미처 발견하지 못했을 뿐인, 그러니까 윤서가 꼭꼭 숨겨두었을 화려한 속옷, 짙은 향수, 새로 산 옷, 구두, 액세서리 등의 이미지가 머리를 가득 채웠다. 그랬구나. 그랬는데 나만 몰랐던 거구나!

나는 벌떡거리는 가슴을 가까스로 누르며 조심스레 두 사람의 뒤를 밟았다. 느슨하게 머리를 묶었던 윤서가 고무줄을 빼내며 가볍게 머리를 털었다. 구불구불한 긴 머리가 풍성하게 늘어졌다. 두 사람은 지나치게 가까이 붙지도 않고 또 턱없이 멀어지지도 않은 채 다정하게 얘기를 나누며 걸어갔다. 사이 좋은 직장 동료쯤으로 볼 수도 있었다. 우연한 기회에 근처에서 일하는 걸 알게 된 옛 친구일 수도 있었다. 하지만 당연하게도 내 눈에는, 두 사람이 그런 건전한 사이로 보이지 않았다. 윤서가 가끔 입에 손을 가져다 대며 웃는 모습이 낯설었다. 나와의 결혼 생활을 깡그리 잊은 듯 해사하게 웃는 여인은 분명 내가 아는 최근의 윤서가 아니었다. 남자는 그런 윤서가 조금도 낯설지 않은 모양이었다. 그의 미소 역시 해맑았다. 나는 눈에서 초자연적인 광선이라도 나와 남자를 태워버릴 수 있기를 바라며 그를 쏘아보았다. 운동을 업으로 하거나, 아니면 적어도 몸을 만들기 위해 헬스장에 열심히 다닌 게 분명해 보이는 다부진 체격이 심히 거슬렸다. 나는 군살 하나 없어 보이는 남자의 몸을 훑어보다가 불현듯 내 배를 내려다보았다. 면 셔츠 아래로 나태함을 감추지 못한 뱃살이 출렁였다. 그래서 뭐? 질 수 없다는 듯 뱃살이 쏘아붙였다. 당연하게도 내 뱃살은 나와 한편이었다.

  시장 골목으로 들어섰다가 입구로 다시 나왔다. 윤서와 남자가 골목 안에 있는 삼겹살집으로 들어가고, 남자가 윤서를 위해 의자를 테이블 밖으로 내주는 걸 확인한 후였다. 끊었던 담배를 다시 피우고 싶은 생각이 간절했다. 바람난 아내를 목격한 남편에게 제일 어울리는 건 사실 담배밖에 없었다. 열이 오빠, 담배 피우려고? 느닷없이 나타난 예나가 내 팔짱을 끼며 물었다. 예나와 내가 예전에 함께 담배를 피웠던 게 떠올랐다. 우리는 섹스 후에 침대에 나란히 누워 섹스와 담배 중 어느 쪽을 포기하기가 더 어려울지에 대해 얘기하곤 했다. 윤서는 담배라면 냄새만 맡아도 질색을 했다.

  편의점에서 에쎄 한 갑과 라이터를 샀다. 예나가 안달을 했다. 아, 한 대만 피워보고 싶다. 정말 딱 한 대만. 나는 못 들은 척하고 담배를 피워 물었다. 속 터지는 상황에서 담배를 피우는 게 너무 뻔하고 고루하게 여겨졌지만 어쩔 수 없었다. 인삼 드링크를 마시거나 호떡을 먹을 수는 없는 일이었으니까.

  담배가 최고로 반가운 건, 끊었다가 다시 피우는 첫 순간이다. 오랜만에 폐를 긁는 느낌이 너무 좋아서 하마터면 처지를 잊고 행복하다고 여길 뻔했다. 단정하게 들어왔다가 마구 헝클어진 모습으로 퍼지는 연기를 바라보며 생각을 정리했다. 대한민국의 보통 남편인 나, 이십일세기에 사는 현대 남성인 내게 드디어 닥칠 게 닥쳤다. 아내에게 다른 남자가 생겼고, 내가 그걸 목격했다. 다정하게 삼겹살을 구워 먹으며 잔을 부딪치고 있을 두 사람이 눈에 그려졌다. 어떻게 해야 하나? "내가 이 여자 남편이요." 식당에 들어가 남자에게 그렇게 말하면 어떨까? 안 될 일이었다. 남자가 당황해서 도망을 가기보다 "그래서요?"라거나 심지어 "말씀 많이 들었습니다. 반갑습니다"라고 할 가능성을 배제할 수 없었다. 사실 윤서와 남자가 특별한 사이라고 할 만한 근거가 아무것도 없었다. 간통죄도 폐지된 마당인데, 다른 남자와 저녁 한 끼 같이 먹는다고 해서 불륜 관계라고 몰아붙일 수 없었다. 윤서에게 "나랑 헤어지자고 하더니 여기서 다른 남자랑 술을 마시는 거야?"라고 한다면 어떨까? 하지만 윤서가 "그것과 이게 무슨 상관이지?"라거나 "그래, 헤어지려는 이유가 이거야"라고 할 두 경우 모두 어떻게 대처해야 할지 알 수 없었다. 한없이 가벼워져 밀도라고는 없는 허술한 생각이 담배 연기처럼 무익하게 부풀었다. 예나가 연기를 따라 여기저기 코를 씰룩이더니 다시 물었다. 그런데 오빠, 오빠가 원하는 게 도대체 뭐야?

내가 원하는 거? 나는 예나의 질문에 살짝 당황했다. 늘 아무런 생각이 없어 보이던 예나가 어쩐지 폐부 깊숙이 감춘 내 생각을 읽은 것 같아 불쾌하기도 했다. 내가 원하는 거라…… 나 역시 궁금했다. 윤서의 마음을 돌리게 하는 게 목적이라면, 윤서를 자극해서 좋을 게 없었다. 이참에 깨끗이 윤서와의 관계를 끝내고 싶은가? 알 수 없었다. 창졸간에 당한 일이었다. 여느 날처럼 밥 잘 먹고 잠 잘 자다가 느닷없이 생긴 일이었다. '느닷없이'라고? 아니다. 생각해보니 그렇지 않았다. 당근 사건이 있었다. 윤서가 도전적으로 당근 요리를 내놓은 날, 나는 당근 꿈을 꾸었고 가위에 눌렸다. 심지어 그 당근이……

그 당근 혹시 어머니 때문이야? 예나가 다시 내 생각을 읽고 물었다. 당근이 어머니랑 뭐? 나는 시치미를 뗐다. 아, 생각이 어느새 당근으로 옮겨갔구나. 중요한 건 그게 아니었다. 내가 원하는 거, 내가 원하는 거…… 나는 거의 반쯤 비어 있는 곽을 내려다보았다. 윗부분에 인쇄된 팥죽색 얼굴을 한 남자가 퀭한 눈으로 나를 보고 있었다. 열 개비 가까이 줄담배를 피운 걸 깨달았다.

그래, 내가 원하는 것은…… 예나가 다정하게 내게 기대며 호기심 가득한 눈을 빛냈다. 오빠가 원하는 것은? 나는 머춤했다. 그 순간 거기 있으리라 짐작하지 못한 문장 하나가 자발 없이 모습을 드러냈다. "내가 아닌 네가 가해자야." 이성이나 의지의 허락 없이 제멋대로 떠오른 말이었다. 나는 낄 때 안 낄 때 구분 못하고 고개를 쳐들려는 비열한 기대감을 꾹꾹 밀어 넣었다. 내가 원하는 게 설마 모든 걸 윤서 탓으로 돌리려는 책임 전가일 리 없었다. 가당찮은 생각을 떨쳐내기 위해 고개를 흔들었다. 어쨌든 이별 통보를 하고 배우자가 아닌 사람과 술을 마시는 게 내가 아니라 윤서인 건 분명하지 않은가!

그럼 무조건 증거를 잡아야겠네? 예나가 내 치사함을 익히 알고 있으며 이번 기회에 모조리 드러내고야 말겠다는 듯 잔밉게 물었다. 곧 머릿속으로 동영상이 재생되기 시작했다. 침대에 함께 누워 있는 두 사람을 바라보는, 혹은 두 사람이 덮고 있는 얇은 시트를 휙 걷어내는 나. 내 주먹 한 방에 쌍코피를 흘리는, 혹은 유리잔이 올려진 테이블을 박살 내며 나가떨어지는 근육질의 남자. 놀라 소리를 지르며 알몸을 가리기에 바쁜, 혹은 내 가슴에 뛰어들며 내게 용서를 구하는 윤서. 전형적인 신파조 광경이 지리멸렬하게 이어졌다. 내가 있던 자리로, 아직 생과 싸울 기력이 남은 듯한 두 여자가 들어서지 않았더라면 조잡한 상상력은 끝이 나지 않았을 것이다. 여자들은 누군가를 두고 욕을 했고 침을 뱉었다. 나는 서둘러 시장 골목으로 돌아갔다.

살며시 식당을 살폈다. 생각보다 실내가 넓지 않았다. 고작 대여섯 개의 테이블. 중년 남자 네 명, 젊은 여자 한 명과 늙은 여자 두 명, 나이 든 노인 세 명…… 아뿔싸! 윤서와 남자가 보이지 않았다. 그새 고기를, 아니 고기와 술을 다 먹고 어딘가로 이동했나? 그럴 리 없었다. 담배 반 갑을 피웠을 뿐인

길지 않은 시간이었다. 나는 허둥지둥 옆 가게를 살폈다. 파전과 동동주 전문점이라는 그곳에도 윤서는 없었다. 그 옆집도, 그 옆집도 모두 살폈다. 나중에는 앞뒤 가리지 않고 아무 데나 들어가 테이블 하나하나를 유심히 보기도 했다. 하지만 망원동 시장 골목 그 어느 곳에도 그들은 없었다. 내가 담배를 사러 가고, 사고서 열 대쯤을 한꺼번에 피우는 동안 윤서와 남자가 감쪽같이 사라지고 만 것이다. 떨리는 손을 어찌지 못하며 윤서에게 전화를 걸었다. 전화기 저 너머에서 그럴 줄 몰랐냐는 듯 담담한 목소리가 울려 퍼졌다. "연결이 되지 않아 삐 소리 후 음성사서함으로 넘어갑니다."

그런 순간에 예나가 함께 있다는 사실이 나를 더 우울하게 했다. 목이 몹시 따가웠다.

인생숏

윤서에게 끝도 없이 편지를 받는 꿈을 꾸었다. 가구 하나 없이 휑하니 비어 있는 방으로 편지가 계속 날아들었다. 백 장, 이백 장, 아니 천 장은 될 것 같았다. 무늬도 없고 색깔도 없는 하얀 종이에 또렷한 윤서의 필체로 적혀 있었다. '헤어 지자.' 다이어트에 성공했다는 듯한 인상을 풍기는 자신만만 한 글씨였다. 꿈속의 나는 그 편지가 내게 온 게 아니라고 우 길 결심을 하고 있었다. 하지만 주변에 아무도 없었으므로 그 저 나 자신에게 되뇌는 수밖에 없었다. 내 편지가 아니다. 내 편지가 아니야. 사실 필체를 제외하면 그 편지를 윤서가 보냈 다는 증거가 없었다. 누가 누구에게 언제 왜 어떻게 보냈는지 에 대해 어떤 것도 확신할 수 없었다. 어쩌면 윤서가, 내가 아 닌 꼬마나 파넬, 예나나 어머니에게 보낸 것일 수 있었다. 꼬마나 파넬, 예나나 어머니는 내가 아니지 않은가! 혹은 대한민국, 전 세계의 모든 남편과 아내가 서로에게 보내는 편지일 수도 있었다. 그랬다. 사장이나 사장의 아내 혹은 오 실장이나 오 실장의 아내가 보낸 편지일 가능성도 얼마든지 있었다. 나는 아니었다. 나는 아니고말고. 그런데도 종이 한가운데에 팔짱을 끼고 앉은 글씨는 내게서 시선을 돌리지 않았다. 헤어지자. 군더더기 없이 딱 네 글자였다.

밤새 시달리다 일어났으니 얼굴이 좋을 리 없었다. 나는 웅이를 급히 산책시키고 겨우 면도를 한 후, 늦었는지 말았는지 따위에 신경 쓰지 않은 채 출근을 했다. 사장은 시사 이슈나 북한 관련 뉴스를 더는 내게 들먹이지 않았다. 오늘 아니면 내일, 늦어도 일주일 안에 너를 잘라버릴 거야. 그렇게 마음먹고 있는 듯했다. 신경 쓰지 않기로 했다. 나라를 구하거나 정의를 구현하는 거창한 일을 할 때의 용기에 뒤처지지 않을 내 나름의 배짱이 생겼다. 게다가 일자리를 잃으면, 잃으면서 생기게 마련인 상처를 크게 확대해 윤서에게 들이밀면 될 일이었다. 치료도 하지 않고 거즈도 대지 않은 채 엉망이 된 내 모습을 적나라하게 보여줄 셈이었다. 봐, 결국 네가 다 망친 거야. 네가 나를 이렇게 만들었어. 그렇게 말하는 장면을 떠올리니 뜻밖에 해들해들 웃음도 났다.

퇴근까지 어영부영 시간을 보낸 후, 내 인사에 대꾸도 없는 사장을 뒤로하고 안경원을 나섰다. 다시 반려견 매장으로 갔다. 이번에는 빵집으로 들어가지 않고 그 옆의 옆집인 타이마사지 가게 앞에 섰다. 작은 돔 형태의 천장이 있고 출입구가 길어 몸을 가리기에 적당했다. 윤서가 나를 봐도 상관없었다. 마주치면 얼굴을 보고 얘기할 것이고, 전날처럼 남자가 나타나면 뒤를 밟을 계획이었다. 나는 다부진 몸을 한 전날의 남자를 떠올렸다. 피부가 좀 검은 편이었던가. 키는 나와 비슷했던가. 머리카락은…… 옷은…… 근육질 몸이었던 것 외에 다른 세세한 부분은 기억나지 않았다.

몇 사람인가가 반려견 매장을 드나들었다. 실패한 경험보다 성공한 경험이 더 많을 듯한 환한 표정의 청년도 있었고, 바람에 앞머리가 날리기만 해도 웃음을 터뜨릴 것 같은 소녀도 있었다. 사소한 기쁨은 거의 놓치고 산 것처럼 보이는 진지한 표정의 중년 여인도 보였다. 그들은 빈손으로 들어갔다가 개를 데리고 나오거나, 개와 함께 들어갔다가 사료나 간식 등을 사 들고 나왔다.

손님들이 뜸해지나 싶더니 윤서가 나왔다. 동료보다 먼저 퇴근하는 모양이었다. 그런데 혼자가 아니었다. 귀 전체에 회색 점이 있는, 캥거루를 닮은 휘핏과 함께였다. 미용을 위해 맡겨진 개가 견주의 사정으로 당일 집으로 돌아가지 못하는 일이 가끔 있는데, 그런 경우인 모양이었다. 윤서는 매장에 개를 홀로 두기보다 집으로 데려오는 쪽을 택했다. 주인에게 언제든 맡기라는 말은 절대 하지 않았으나 주인이 사정이 생겼다고 읍소하면 못 이기는 척 개를 맡아주었다.

개를 돌보는 일을 해도 개를 좋아하지 않는 사람들이 많으니 하는 말이지만, 윤서는 개를 진심으로 좋아했다. 그러니 종일 개와 씨름하다가 물리거나 할퀴여도 불평 한마디 없는 것이기도 했다. 점심때 비빔밥 시켜 먹었는데, 나물이 안 씹히는 거야. 질겨도 너무 질기다 싶어 뱉고 보니 개털이 한 뭉치 나왔지 뭐야. 그렇게 말하며 킥킥 웃던 윤서였다. 아일랜드에 유학 가 있는 동안 재우가 맡아 길렀던 웅이를 내가 다시 데려왔을 때, 윤서는 원래부터 자신의 개였다는 듯 웅이를 껴안고 볼을 비비댔다.

산책하기로 작정을 한 듯 낮은 스니커즈를 신은 윤서가 휘핏을 이끌었다. 매장에서 가까운 한강공원으로 가려는 모양이었다. 나보다 웅이를 더 사랑한다고 장난스레 말하기도 했던 윤서가 웅이를 버려둔 채 다른 개를 산책시키다니…… 웅이까지 포함했을 '헤어지자'는 말의 무게가 새삼 육중하게 다가왔다. 나는 무거운 마음을 질질 끌며 뒤를 따랐다. 집에 들어오지 않는 윤서가 개를 산책시킨 후 어디로 갈지 궁금했다. 임시 숙소라면 개를 데리고 가기 어려울 텐데…… 반려견 매장 근처에 방을 얻었거나 가까운 친구 집에서 지내고 있을지도 몰랐다. 일단 윤서가 있는 곳을 알아두는 게 나으리라는 생각이 들었다.

긴 스커트를 나풀거리며 걷는 윤서와 배가 쏙 들어간 휘핏은 어딘가 닮은 데가 있었다. 윤서는 남편에게 헤어지자는 말을 한 사람답지 않게 경쾌하게 걸었고, 휘핏은 호기심 많은 머리를 사방으로 돌리며 씨엉씨엉 발을 놀렸다. 윤서와 개가 시장 골목을 벗어나는가 싶더니 금방 사거리 교차로에까지 다다랐다. 나는 그들과 거리를 유지하느라 가다가 서다가 다시 가기를 반복했다. 우체국을 지나 농협이 있는 큰 건물을 끼고 돌았다. 심심해서 뭐라도 해보고 싶었을 저물녘 가을빛이 윤서와 휘핏의 등을 타고 내렸다. 휘핏은 빛 조각을 기어이 한입 베어 물고 말겠다는 듯 고개를 이리저리 돌렸다. 저물녘에 더 파래진 가을 하늘이 누더기처럼 남루한 내 삶과 대조적으로 우아하게 날개를 폈다. 하필 가을인가…… 계절 때문에 더 울적하기 싫었다.

윤서와 개, 그리고 내가 아파트 사잇길로 들어섰다. 상가 앞에 "인생숏 찍고 시간 무제한, 무료 이용권을 받으세요!"라는 문구가 인쇄된 텐트 대여 광고판이 설치되어 있었다. 인생숏. 나는 실소했다. 아내의 뒤를 밟는 남편과 그걸 모르는 아내, 그리고 한 마리 휘핏. 인생숏이 따로 없었다. 내 마음과 달리 윤서와 개는 평화로워 보였다.

어두컴컴한 작은 굴다리를 지나 한강변에 다다랐다. 스러져가는 햇빛이, 필경 그냥 스러지기 아쉬워서 장만했을 반짝이 옷을 강물에 입혀놓고 있었다. 윤서가 크로스로 멘 가방에서 휴대폰을 꺼냈다. 누군가와 통화를 하나 싶더니 곧 왼쪽으로 고개를 돌렸다. 바늘뼈에 물컹거리는 두부살을 두른 듯한 남자가 휴대폰을 쥔 손을 흔들며 다가오고 있었다. 휘핏이 캥거루처럼 껑충 뛰며 남자를 반겼고, 이내 남자가 윤서로부터 개줄을 받아 들었다. 전날 봤던 남자가 아니라는 사실에 안도하면서도 동시에 불길했다. 매장에 오는 손님이라면, 사정이 있어 윤서에게 부탁을 했다면, 개를 받고 가면 될 일이었다. 하지만 남자는 윤서와 함께 산책로로 들어서고 있었다. 가로수의 긴 그림자가 나처럼 황망해서인지 그들의 얼굴을 보이지 않게 덮었다. 그래도 윤서와 남자가 상대편과 개, 전방을 번갈아 보며 다정하게 걷는 장면이 보이지 않을 정도로 어둡지는 않았다.

말도 안 되는 상황이었다. 윤서와 낯선 남자가 한갓지게 초저녁 산책을 나선 부부처럼 보이는 것도, 윤서의 남편인 내가 두 사람 뒤를 밟고 있는 것도 도무지 말이 되지 않았다. 나는 당장 뛰어가서 파국에 걸맞은 장면을 연출하고 싶었다. 하지만 조금 더, 조금만 더 조심스레 따라가면, 한껏 몸을 웅크렸으나 실은 드러나기를 내심 바랐을 무언가를 목격할 수 있을 듯했다. 나는 누추한 감성을 그보다 더 누추한 이성으로 눌렀다.

한참을 걷다가 산책로에 있는 벤치에 잠시 앉았다. 녹작지근했다. 윤서 일행의 걸음이, 함께인 시간을 즐기려는 듯 점점 느려지고 있었으므로 서둘러 쫓을 필요도 없었다. 기왕 이렇게 된 거, 가급적 윤서에게 더 불리한 증거나 찾아야겠다는 생각이 들었다. 법적으로든 도덕적으로든 윤서를 비난할 수 있는 모든 걸 모아 들이대고 싶었다. 그들의 뒷모습을 휴대폰으로 찍었다. 형체가 뚜렷하지 않았으나 누구인지 구분할 수 없을 정도는 아니었다. 갑자기 아까 봤던 광고 문구가 떠올랐다. 인생샷. 이를 악물고 찰칵! 다시 한번 더 기를 쓰고 찰칵! 습관처럼 굳어가는 좌절감을 딛고 또 한 번 찰칵! 사진 찍는 소리가 거슬렸는지 저무는 태양이 몸서리를 치며 붉은빛 몇 줄기를 쏘아 올렸다. 나는 할 수만 있다면 길고 뾰족한 그 빛살들을 잡아 두 사람에게 던지고 싶었다. 창처럼 던져 뻔뻔하고 잔인하고 사악한 그들의 목에 꽂아주고 싶었다. 치명적인 위해를 가하고 싶었다. 그런데 스러져가던 햇살이 돌연 나른한 목소리로 물었다. 정말 저들이 뻔뻔하고 잔인하고 사악해? 나는 햇살의 질문을 외면한 채 다시 걷기 시작했다.

큰 군함과 대형 프로펠러 등의 조형물을 뒤로하고 걷던 두 사람이 마침내 등받이가 없는 긴 의자에 앉았다. 나는 간이 화장실 옆에 멈춰 섰다. 남자가 일어서더니 가까이 있는 편의점으로 뛰어갔다. 나는 남자의 볼살과 뱃살이 사이좋게 출렁거리는 걸 보고 묘한 안도감을 느꼈다. 그러나 곧 실소를 금할 수가 없었다. 윤서가 앉은 벤치와 남자가 뛰어간 편의점, 그리고 내가 있는 화장실이 삼각형을 이루고 있었기 때문이다. 이런 걸 삼각관계라고 하는 걸까. 그때였다. 휘릿이 남자가 뛰어간 쪽으로 고개를 돌리다가 이어 나를 보았다. 누워 있던 녀석의 귀가 쫑긋 섰다. 정확히 눈이 마주쳤다고 느낀 순간, 개가 나를 향해 달려왔다. 윤서가 줄을 느슨하게 잡았던 모양이었다. 다른 생각을 할 겨를이 없었다. 나는 황급히 화장실 안으로 들어갔다. 당연하게도 화장실은 좁고 더러웠다. 나방파리 한 마리가 힘없이 이 벽에서 저 벽으로 이동했다. 지나치게 가벼워 보이는, 어쩐지 곤충이 아닌 것만 같아 더 이물스러운 나방파리는 위협적이었다.

화장실 문 바로 앞에서 휘핏이 끙끙대는 소리가 들렸다.

루미야, 안 돼. 착하지, 우리 루미.

뒤쫓아온 윤서가 개를 달래고 있었다. 나보다 루미라는 개와 더 오래 산 듯, 나보다 그 개와 더 잘 소통하는 듯 다감한 음성이었다. 게다가 '우리' 루미라니…… 나는 숨을 죽였다. 공원에는 나 말고도 사람들이 꽤 있었다. 휘핏은 왜 나를 쫓아온 걸까? 기묘한 삼각형의 한 꼭짓점에 있던 내게 뭔가 할 말이 있었던 걸까? 어디선가 바람이 스며드나 싶었는데 별안간 벽에 있던 나방파리가 보이지 않았다. 내 몸 어딘가에 슬그머니, 기척도 없이 내려앉았을지 모르겠다는 생각이 들었다. 혹시 내가 나방파리가 된 건 아닐까? 아니지, 나방파리가 내가 된 거겠지. 개 같은 상황이지, 안 그래? 휘핏이 그렇게 말하듯 컹컹, 몇 번 짖었다. 플라스틱 소재로 만든 듯한 화장실이 위태롭게 느껴졌다. 진짜 살과 피로 이루어진 인간을 위한 공간이 아닌 듯했다. 휘핏이 껑충 뛰어오르며 한 번만 밀면 대번에 쓰러질 것 같기도 했다. 소멸의 위기에 봉착한 우리의 결혼처럼 단번에 붕괴해버릴 듯했다. 비로소 서글펐다. 다른 남자와 산책을 하는 아내, 그런 아내의 뒤를 밟다가 들키지 않으려고 공중화장실에 숨은 남편, 그리고 수상함을 느낀 한 마리 개. 또 하나의 인생숏이었다. 나는 다시 눈썹을 맹렬히 뜯기 시작했다. 눈썹 어딘가에 나방파리가 숨어 있을 것만 같았다. 그새 윤서가 개를 데리고 돌아갔는지, 주변에 아무런 소리도 들리지 않았다.

잠시 후 살그머니 문을 열었다. 내가 있는 화장실 쪽을 등지고 벤치에 앉은 윤서와 남자가 보였다. 볼살이 도도록한 중년의 남자가 맥주 캔을 따서 윤서에게 건네주자, 윤서가 컵라면의 뚜껑을 원뿔형으로 말아 남자에게 건네주었다. 캔 맥주와 컵라면. 윤서가 가끔 컵라면을 먹고 싶어 한 게 생각났다. 꼬들꼬들해서 더 맛있잖아. 나는 윤서를 말리곤 했다. 그냥 라면도 몸에 좋을 게 없는데, 굳이 왜 컵라면을 먹겠다는 거야? 과자인지 면인지 구분할 수도 없는 식감은 둘째치고라도 일회용 플라스틱 그릇에서 나오는 환경호르몬은 또 어떻고. 나는 그렇게 말하며 컵라면을 사려는 윤서를 말리곤 했다. 남자와 윤서는 컵라면을 맛있게 먹고 있었다. 어쩌면 윤서가 컵라면이 마음껏 먹고 싶어 헤어지자고 한 게 아닐까? 어처구니없는 생각이었지만 그게 또 아주 그런 것 같지도 않았다.

먹고 마시는 걸 끝냈는지 두 사람과 개가 일어서서 걷기 시작했다. 여전히 느긋한 걸음이었다. 강변에 어둠이 짙게 내려앉았다. 아까는 희미했던 등불이, 흘미죽죽하게 미련 떠는 것도 이젠 질렸다는 듯 쨍하게 빛을 뿜었다. 나는 다시 눈썹을 뜯으며 걸었다. 눈썹 주변 피부가 심장 뛰듯 벌렁거렸다. 눈물이 찔끔찔끔 날 만큼 지독하게 아팠으나 아픈 게 싫지 않았다.

두 사람이 걸음을 멈춘 곳은 주차장이었다. 화끈거리는 눈썹을 매만지던 내가 정신을 차릴 새도 없이 차가 출발했다. 남자가 운전석에, 윤서가 조수석에 앉아 있었다. 검은색 레인지로버 뒤에 타고 있던 휘핏이 측은하다는 듯 나를 보며 눈을 끔뻑거렸다. 모르긴 몰라도 녀석이 꼬리를 흔들었으리라는 생각이 들었다.

청회색이 잘 어울렸지

다음 날도 나는 나를 외면하는 사장을 외면한 채 서둘러 망원동으로 향했다. 내게 안경원은 이미 침을 뱉어버린 우물이었다. 사장에게 내가 먼저 그만두겠다고 말할 수도 있었지만 그러지 않았다. 도리를 지키겠다는 생각마저 내 처지에 사치인 듯했다. 더 한심하고 더 모자란 인간이 되어 나 자신을 학대라도 해야 기분이 나아질 것 같았다.

매장을 나선 윤서 뒤를 또 밟았다. 이번에는 6호선 지하철을 탔다. 나는 가능한 한 사람이 많은 곳에 몸을 숨긴 채 윤서를 주시했다. 한 손으로 손잡이를 잡은 윤서가 다른 손으로는 휴대폰을 보고 있었다. 저런 모습으로 퇴근을 했구나, 동그란 손잡이를 저렇게 매달리듯 잡고 있었구나…… 가끔 창밖을 보는 윤서의 시선이 차가웠다. 익숙한 곳에서 이미, 그리고 기꺼이 떠났다는 듯 미련 없는 눈빛이었다. 분명 같은 차량에 있는데도 윤서와 내 거리가 열차 이쪽과 저쪽 끝에 있기라도 한 듯 멀게 느껴졌다.

나는 멍하니 상념에 젖어 있다가 공덕역에서 내리는 윤서를 하마터면 놓칠 뻔했다. 윤서는 다소 급해 보이는 사람들 틈에서 여유 있게 걸었다. 나는 윤서와 충분한 거리를 두고서 발맘발맘 걸었다. 윤서는 옛 은사를 만나러 가기라도 하듯 얌전해 보이는 청회색 원피스를 입고 있었다. 청회색이 잘 어울렸지, 나도 모르게 그런 생각을 하며 윤서를 뒤따랐다.

윤서가 시외에나 있을 법한, 운치 있어 보이는 한식집으로 들어갔다. 번잡한 공덕역 주변에 그런 식당이 있는 게 신기했다. 마당에 놓인 테이블 중 하나에 앉아 있던 남자가 온화한 표정으로 윤서를 맞았다. 한옥을 개조한 듯 보이는 식당의 대문이 활짝 열려 있어서 윤서와 남자의 모습을 쉽게 볼 수 있었다. 한식집과 어울릴 법한 나이 지긋한 남자가 아니었다. 나나 윤서보다 살짝 어려 보이는 남자는 껑충하게 키가 컸고 자신만만한 표정을 짓고 있었다. 남자가 입은 청회색 스웨터가 눈에 띄었다. 윤서가 입은 원피스보다 조금 어두운 색이었지만 분명 같은 계열이었다. 설마 소위 커플룩? 사소한 옷 색깔마저 나를 열패감에 젖게 했다. 염두에 두었으나 굳이 드러내기를 원치 않았던 끈끈한 감정이 고개를 들었다. 질투인가?

나는 얼뜬 자만을 노리는 운명으로부터 따귀 한번 맞아본

적 없는 듯한 남자를 노려보았다. 회사원으로는 보이지 않았으나 자영업자로 보이지도 않았다. 무얼 하는 사람일까? 나와는 늘 독하지 않은 맥주나 와인을 마시던 윤서가 남자와는 소주를 마시고 있었다. 한 상 가득 놓인 음식들 사이로 소주잔을 부딪치는 두 사람은 선후배든 연인이든 직장 동료든 무얼 갖다 붙여도 어색하지 않은 모습이었다.

나는 한식집 앞을 서성였다. 지난번처럼 다른 곳에서 담배를 피우다 윤서를 놓치는 일이 없도록 입구가 보이는 대문 근처를 떠나지 않았다. 남자가 이야기를 재미있게 하는 모양이었다. 윤서가 그가 하는 말에 따라 입을 가리고 웃거나 테이블을 가볍게 두드리는 시늉을 했다. 두 사람은 막 사랑을 꽃피우는 젊은 연인들 같았다. 앞에 앉은 이가 자신을 보지 않을 때 상대를 욕심껏 눈에 담았고, 상대가 자신을 바라볼 때는 그가 마음껏 볼 수 있도록 짐짓 다른 곳을 보았다. 윤서와 내게서는 오래전에 사라진 행동이었다. 나는 그녀가 웃다가 가끔 고개를 젖힐 때 마주하게 되는 가을 하늘에서 후회나 죄책감이 떨어져 내리기를 기도했다. 윤서가 젓가락으로 파전을 먹기 좋게 찢을 때 무참하게 찢긴 우리의 결혼 생활이 떠오르길 바랐다. 남자의 빈 잔에 술을 따라주는 동안, 그리 쉽게 잊힐 리 없는 나와의 결혼 생활이 술처럼 차오르기를 원했다. 하다못해 내가 아팠을 때나 아픈 나를 위로했던 애잔한 기억 같은 거라도 불현듯 그 자리에 침입했으면 싶었다. 그러나 내가 본 건, 나와 관련한 어떤 일도 까맣게 잊은 듯 무구하게 즐거운 얼굴이었다.

그 얼굴 때문에 담배 생각이 더 간절해졌다. 하지만 좁은 골목 벽에 온통 금연 딱지가 붙어 있었고, 공연히 담배를 피워 시선을 끌고 싶지 않았다. 조금만 걸어 나가면 담배 피울 곳이 있겠지만 그사이 윤서와 남자를 놓칠까 봐 그러지도 못했다. 나는 휴대폰을 보는 척하다가 식당을 살폈고, 조금 걷는 척하다가 원래 자리로 돌아오곤 했다. 골목으로 심심찮게 사람들이 지나다녔으므로 내 행동이 이상해 보이지는 않았을 것이다. 누군가를 밟으러 가건 밟히러 가건, 가긴 가야 하는 사람들의 발걸음에는 주저함이 없었다. 아무도 같은 자리를 맴돌고 있는 내게 관심을 기울이지 않았다. 나는 동굴 속에서 쑥과 마늘만 먹는 걸 견디지 못하고 뛰쳐나온 태초의 호랑이가 햇빛 환한 공간에서 어떤 기분이었을지 알 것 같았다.

두 사람이 소주 한 병을 더 주문하는 걸 곁눈질하고 있는데, 저기요, 하는 소리가 들렸다. 나는 누군가가 내게 말 건게 아니기를 바랐다. 하지만 바로 옆에서 들린 '저기요'가 나를 가리키지 않을 가능성은 희박했다. 짧게 커트를 한 머리 때문에 거의 소년처럼 보이는 여자는 난감한 표정이었다.

저, 큰길로 나가려면 어디로 가야 하나요? 앱에 있는 지도가 방향을 잡지 못해서요. 큰길로만 나가면 되는데……

내가 있는 골목은 그리 복잡한 곳이 아니었다. 하지만 가끔 뻔한 길에서 헤매는 사람들이 있기 마련이다. 나는 손가락을 들어 대로로 나가는 길을 가리키려다 깜짝 놀라고 말았다. 너무 놀라 실제로 몇 걸음 발을 헛디디며 휘청거렸다. 여자가 나를 부축하려는 듯 손을 내밀며 물었다.

괜찮으세요?

나는 여자의 손이 닿기 전에 재빨리 중심을 잡았다. 하지만 내가 느낀 걸 무시하기에는 이미 늦었다. 예전이라면 연극의 조연인 행인 일 혹은 이, 삼에 불과했을 여자가 돌연 극중 주인공처럼 비중 있게 다가왔던 것이다. 나는 오랜만이긴 해도 모르지 않는, 모를 리가 없는 그 기분을 잠시나마 만끽했다. 설렘이었다. 일각돌고래에 관한 비밀 같은 걸, 그러니까 고래가 어째서 생존에 아무런 도움이 되지 않는데도 삼 미터에 달하는 어금니를 퇴화시키지 않았는가 하는 식의 미스터리를 풀기라도 한 것처럼 짜릿했다. 퐁퐁, 감동이 솟고라졌다. 내게 길을 물었을 뿐인, 짧은 머리를 했으며 보조개가 있고 살짝 비음 섞인 목소리를 냈을 뿐인 여자, 그 여자에게 말을 걸고 연락처를 묻고 수작을 걸고 싶었다. 그런 욕구가 순식간에 나를 잡아 젖히고 괴성을 지르며 튀어나올 것만 같아 나는 하마터면 입을 틀어막을 뻔했다. 여자가 돌연 역할을 바꾼 게 아니었다. 바뀐 건 나였다. 은밀한 내 뱃속 시선이었다. 정말 한심하게도 그 순간 내가 맛본 건, 새로운 누군가를 만나고 사랑할 수 있는 자유였다. 하지만 그런 기쁨은 그야말로 잠시, 나는 내가 집 나간 아내 때문에 서서히 미쳐가고 있다고 여기지 않을 수 없었다. 윤서가 다른 남자와 있다는 사실에 골이 나서일까? 질투와 함께 일어난 보복 심리인가? 도대체 왜……

그러나 곧, 찾지 않는 게 더 나을지 모를 걸 찾겠다고 머릿속을 헤집을 필요가 없었다. 여자가 발랄하게 고개를 꾸벅하더니 내 손가락이 가리키는 방향으로 잰걸음을 옮겼기 때문이었다. 나는 수건을 꺼내 안경을 닦았다. 여자의 흔적을 닦아내듯 공들여 안경을 닦고는 다시 썼다. 다행히, 원래대로 지나가는 사람 일 혹은 이, 삼이 된 여자가 골목 끝으로 사라지고 있었다. 빈속에 카페인과 니코틴을 마구 쑤셔 넣었을 때처럼 온몸이 떨렸다. 나는 하릴없이 시계를 들여다보았다. 아홉시에 가까워지고 있었다.

마침내 윤서와 남자가 식당을 나섰다. 나는 큰길로 나가는 두 사람 뒤를 따라 대로변에 이르렀다. 호리호리한 남자가 택시를 잡으려는 듯 한 팔을 뻗었다. 윤서도 팔을 뻗어 흔들었다. 남자의 오른팔과 윤서의 왼팔이 거의 닿아 있었다. 그 팔들이 비밀스러운 장소를 가리키며 펄럭이는 깃발 같았다. 그들이 택시를 타면 나도 바로 택시를 탈 작정이었다. 무슨 일이 있어도 증거를 잡아야 했다. 어떻게 해서든 윤서에게 죄를 묻고 싶었다. 다 네가 자초한 거야. 그렇게 큰소리라도 치려면 두 사람이 식사를 같이한 사실만으로는 부족했다.

러시아워가 끝났으나 술자리가 끝날 시간은 아니라 큰길에는 택시들이 많았다. 금방 흰색 택시 한 대가 섰다. 윤서가 탔다. 나는 몸을 숨겼던 골목에서 나가려다 그대로 멈춰 서고 말았다. 두 사람은 택시를 같이 타지 않았다. 윤서를 태운 택시를 향해 손을 흔들던 남자가 돌아서서 내가 있는 쪽으로 걸어왔다. 미처 몸을 피할 틈도 없이 남자와 마주쳤는데, 그가 말을 걸었다.

저, 혹시 라이터 있으십니까?

앳된 얼굴만큼이나 그늘 없는 목소리였다. 내가 있는 곳이, 금연 딱지가 없으므로 자연스레 흡연 구역이 되었다는 걸 그제야 알아차렸다. 빨대가 꽂힌 플라스틱 컵이며 캔 음료 사이사이 담배꽁초들이 무수히 널려 있었다. 차가 많지 않은 도로에서 윤서가 탄 택시는 이미 어디론가 사라지고 없었다. 윤서의 비웃는 듯한 웃음소리가 꼬리를 끌며 휘몰아치고 있었다. 나는 라이터를 주고 돌려받은 후 내 담배에도 불을 붙였다.

윤서와 두 시간 넘게 밥을 먹고 술을 마시고 어쩌면 슬쩍슬쩍 몸이 닿았을지도 모를 남자가 눈앞에 있었다. 멀리서 봤던 인상대로, 표면적인 상처를 입은 일은 있으나 내면까지 다친 적은 없어 보이는 순한 얼굴이었다. 못된 의도나 혹은 그보다 더 나쁜 단순한 의도로 남편 있는 여자와 관계를 맺을 사람으로 보이지 않았다. 두 사람이 상대에게 시선을 주기도 하고 거두기도 한 게 모두 내 착각이었을지 모른다는 생각이 들었다. 그래도 물어보고 싶었다. 윤서와 어떤 관계야? 가능하면 더 저속하게 물어보고 싶었다. 윤서랑 잤어? 음충맞은 나 자신을 욕보이기 위해서라도, 체면 따위 담배꽁초처럼 짓밟고 물어보고 싶었다. 그러나 나는 여러 번 입을 달싹였을 뿐 끝내 아무 말도 하지 못했다. 폐가 아니라 폐부 깊숙이 숨은 내 마음을 시커멓게 물들이고 나왔을 담배 연기가 킬킬대며 공중으로 흩어졌다.

남자가 그새 담배를 다 피웠는지 설멍설멍 걸어가고 있었다. 윤서가 탄 택시가 향한 곳과 반대 방향이었다. 묵처럼 몽글거리는 어둠이 짙게 내려앉아서 그가 입은 스웨터 색상이 보이지 않았다. 그러나 윤서의 원피스와 지나치게 잘 어울린, 구김 없는 남자의 인상을 한층 돋보이게 해준 청회색임이 분명했다. 내가 입은 옷을 내려다보았다. 아무것도 보이지 않았다.

바늘 끝에 알 올리기

윤서는 서울이라는 공통점 외에는 아무런 관련성이 없어 보이는 지역 곳곳을 누비고 다녔다. 붐비는 곳이든 뜬금없이 한적한 곳이든, 어디를 가든 누군가와 앉아 술과 음식을 먹었다. 윤서가 만나는 남자들은 나이가 들어 보이기도 했고 어려 보이기도 했으며 키가 크기도 했고 작기도 했다. 선병질적으로 보이는 예민한 인상의 남자가 있는가 하면, 유들유들해서 꼭 고형 요구르트처럼 생긴 남자도 있었다. 인생사 통달한 듯 헛헛하게 웃어대는 자도 있었고, 모략 없는 세상사를 상상할 수 없다는 듯 음흉하게 웃는 자도 있었다. 어느 날에는 슈퍼마켓 주인이나 함께 술을 마시던 수염 더부룩한 남자, 장화신은 젊은이를 본 것 같기도 했다. 내가 눈을 돌리는 곳 어디에나 윤서와 남자가 있었다.

나는 번번이 결정적인 증거를 잡지 못한 채 윤서를 놓쳤다. 그러나 그녀가 남자와 다른 장소에서 다시 만나 밤을 함께 보내리라고 상상하기를 그치지 않았다. 나를 보기 좋게 따돌리고서 시물새물 웃고 있을 윤서의 얼굴이 그려졌다. 나는 제대로 잠을 자지도 음식을 먹지도 못했다. 내가 절박한 심정으로 뒤를 쫓을수록 윤서는 더욱 신출귀몰한 구미호가 되어가는 것 같았다. 어머니와 예나가 내 얼굴이 구미호에게 간을 먹힌 사람처럼 새카맣다고 말해주었다. 거울을 보니 정말 그랬다.

나는 문자나 메일 보내는 걸 그만두었고, 음성사서함으로 넘어간 전화기에 대고 도대체 왜 그러는 건지 소리쳐 물어보는 일도 그만두었다. 안경원을 나선 나는 서둘러 반려견 매장으로 갔고, 퇴근하는 아내 뒤를 밟았다. 수목금토, 그리고 다시 월화수…… 윤서가 헤어지자고 말한 후 일요일을 제외한 저녁마다였다. 그 많은 남자가 대기표를 뽑고 내내 기다렸다는 듯 날마다 어딘가에서 튀어나오다니 기이한 일이었다.

나는, 윤서가 예쁘게 웃은 십 초가 십 년은 나를 웃게 하리라 여겼던 시절도, 웃지 않은 십 초가 내가 평생 웃지 못할 십 년은 되리라 발 굴렀던 시절도 다 잊은 듯 굴었다. 그간의 정따위 혹은 저간의 추억 따위 아랑곳하지 않는 얄팍한 인간이 되어 윤서에게 어떻게든 '바람'이라는 천박한 낙인만 찍으면 되리라 여겼다. 그녀가 끝내 삼키지 못할 부끄러움 한 덩이 때문에 평생 개운치 못한 기분으로 살게 하고 싶었다. 사는 동안 그 치욕이 목구멍에 걸려 캑캑거리는 걸 볼 때마다 사특하게 웃어줄 작정이었다. 늑대가 풀을 뜯거나 소가 고기를 씹는 걸 보기라도 한 것처럼, 신기하긴 하나 나와 무관하다는 표정으로…… '억울한 남편'이란 무대의상을 한껏 갖춰 입은 나는 관객도 나 자신도 울게 할 멋진 연기를 해낼 의욕으로 불타올랐다.

어렵지 않을 줄로 생각했다. 바늘 끝에 알 올리기처럼 만만치 않다는 사실을 깨달은 건, 소득도 없이 나흘이 지나고서였다. 윤서는 내가 어떻게 하고 있는지 뻔히 알고 있다는 듯 보기 좋게 나를 따돌렸다. 나는 유체 이탈하는 영혼도 잡을 수 있을 만큼 바짝 긴장했지만, 끝내 그녀가 머무르는 동네조차 알아내지 못했다.

윤서를 따라나서지 않은 일요일, 나는 속절없이 까부라졌다. 가뜩이나 체력 없는 내가 먹지도 쉬지도 않고 저녁마다 나돌아다녔으니 당연한 귀결이었다. 어머니는 내가 아기 때부터도 허약했다며 다소 비약적인 눈물을 쏟았다. 꼬마는 쪽박이 제 재주 모르고 한강을 건너려 해서는 안 되는 법이라며 위로인지 비아냥인지 알 수 없는 말을 했다. 예나가 꼬마를 나무라며 끙끙 앓는 나를 간호하려 들었고, 웬일로 파넬까지 거들었으나 나는 있는 대로 신경질을 내며 그들을 밀어냈다. 그들이 도우려는 게 나를 더 비참하게 했다.

산책 가고 싶었을, 그보다는 윤서가 없어서 몹시 침울했을 웅이가 누워 있는 내 곁에서 안절부절못하며 꼬리를 흔들었다. 넌 결코 나를 떠나지 않을 거야, 그지? 열에 들뜬 몸으로 미친 듯 중얼거리며 웅이를 끌어안았다. 웅이는 안기는 걸 그다지 좋아하지 않았으나 분위기를 아는 듯 가만히 참고 있었다. 나는 웅이를 위해서라도 기운을 차려야겠다는 생각에 죽을 배달시켰다. 몸을 꼭꼭 숨긴 전복을 윤서라도 되는 양 찾아 씹으며 힘을 내려 애썼다. 죽은 반도 먹지 못했다.

수고하고 무거운 짐 진 자들아

다음 날 나는 뜯어진 살점을 모으고 어긋난 뼈를 맞춘 후 분연히 다시 일어섰다. 세계를 정복하러 나선 어느 시절의 대왕들만큼이나 결연한 태도였을 것이다. 나는 세심하게 몸을 씻은 후 가장 좋아하는 옷을 입었고 제일 깔끔한 신발을 신었다. 정성을 다한 마음으로 나서면 적어도 그 정성을 무시하지는 않을 무언가를 얻을 것만 같았다. 발걸음을 가벼이 했고 주먹도 살짝 쥐었다. 그러나 그렇게 가뜩 결기를 다져서인가, 오히려 창졸간에 이성의 탑이 무너지고 말았다.

그날 윤서는 주상복합아파트 일층 식당에서 한 남자와 초밥을 먹었다. 나는 항아리 모양 배기팬츠를 입고 발가락이 드러나는 슬리퍼를 신은 남자를 보며 그녀의 취향이 도대체 어디까지 가는 걸까 생각했다. 윤서와 남자는 금방 식사를 마치고 일어서더니 아파트를 따라 이어진 산책로를 걷기 시작했다. 두 사람은 이야기를 나누지도 손을 잡지도 않았으나 오래 알고 지낸 친구처럼 가까워 보였다. 나는 시선을 고정한 채 멀찍이서 걸었다.

저녁 운동을 나온 사람들 몇 명이 뒤에서 또 앞에서 휙휙 나를 지나쳐갔다. 나를 제외한 모두가 건강하고 활력이 넘치는 듯했다. 운동복을 입은 아주머니가 동그란 튜브 여러 개를 나란히 이어놓은 듯한 턱살을 흔들며 내 쪽으로 빠르게 걸어왔다. 참 잘 참네. 대견하군, 대견해. 그녀의 볼록, 볼록, 볼록한 턱살들이 경박하게 웃음을 터뜨리며 내게 말했다. 라디오를 크게 틀어놓고 걷던 할아버지의 이마도 아주머니의 턱살처럼 나를 그냥 지나치지 않았다. 그냥 성질대로 확 해버려. 인생 어차피 한 방이야! 번들거리는 이마는, 나로서는 상상조차 하지 못할 험난한 역사를 살아냈고 앞으로도 남은 생쯤은 거뜬히 감당할 할아버지를 자랑스러워하는 듯 보였다. 의기소침해진 나는 잠시 멍하니 서 있었다.

윤서와 남자가 조경이 잘된 인공 연못 앞에서 걸음을 멈추었다. 가두리에서 연못을 비추는 은은한 조명이 두 사람의 상기된 얼굴에까지 닿았다. 돌연 윤서가 내가 있는 쪽으로 고개를 돌리더니 머리카락을 귀 뒤로 넘겼다. 이어 남자 역시 신중하게 몸을 틀었다. 순간 두 사람의 귀에 하나씩 꽂힌 하얀 무선 이어폰이 눈에 들어왔다. 내가 뒤를 밟고 있는 걸 알기라도 한 듯한, 의도적으로 방향을 튼 듯한 동작보다 두 사람이 함께 음악을 듣고 있었다는 사실 자체가 더 충격적이었다. 그건 내가 뒤를 밟건 춤을 추건 총을 쏘건 그 무슨 짓을 하건 상관없이, 상황이 정말 심각하다는 걸 의미했다. 윤서가 말한 적 있었다. 같이 음악을 듣는 건, 가장 소중한 걸 공유하는 거야. 그렇게 말하는 윤서의 음성이 귀에 선했다. 옹알이를 갓 시작한 아기처럼 투명하고 첫사랑에 빠진 소녀처럼 삽삽한 목소리였는데…… 그 목소리가 더는 나를 향하고 있지 않다는 사실을 받아들일 수 없었다. 언제 마지막으로 윤서와 내가 이어폰을 나눠 끼고 같이 음악을 들었는지 기억나지 않았다. 나는 옷걸이에서 흘러내린 옷처럼 스르르 주저앉았다. 아내의 외도를 만천하에 드러내려고 결기를 다졌던, 갈 데까지 가보자며 칼을 갈았던 이전과 달리 이 모든 걸 조용히 받아들이고픈 마음이 요동쳤다. 아프고 힘들고 만사가 귀찮았다. 그 산책길에 무수히 깔린 낙엽처럼 그대로 바싹 말라 납작해지고 싶었다. 나는 한동안 그렇게, 허깨비처럼 그림자처럼 앉아 있었다.

산책길 끝에서 남자는 아파트로 향했고 윤서는 또 택시를 잡았다. 나도 기계적으로 택시를 잡고는 조수석에 앉았다. 앞차 따라가주세요. 그렇게 말하는 나를, 기사가 알만하다는 듯 곁눈질했다. 입이 합죽해서 살아온 삶도 그렇게 합죽할 것만 같은 노인이었다. 신촌로터리까지는 잘 따라붙었다. 하지만 갑자기 여러 대의 차가 끼어들면서 시야를 어지럽혔고 결국 윤서가 탄 차를 놓치고 말았다. 나는 아내의 친구나 지인 중 신촌 근처에 사는 사람을 알지 못했다. 그러고 보니, 반려견 매장에서 같이 일하는 동료가 어디 사는지도 모른다는 생각이 퍼뜩 들었다. 하지만 그간 아내에게 소홀했다는, 그랬으니 결국 이 사달이 난 게 아니겠냐는 반성 따위를 할 심적 여유가 없었다. 울적하기만 했다. 나는 할아버지 기사에게 유턴과 피턴을 반복해 지시하며 로터리 근처를 몇 바퀴나 돌게 했다. 윤서가 탄 택시가 생급스레 나타나리라는 근거 없는 확신에 매달렸다. 번호판의 숫자가 사로 시작하는, 아마도 사 다음에 삼, 아니, 아니, 팔이나 구였을 하얀 택시가 바로 앞에 나타났다가 사라지기를 반복했다. 난시가 심한 사람처럼 어떤 숫자도 제대로 보이지 않았다. 나는 머리카락을 세게 움켜쥐었다. 뇌 속에 빼곡히 자리 잡았을 신경세포체 같은 게 투둑투둑, 소리를 내며 부풀어 오르는 느낌이었다.

손님, 그만 집으로 갑시다.

기사가 먼 옛날의 조상님처럼 뜻밖에 위엄 있는 어조로 말했다. 노인의 합죽한 입은 뜻밖에 합리적이었다. 목적지는 곧 경리단길로 변경되었다.

택시가 강변북로로 방향을 틀자마자 갑자기 울음이 터졌다. 나는 가슴을 움켜쥐었다. 의지의 빈약한 껍데기를 바수며 눈물이 솟구쳐 올라왔고 이어 끅끅거리는 곡성이 나왔다. 어머니가 돌아가셨을 때도 그런 곡소리를 낸 적이 없지 싶었다. 냉철함이나 부끄러움을 끌어올려 마음을 추스를 새도 없었다. 다른 시간으로 건너가 페스트가 창궐한 도시에 혼자만 살아남은 듯 암담했고, 전쟁 통에 기적적으로 대포를 피했으나 마지막에 총탄 한 방을 맞은 듯 비통했다. 머리카락을 쥐어뜯으며 꺼이꺼이 소리 내어 울었고 코를 훌쩍였으며 다시 길게 흐느꼈다. 차창 위 손잡이를 잡고서 팔에 눈을 비비고 코를 비비고 이마를 비비며 울었다. 팔뚝을 세게 물며 울었고 손등에 침을 흘리며 울었다. 창에 빰을 댄 채 울었고 창을 머리로 찧으며 울었다. 세상 모든 오쟁이진 남자의 혼이 내게로 스며든 것 같았다. 분했고 서러웠고 그러면서도 못 견디게 아내가 그리웠다. 울음을 그치기 위해 가장 우스웠던 순간을 떠올리려 해도 소용없었다. 실수로 남자 화장실에 들어갔다가 후닥닥 뛰어나왔던 윤서, 맥주병을 따다가 병따개를 반으로 똑 부러뜨리고는 괴력을 자랑했던 윤서, 문을 열려 했을 뿐인데 손잡이가 쑥 빠졌을 때는 염력까지 들먹이던 윤서, 눈길에 미끄러져 한참을 엉덩이 썰매를 타고 경사길을 내려갔던 윤서…… 그러고 보니 우스운 기억마저 윤서 없이 떠올릴 수 있는 게 없었다. 침이며 눈물, 콧물이 아무렇게나 쏟아졌다. 주체할 수 없었다. 어디서 그렇게 많은 물이 끝도 없이 흘러나오는지 알 수 없었다. 축축한 눈물이 택시 바닥에서부터 차오르더니 이내 허리가 잠기고 가슴이 잠기고 얼굴이 잠기고…… 내가 흘린 눈물로 택시도 도로도 모두 잠겼으면 싶었다. 눈물에 녹아들어 그대로 영영 사라지고만 싶었다.

마침내 집 앞에 이르자, 기사가 미터기를 누른 후 종이 한 장을 내밀었다. 나는 훌쩍이며 종이를 받아 든 후 단말기에 카드를 아무렇게나 대고는 내렸다. 신기하게도, 땅에 발을 딛고 택시 문을 닫자마자 언제 그랬느냐는 듯 울음이 그쳤다. 조금 전까지 그렇게 큰 소리로 울었던 게 나라는 사실을 나조차 믿을 수 없었다. 아무것도 해결된 게 없었고 어떤 위로도 받지 못했건만 어쩐지 후련했다. 택시가 떠난 후 내 손에 쥐어진 종이를 보았다. "수고하고 무거운 짐 진 자들아, 다 내게로 오라"는 글귀가 인쇄된 교회 홍보용 안내서였다.

행복한 라짜로

윤서의 뒤를 마지막으로 밟은 곳은 이수역 부근 예술영화 전용 극장이었다. 「행복한 라짜로」라는 이탈리아 영화를 보러 온 사람은 많지 않았다. 윤서는 누구와도 만나지 않고 혼자 표를 샀다. 윤서에게 당당히 다가가 얘기를 좀 하자고 할 수 있었고, 왜 날마다 다른 남자를 만나는 거냐고 물을 수 있었다. 하지만 그러지 않았다. 확실한 장면을 목격하겠다는 건 어쩌면 핑계에 불과했다. 사실 두려웠다. 윤서가 정말로 모르겠냐며, 우리가 이혼할 수밖에 없는 이유를 줄줄이 다 읊어댈까 봐 두려웠다. 그런데도 나는 왜 거기까지 쫓아갔을까? 알 수 없었다.

나는 윤서가 화장실에 가는 걸 확인한 후 맨 뒷줄 좌석으로 들어가 먼저 자리에 앉았다. 윤서라면 어떤 영화를 보든 가운데 자리를 택했으리라 짐작했다. 불이 완전히 꺼지지는 않아서 윤서가 들어서는 게 선명히 보였다. 나는 고개를 숙인 채 윤서가 열과 줄의 가운데쯤으로 움직이는 걸 곁눈질했다.

그때 남자가 눈에 들어왔다. 윤서가 가려는 자리에 미리 앉아 있던 남자가 엉거주춤 일어서면서 팔을 뻗었다. 마른 나뭇가지를 연상시키는 남자의 왜소한 체구, 게다가 팔을 드는 동작이 너무나 낯익었다. 분명 내가 아는 사람이었다. 슬그머니 힘없이 뻗은, 그러나 의외로 외곬으로 어떤 타협도 허락할 것 같지 않은 오른팔. 어지간한 협박 따위는 씨알도 안 먹힐 듯한 단호한 그 팔. 아, 맞다. 란돌트 고리. 윤서가 집을 나간 다음 날 내가 안경원에서 맞은 첫번째 손님이 분명했다. 윤서가 나직이 남자와 말을 주고받은 후 옆자리에 앉았다. 다른 빈자리도 많았으나 윤서가 앉은 곳은 하필 남자의 바로 오른편이었다. 곧 불이 꺼졌다.

아는 사이가 분명했고, 내가 남자로부터 혹은 남자와 윤서로부터 농락당했다는 사실도 분명했다. 남자는 예전부터 윤서와 알고 있는 사이였다. 그래서 윤서가 집을 나간 직후, 안경원으로 나를 조롱하러 왔고 다시 눈앞에 나타나 내 인내의 한계를 시험하고 있었다. 남자를 처음 만난 날, 나는 고객에게 할 수 있는 최선의 친절을 베풀었다. 하지만 그는 내 친절을 어떻게 보았을까? 내가 그의 시력을 테스트한 게 아니라 그가 나를 테스트한 거라면……

나는 두 사람에게서 눈을 떼지 않았다. 행여 남자가 윤서의 어깨에 팔을 두르거나 윤서가 남자에게 기대거나 하기를 기대했다. 하지만 두 사람은 영화관에서 영화를 처음 보는 아이들처럼 열중한 채 앞만 보고 있었다. 주인공 라짜로가 커피를 끓였고, 늑대 울음소리를 냈으며, 이어 벼랑 아래로 추락했다.

나는 그때나 지금이나 도무지 매력적이랄 수 없는 볼품없는 체구의 남자를 노려보았다. 물론 뒤통수만 잘 보였다. 그의 얼굴이 기억나지 않았다. 선해 보였던가, 지적으로 보였던가, 그도 아니면 매서웠던가. 남자의 키가 매우 작았다는 것과 시력이 안경을 낄 수도 끼지 않을 수도 있는 0.6선이었다는 사실, 그리고 교통정리를 하듯 이리저리 뻗었던 그의 팔 동작만이 선명했다. 내가 오른눈, 왼눈 중 더 많이 사용하는 눈이라는 게 있다고 했던 것도 기억났다. 돌연 의심스러웠다. 두 눈을 모두 뜨고 사물을 보면서 어느 한쪽 눈을 더 많이 사용하거나 덜 사용하는 게 정말 가능할까? 윤서와 나의 결혼 생활에서 우리는 어느 쪽 눈을 더 사용하거나 덜 사용했던 걸까? 수년째 안경원에서 일하면서도 남들이 세상을 잘 보게 하는 안경은커녕 나 자신을 위한 안경조차 만들지 못했던 게 아닐까. 그러나 세상을 꼭 있는 그대로, 선명하게, 잘 보아야만 하는 걸까? 때로 있는 걸 제대로 보지 못하거나 숫제 아예 보지 못하는 게 더 나을 수도 있지 않은가. 나는 급격히 매시근해져 눈을 감았다. 늑대 우는 소리, 물 흐르는 소리, 음악

소리, 총소리…… 눈을 감은 채 다른 감각으로 느끼는 세상은 생경하고 불안했다. 무언가를 영원히 보지 않을 수는 없다는 생각이 들었다.

눈을 떴을 때 영화의 배경이 바뀌어 있었다. 산과 들과 계곡 대신 철로와 도로와 골목이 펼쳐졌고 곧 영화가 끝났다. 나는 라짜로가 왜 행복한지 끝내 알지 못한 채로 윤서와 남자를 따라 일어섰다. 앞뒤로 나란히 통로를 내려가는 그들을 따라 조심스레 움직였다. 조용히 움직이는 사람들 사이로 윤서의 머리가 보였다가 남자의 머리가 보였다가 했다. 나는 오른눈, 왼눈 모두를 부릅떴다. 그러나 입구와 출구가 동일한 극장 로비로 나오자 윤서가 보이지 않았다. 다급한 마음이 되었다.

윤서야! 두윤서!

그러려고 한 게 아닌데, 나도 모르게 윤서의 이름을 크게 불렀다. 상영관에서 막 나오거나 표를 끊으려 서성이는 사람들 사이에서 나를 돌아보는 남자가 보였다.

이봐요.

나는 '이봐요'의 당사자가 남자가 분명하다는 인상을 주기 위해 똑바로 남자를 바라보며 다가갔다. 남자가 의아하다는 듯 고개를 들었다. 그는 키가 정말 작았다. 나는 그의 키가 너무 작다는 사실조차 참고 싶지 않았다.

윤서 어디 갔어요?

남자가 영문을 모르겠다는 얼굴로 멀뚱히 있었다.

윤서 말입니다, 두윤서!

나는 이를 악문 채 남자를 내려다보았다. 전에 남자가 검안실에서 노란 선을 노려보고 섰던 자세와 어쩐지 비슷하리라는 생각이 들었다. 남자가 고집한 란돌트 고리, 그러나 뚫린 부분이 보이지 않으므로 사실상 출구가 없는 것과 같은 그 고리 안에 갇힌 듯했다. 기쁨이 얼어붙고 소망이 불타버린 가운데 영원히 쳇바퀴를 도는 기분이었다. 돌고 돌고 끝없이 돌다가……

남자가 라짜로처럼 멍한 표정으로 어리칙칙하게 입을 열었다.

아, 안경원.

그래요. 접니다. 당신이 란돌트 고리로 검사를 받겠다고 우겼잖아요!

나는 윤서와의 관계보다 남자가 란돌토 고리를 고집한 게 더 문제라는 듯 언성을 높였다.

아, 기억납니다. 오른눈, 왼눈 중 더 많이 사용하는 눈이 있다고 하셨죠. 오른발, 왼발 중 더 많이 사용하는 발이라는 게 있는 것처럼.

남자가 잘 아는 유행가 가사를 읊조리듯 내가 했던 말을 옮겼다. 나는 억울한 기분이 들었다. 이전에 남자를 만난 것도, 다시 만난 남자가 내 말을 그대로 옮기고 있는 것도, 젠장, 남자가 나보다 키가 작고 마른 체형이라는 것마저도 억울했다. 태어나자마자 죽었을 뿐인데 그리스도를 모르고 세례를 받지 않았다는 이유만으로 림보에 갇힌 아기가 이처럼 억울할까 싶었다. 오 실장과 다른 직원이 주억거렸던 취향이나 기호, 그리고 사장이 언급했던 억지라는 단어가 떠올랐다. 남자가 나를 상대로 취향이든 기호든 억지든 무엇이든 끌어들여 수작을 부리려는 거라면, 가만히 당하고만 있지 않을 터였다. 나는 악을 썼다.

윤서 어디 갔냐니까?

네?

남자는 내 말을 전혀 알아듣지 못하는 듯했다. '행복한'이라는 불가해한 수식어가 붙은 영화 속 주인공처럼, 당하고도 무얼 어떻게 당했는지를 모르는, 심지어 알 필요도 없는 듯 구는 라짜로처럼 맑은 얼굴이었다. 나는 사장이 내게 했을 법한 욕을 스스로에게 해댔다. 김정은의 욕을 들어도 싼 얼간이! 최악의 못난이! 남자가 아니라면 나 자신이라도 탓해야 했다. 누구라도 비난하지 않고서는 견딜 수가 없었다. 이러려면 영화를 보기 전에 윤서를 잡지 그랬어. 이러려면 좀 더 빨리 나서지 그랬어. 이러려면 진작 윤서에게 용서를 빌지 그랬어! 흥미롭다는 듯 나를 주시하던 남자가 돌연 말했다.

그런데 그거 아십니까? 우리가 오른발이나 오른눈을 더 사용하는 게, 그러겠다고 생각하거나 의지를 발동시켜서 그렇게 되는 건 아니라고 하더군요. 작년에 미국에서 실시한 실험에 의하면, 피실험자가 자신의 취향이나 기호로 어떤 하나의 그림을 선택하기 십여 초 전에 뇌가 이미 그 그림을 선택한다더라고요. 내 뇌가 나와 따로 놀면서, 아니 나보다 앞서 어떤 걸 결정하다니 놀랍지 않습니까?

내 앞에 선 남자는 어지간한 괴짜거나 미친놈이 틀림없었다. 아, 눈이니 뇌니 모든 게 지긋지긋했다. 이어 화가 났고, 그것도 몹시 화가 났고, 덕분에 나를 뭉근하게 녹였던 슬픔이 서서히 가셨다. 곧, 눈앞에 실물로 있는 그 작은 남자를 흠씬 두들겨 패주고 싶은 생각이 맹렬히 끓어올랐다. 순정한 몸의 세계, 변명도 교양도 필요 없는 조악한 폭력의 세계로 무조건 뛰어들고 싶었다. 실제로 주먹을 쥐어 거의 뻗었다 싶은 순간이었다. 남자 뒤로 긴 머리를 늘어뜨린 윤서가 홀로그램 영상처럼 나타나더니 화장실 쪽으로 스르르 움직였다. 생각이니 의지니 뇌니 다툴 새도 없이 내 몸은 이미 여자 화장실로 향하고 있었다.

윤서야!

줄 서 있던 여자들이 비명을 지르며 나를 피해 나갔다. 윤서는 보이지 않았다. 서너 개 되는 화장실 문을 마구잡이로 두드렸다. 나이 지긋한 노부인 한 명이 악몽 속 괴물을 현실에서 본 것처럼 경악한 표정으로 나왔다. 이어 옆 화장실에서 덩치 큰 여자가 고개를 내밀더니 알아들을 수 없는 욕을 해댔다. 나는 아직 문이 열리지 않은 두 곳 중 하나에 틀림없이 윤서가 있다고 확신했다. 윤서야, 두윤서! 내가 이름을 부르는 사이, 영화관 직원들이 달려왔다. 내가 직원들에게 끌려 나가지 않으려고 발버둥을 치는데 다시 문 하나가 열렸다. 얼굴이 파리한 중년 여성이 벽에 바짝 붙어 조심스럽게 움직였다. 나는 마지막까지 열리지 않은 문을 향해 힘껏 돌진했다. 어디서 그런 힘이 용솟음쳤는지 모를 일이었다. 내 팔을 잡고 있던 직원 한 명이 나동그라졌고 다른 한 명이 문 바로 앞까지 끌려왔다. 나는 온몸을 던져 문을 부수다시피 해서 열었다. 그러나 거기는 비품보관실이었다. 청소도구며 장갑, 세제 사이 어디에도 윤서는 없었다. 사람들이 달려와 나를 다시 잡으려 들었으므로 나는 아무렇게나 주먹을 휘둘렀다. 찐득하니 내게 들러붙었던 복잡한 사념들이 날뛰는 몸을 따라 조금씩 떨어져 나가는 듯했다. 뜻밖에 후련하기도 했다. 내가 누군가를 쳤다고 생각했는데, 나 역시 누군가에게 맞은 모양이었다. 나는 바닥에 엎어졌다. 주의 깊게 보지 않은 영화 속 엔딩 장면이 불현듯 떠올랐다. 주인공 라짜로는 엉성하게 은행을 털려다가 들켜 사람들에게 마구 밟혔다. 애초에 성공이 아니라 실패를 겨냥한 시도…… 라짜로 이상으로 흠씬 두들겨 맞고 싶은 생각이 간절했다. 머릿속에서 아무 소리도 들리지 않도록, 그야말로 머리가 텅 비어버리도록 육체적 고통이 극에 달했으면 싶었다. 그러나 더는 아무도 나를 때려주지 않았다. 직원들이 엎어져 있는 나를 질질 끌다시피 해 어딘가로 데려가고 있었다. 주변에 사진 찍는 소리, 술렁이는 소리가 가득했다. 지구 중력이 내게만 집중적으로 작용해 나를 아래로, 더 아래로 끌어들이는 듯했다. 소곤소곤, 속닥속닥…… 은밀하고도 검질긴 소리와 함께 바닥 깊숙이 처박히는 느낌이었다.

정신을 차렸을 때, 나는 경찰서에 있었다.

암묵적인 공모

　나는 경찰들이 묻는 말에 아무런 대답도 하지 않았다. 안 하려고 안 한 게 아니었다. 나를 내버려둔 채, 얼굴에 있던 입이 어디론가 도망가버린 것 같았다. 뇌로 침입한 나방파리 한 마리가 구불구불한 통로를 쏘다니며 사고의 회로 같은 걸 마비시키고 있는 듯도 했다. 그들이 내 지갑을 뒤져 신상 조회를 한 후, 이재열 씨, 1987년생, 용산구 거주 어쩌고 하는 소리를 듣고서야 겨우 재우 부를 생각이 났다.

　뭐야? 경찰서?

　재우가 버럭 소리를 질렀다. 나는 휴대폰을 경찰에게 넘겨주고 눈을 감았다. 책상 위에 그대로 엎어졌다. 온몸이 아팠다. 특히 팔 아래에서부터 겨드랑이까지가 무지근했다. 무릎도 쓰라렸다. 극장 직원들에게 끌려 나오면서 멍이 들고 까진 모양이었다. 아프다, 아프다 생각하면서 깜빡 잠이 들었다.

이봐요, 이재열 씨.

나를 깨운 사람은 뜻밖에도 도둑이 들었을 때 집에 왔던 용산경찰서의 그 경찰이었다. 내가 앉아 있고 그가 서 있었기에 율동적으로 들고 나는 커다란 배가 코앞에 보였다. 배는 아무래도 주인과 다른 의도를 갖고 다른 기제에 의해 작동하는 듯했다. 나왔다가 들어갔다가, 나왔다가 들어갔다가…… 의외로 성실해 보이는 그 움직임이 뜻밖에 기분을 가라앉혀주었다.

이것 참, 어찌 된 일이요?

경찰이 여전히 숨을 쌕쌕거리며 물었다. 이번에는 양파나 짜장 냄새가 나지 않았다. 내가 눈만 끔뻑거리고 있자, 그가 정중한 목소리로 덧붙였다.

입건 처리되면 당신 기록이 다 뜨거든요. 여기 담당이 저랑 잘 아는 사이인데 전화 왔더라고요.

나는 다시 눈을 감았다.

윤서와 내가 무언가를 도둑맞았음이 틀림없다고 말하며 목록을 만드느라 골머리를 앓던 때가 떠올랐다. 경찰은 분실품 목록을 작성하는 대로 등기로 보내든 직접 가지고 오든 하라고 했다. 그걸 빨리 보내야, 사건 접수도 제대로 하고 도난품이 유통될 만한 곳을 수소문해볼 수도 있다고 덧붙였다. 윤서와 나는 머리를 맞대고 앉았다. 경찰이 준 서류는 도난 물건들을 품목별로 나누어 기재하게 되어 있었다. 가구, 가전제품, 귀금속…… 우리는 이사할 때 작성하는 견적표와 비슷하다며 살짝 웃었다. 하지만 계속 웃을 수는 없었다. 도무지 무얼 도둑맞았는지 떠오르지 않았기 때문이었다.

나 결혼반지 도둑맞은 거 같아.

윤서가 왼손을 내려다보며 말했다. 하지만 내가 알기로 윤서가 반지를 잃어버린 건 두 해 전 백화점 연말 세일 때였다. 친구와 화장실에 다녀온 후 한참을 돌아다니다가 다시 화장실에 가려던 순간 반지가 없어진 걸 알았다고 했다. 왜 그날 반지를 빼고 손을 씻었나 몰라. 평소에 안 그러는데…… 윤서는 자신답지 않게 어이없는 실수를 했다며 속상해했다. 실제로 윤서는 물건을 잃어버리는 법이 거의 없었다. 나는 새로 반지를 사줄 테니 너무 서운해하지 말라며 윤서를 위로했다. 하지만 이 년이 지나고서도 새 반지는 생기지 않았다. 문득 생각났다는 듯 윤서가 물었다.

재열 씨 반지는?

팔았잖아, 작년에.

나는 윤서가 알면서도 그냥 물어봤을 뿐이라 생각했다. 안경원을 그만두고 더블린에 가기 직전, 내 가게를 위한 현금 확보 차원에서 아기 때 돌 반지까지 끌어모은 걸 기억하지 못할 리 없었다. 금값이 사상 최고라는 말에 그나마 가책을 덜 느끼며 결혼반지까지 팔아치웠다. "어차피 너도 잃어버렸고……

돈 벌면 세트로 다시 사자." 그렇게 말했던 듯하다. 나는 잠시 침묵했다. 모르긴 몰라도 윤서도 나처럼 당황스러웠을 것이다. 잃어버릴 반지가 애초에 없었다는 사실을 다행이라 여겨야 할지 부끄럽게 여겨야 할지 알 수 없었다.

목록 작성은 쉽게 끝나지 않았다. 상실감은 엄청났지만 정작 잃어버린 물건들이 떠오르지 않았다. 원래 없었거나 진작 없어졌던 물건들만 자꾸 생각났다. 우리는 집에 도둑이 들었으나 도둑을 맞지는 않았다고 결론 내릴 수밖에 없었다.

대충 아무렇게나 쓰자. 일단 접수는 해야 하니.

그래. 나중에 생각날지도 모르잖아.

우리는 언제 잃어버렸는지 기억나지 않는, 하지만 있기는 있었던 것 같은 물품들이라도 쓰기로 했다. 나는 오래전 책 사이에 끼워두었을지 모를 비상금도 목록에 포함했다. 시계, 귀고리, 목걸이, 넥타이핀 등으로 네 페이지를 듬성듬성 채운 후, 우편으로 접수했다. 그 후 경찰이 두어 번 더 전화를 했다.

대단한 프로들이 분명합니다. 도무지 흔적을 찾을 수가 없습니다.

그는 우리 두 사람의 지문 외에 특별히 눈여겨볼 만한 다른 지문이 나오지 않았다며 또다시 '프로'를, 그리고 잊지 않고 '들'을 강조했다.

혹시 주변에 시시티브이 같은 건 없나요?

내가 집 앞 의류수거함 옆에 삐죽 솟아 있는 가로등 같은 걸 떠올리며 물었다. 할로겐등이 아니라 카메라가 매달려 있을지도 모를 일이었다.

이미 조사했습니다. 집 앞에는 없고요, 골목 끝 코너에 있는 편의점 아시죠? 거기 있어요. 하지만 그 시간대에 지나다닌 수상한 차나 사람을 발견하지 못했습니다. 모두 동선이 확실한 동네 사람들이었어요. 게다가 그들은 프로니까 당연히 카메라가 없는 곳에서 접근했을 겁니다.

그럼 도둑은 영영 못 잡는 건가요?

쪽지문 검사 결과가 나오긴 하겠지만, 그것도 그다지 선명하지 않으니…… 아무튼 시간이 좀 걸릴 겁니다.

경찰은 전화 통화를 하는 중에도 내내 심하게 쌕쌕거렸다. 그가 천식이나 호흡 곤란으로 죽으면 순직으로 처리될까, 그 순간 엉뚱하게도 그런 게 궁금했다. 어쨌거나 본의 아니게 방배경찰서로 끌려와, 용산경찰서에 근무하는 그를 다시 만나게 될 줄은 몰랐다.

이재열 씨?

그가 나를 재차 불렀다. 내가 정신을 차리기 위해 눈을 비비는데, 재우가 들어서는 게 보였다.

재열이 사촌 형입니다.

재우가 명함을 내밀었다. 나는 또 눈을 감았다. 두 경찰과 재우가 두런두런 이야기 나누는 소리가 들렸다. 이윽고 재우가 나를 부축해 일으켜 세웠다. 용산서의 경찰이 재우에게 위로하듯 말했다.

도둑맞은 것 때문에 스트레스가 컸나 봅니다.

감사합니다. 제가 잘 타이르겠습니다.

이재열 씨, 너무 걱정 마세요. 단서가 잡히는 대로 바로 연락드리겠습니다.

두툼한 그의 손가락이 내 어깨를 몇 번 토닥였다. 이유 없이 친한 척하는 걸 좋아하지 않는 나였지만, 어쩐지 위로가 되는 손길이라 생각했다. 사실 용산서 경찰이 내가 극장에서 윤서의 이름을 부르고 다녔다는 걸 전해 듣지 못했을 리 없었다. 하지만 그는 굳이 아는 척을 해서 나를 민망하게 하려 들지 않았다. 경찰과 나의 암묵적인 공모하에 모든 게 도둑의 탓으로 돌려졌다. 나는 발을 질질 끌다시피 하며 걸어가 간신히 재우의 차에 올랐다.

진짜로 잃어버린 것

　나는 재우를 좋아하지 않았다. 사촌 형이라고는 해도 나보다 고작 석 달 먼저 태어나 조기 입학을 한 덕에 뭐든 먼저 겪은 위인일 뿐이었다. 나는 기분이 썩 나쁘지 않을 때만 그를 형으로 불렀다. 재우는 유치원에 이어 학교를 한 해 먼저 갔고 굳이 앞서갈 필요 없는 군대도 먼저 갔으며 취직도, 결혼도 나보다 빨리했다. 나는 그가 나로부터 꼬박꼬박 형이라 불리기 위해, 동시에 나를 엿 먹이기 위해 뭐든 서두르는 게 아닐까 의심했다. 어학연수도 재우가 먼저 가는 바람에 피해를 봤다. 호주에 다녀온 그가 거센 입김을 행사했으므로, 가령 호주는 한국인이 너무 많아 영어 실력이 늘 수 없는 환경이라는 둥, 돈 좀 있는 놈팡이들과 어울리다 패가망신하거나 상대적 박탈감을 느껴 인생 비관에 차거나 둘 중 하나라는 둥 장

광설을 늘어놓은 탓에, 나는 아이슬란드와 구별할 수도 없던 아일랜드로 떠나야 했다. 그런데도 나는 어려운 일에 부딪힐 때마다 재우를 찾지 않을 수 없었다.

교육부 공무원이라는 명함을 가진 재우가 오지 않았더라면, 그의 신뢰감 넘치는 태도나 교양 있는 화술이 아니었더라면 나는 결코 순순히 풀려날 수 없었을 것이다. 결국 재우에게 대충 얘기하지 않을 수 없었다. 윤서가 갑자기 이혼을 요구했다는 것, 집을 나갔으며 문자나 전화에 답하지 않는다는 것, 그리고 극장에서 윤서를 본 것 같아 여자 화장실에 들어갔다는 것 등을 두서없이 털어놓았다.

눈치 없는 재우도 그때만큼은 나를 배려해야 한다고 여겼는지, 차 안에서 아무것도 묻지 않았다. 눈썹 좀 그만 뜯으라며 내 손등을 가볍게 쳤을 뿐이었다. 하지만 집에 들어서자마자, 오는 길에 차를 세우고 편의점에서 산 안주며 맥주를 늘어놓더니 질문을 쏟아냈다. 내 집, 내 식탁에 나를 앉히기 전까지만 참기로 한 듯했다.

도대체 언제부터 그런 거냐?

윤서가 집을 나간 날짜를 묻는 거라면, 지난 수요일 새벽이라고 이미 얘기한 바 있었다. 언제부터 이혼을 말할 만큼 사이가 나빠졌는지에 대해 묻고 있는 거라면, 글쎄, 나도 알 수가 없었다. 당근찜을 내놓은 날? 당근 꿈을 꾼 날? 도둑이 든 날? 내가 어떻게 알겠는가? 육 년을 같이 산 윤서가 언제부터 나와 헤어지는 것만이 최선이라 생각했는지를…… 묵묵부답으로 있는 내가 답답했던지, 재우가 다 마신 맥주 캔 하나를 싱크대로 던지며 물었다.

네가 아일랜드 다녀온 후로 더 나빠진 거 아냐?

재우가 작년에 내가 더블린에 갔던 일을 들먹였다. 안경원을 그만둔 후, 재우가 협박 아닌 협박을 해 더블린에 다녀온 적이 있었다. 그러나 열흘도 되지 않는 짧은 기간, 가이드 일을 했을 뿐이었다. 거기 다녀온 일로 특별히 사이가 나빠질 이유가 없었다. 나는 고개를 가로저었다.

너, 잘못한 거 있지?

없었다. 내가 무엇을 잘못했단 말인가? 잘못이라면, 외도라면, 윤서가 했겠지. 하지만 나는 내가 본 윤서의 남자들에 대해 재우에게 아무런 얘기도 하지 않았다. 모두 털어놓고 윤서를 욕하고도 싶었지만 그러지 않았다. 어쨌거나 윤서로부터 직접 듣는 게 우선이라 생각했다. 내가 잘못한 게 있는지, 도대체 무엇을 얼마나 잘못해서 윤서가 날마다 다른 남자들을 만나는지를, 나야말로 제대로 알고 싶었다.

어머니가 기신거리며 재우네 아들은 돌이 다 되어갈 텐데 잘 크고 있는지 모르겠다는 둥, 재우의 처보다야 윤서가 인물이 낫다는 둥 주절거리고 있었다. 재우의 아들이고 제수씨고 본 적도 없으면서…… 그만 좀 하세요! 하마터면 어머니에게 소리칠 뻔했다. 혹시 내 주변을 배회하는 자들 때문인가? 불현듯 윤서가 그들을 볼 수 없었다 해도 느낄 수는 있었으리라는 생각이 들었다. 식은땀이 났다.

어머니가 뭐라고 떠드는지를 모르는 재우가 질문을 계속했다.

솔직히 말해. 너 바람피웠냐?

나는 예나를 설핏 쳐다본 후 고개를 가로저었다. 예나는 텔레비전 옆 구석에 앉아 세운 무릎 위에 턱을 괴고 있었다. 나서서 떠들고 싶지만 나를 위해 참고 있겠다는 듯한 태도였다.

보증 섰니? 제수씨를 때렸어?

나는 내가 아까 차 안에서 분명 '이유 없이'라는 말을 했다고 강조하고 싶었다. 하지만 그럴 에너지가 없었다. 가만히 앉아 있기도 힘든 판이었다. 재우가 애꿎은 맥주 캔으로 테이블을 두어 번 두드리더니 소리를 질렀다.

뭐라도 얘기를 해야, 돕든지 말든지 할 거 아냐!

그간의 성정을 보건대 재우가 참긴 많이 참은 셈이었다. 하지만 나도 알 수 없는 걸 어떻게 얘기하겠는가. 나는 묵묵히 맥주를 마셨다. 재우가 일어서더니 냉장고 문을 열었다.

먹을 것도 하나도 없고. 이러다 애 죽겠구먼.

아닌 게 아니라 정말 죽을 것 같았다. 느닷없이 사타구니가 그닐거려도 결코 손을 넣어 긁어낼 수 없는 만원 버스 안에 있는 기분이었다. 버스 바닥에 드러누워 발작이라도 일으키지 않고서는 헤어날 수 없을 것 같았다. 정말이지 죽을 맛이었다. 재우가 두어 번 윤서에게 전화를 걸었다. 당연히 연결되지 않았다. 자정을 넘긴 시각이었다.

오늘은 그냥 가마. 좀 쉬어라. 다시 얘기하자.

……

재우가 대리기사를 부른 후 한마디를 더했다.

혹시 도둑 든 거 때문이라면…… 물론 그게 전부는 아니겠지만 그것 때문에 과민했을 수 있어. 어쨌거나 잃어버린 건 경찰 말마따나 곧 찾을 수 있지 않을까?

……

재우가 손바닥으로 내 어깨를 감싸듯 툭툭 쳤다. 나는 재우와는 다른 방식으로, 그러니까 다섯 개의 손가락을 차례로 어깨에 올리며 두드리던 경찰을 떠올렸다. 손가락들이 죄다 두툼한데도 이상하게 섬세한 느낌이었다. 경찰은 최선을 다하겠지. 물론 그럴 것이다. 하지만 찾을 수 없을 것이다. 제아무리 뛰어난 경찰이라 해도 윤서와 내가 잃은 것을 결코 찾을 수 없으리란 확신이 들었다. 무엇보다 우리는 무엇을 잃었는지도 알지 못하니까. 경찰에 이어 도둑과 윤서와 윤서의 남자들과…… 무수한 얼굴들이 어지러이 눈앞에 오가기 시작했다.

재우가 나가자마자, 다양한 자세로 흩어져 있던 무리가 내 곁으로 몰려들었다. 윤서와 내가 이 지경에 이른 게 정말로 그들 탓일지 모른다는 생각이 들었다. 결혼 사 년 차에 들어서면서 느닷없이 어머니가 나타났다. 이어 꼬마와 예나. 작년에 더블린에 다녀온 후로는 파넬까지 가세했다. 재우에게 윤서와의 일이 아일랜드 출장과 상관없다고 말했으나 그 후로 파넬이 따라다닌 건 사실이었다. 그리고 결혼기념일에 도둑이 들었다. 그날의 경위를 모두 알고 있는 그들은 윤서와 내가 잃어버린 게 무엇인지 알고 있을 터였다. 내가 물었다.

한 번만 도와줘. 도대체 도둑들이 훔쳐 간 게 뭐야?

어머니가 마른손으로 내 뺨을 만졌다. 나는 돌아가실 때 모습 그대로인, 염색을 하거나 화장을 하여 자신을 가꿀 수 없었던, 단정치 못한 차림 그대로인 어머니를 바라보았다. 가장 소중히 여긴 자식에게조차 무언가를 주기보다 받는 게 익숙해진 얼굴이었다. 예나가 제목을 알 수 없는 노래를 흥얼거리며 내 시선을 피했다. 알아도 결코 말해줄 수 없거나 말해주기 싫다는 뜻이리라. 파넬은 내가 마시는 맥주를 보며 입맛을 다시느라 여념이 없었다. 네 개 만 원에 살 수 있는 기네스 캔 맥주는 아일랜드에서 마시는 기네스와는 차원이 달랐지만, 파넬은 검은색에 은색 하프 로고가 그려진 캔만 봐도 향수병이 도지는 모양이었다. 파넬이 곧 캔에서 시선을 거두더니 어설픈 위엄이나마 갖춘 태도로 말했다.

내가 있던 곳으로 돌려보내주게. 난 정말 지쳤다네.

내가 가만히 파넬을 노려보며 답했다.

당신이 그날 우리가 진짜로 잃어버린 게 무엇인지 말해준다면.

하지만 결코 그렇게 하지 않을 파넬이 다시 한번 간청했다.

억지 부리지 말게, 제발……

예나가 부석부석한 머리카락을 풀어 헤쳤다가 다시 틀어 올리며 가까이 다가왔다.

그나저나 열이 오빠, 계속 궁금했는데…… 저 외국인을 왜 여기로 불러들인 거야?

어머니와 꼬마도 예나와 생각이 같다는 듯 내게로 바투 다가섰다. 나는 당황한 기색을 드러내지 않으려 애쓰며 차분하게, 또박또박 말했다.

내가 불러들인 게 아니야. 나야말로 묻고 싶어. 왜 저 남자가 나를 따라다니는지.

당신이 나를 데려온 거잖아. 여기 있는 다른 이상한 자들과 마찬가지로.

파넬이 억울한 듯 언성을 높였다. 어머니가 평소와 달리 근엄한 목소리로 파넬을 나무랐다.

이상한 자들이라니? 내가 애 에미인데, 무슨 막말인가?

나는 어머니가 나서준 틈을 타 재빨리 방으로 들어갔다. 벽시계가 두시를 가리키고 있었다. 옷도 벗지 않은 채 그대로 침대에 누웠다.

오빠, 그냥 자려고?

예나가 침대 옆에 비스듬히 앉아 물었다. 가슴골이 선명하게 드러나는 셔츠에 핫팬츠 차림이었다. 나는 눈을 감은 채 재빨리 옆으로 돌아누웠다. 예나가 이불 속으로 따라 들어올 틈을 주고 싶지 않았다. 나는 예나의 한숨 소리를 뒤로한 채 경찰에게 주었던 목록을 떠올려보았다. 반지, 목걸이, 시계…… 아니야, 그게 아니야! 그게 아니라고…… 다행히 내 입장을 고려하지 않은 채 제 길을 가려는 잠이 아우성치려는 내 입을 막았다. 그악스러운 잠의 촉수가 순식간에 나를 휘감았다.

질문은 답이 아니다

새벽에 잠이 깨 샤워를 했다. 온몸이 욱신거려 뜨거운 물을 하염없이 끼얹고 있는데 파넬이 조용히 욕실로 들어왔다. 같은 남자끼리라 해도 잘 모르는 외국인에게 몸을 보이고 싶지 않았다.

좀 나가지 그래?

내가 샴푸 거품을 내면서 투덜거렸다. 파넬은 요지부동이었다.

오늘은 꼭 듣고 싶네. 자네가 왜 이 먼 곳까지 나를 데려왔는지……

파넬은 제가 하고 싶은 말을 끝내 상대가 하도록 유도하는 자들 특유의 능글맞은 화법을 구사했다. 나는 머리카락 사이사이에 손가락을 넣으며 단호하게 말했다.

내가 데려온 게 아니야. 잘 알잖아.

그렇지 않아. 자네가 나를 아일랜드에서부터 끌고 온 거지.

파넬은 일 년 넘게 해온 말을 반복했다. 그러나 억지였다. 내가 무슨 수로 그를 데려왔겠는가.

윤서가 집을 나간 이 마당에, 내게 싸움을 걸겠다는 거야?

난 살아생전에, 적에겐 냉정하고 친구들에겐 매력적이라는 평을 받았어. 당신이 내 친구인지 적인지 분간할 수가 없군.

머리 감기에 집중이 되지 않았다. 손가락이 계속 같은 부위에 머물렀다는 걸 깨달았다. 샴푸를 조금 더 덜어내며 왁살스레 쏘아붙였다.

말해 뭣해? 우리가 친구겠어?

당신에게 원한 살 만한 일 한 적 없네.

목적한 바에 물불 가리지 않았다던데, 혹시 알아? 나한테 치명적인 잘못을 저질렀을지.

나는 충분히 문지르지 않은 머리에 대고 샤워기를 틀었다. 시끄러운 물소리가 나는데도 엉거능측한 파넬은 말을 멈추지 않았다.

나는 내 나라의 정의와 독립을 위해서만 저돌적이었어.

내가 눈에 묻은 거품을 씻어낸 후 샤워기를 끄며 물었다.

정말 정의와 독립을 위해서만?

파넬이 더블린 북부, 파넬 스트리트의 동상으로 있을 때 자세 그대로 오른팔을 내밀었다. 같은 오른팔을 뻗었지만, 란돌트 고리를 좋아하는 그 남자와는 전혀 다른 자세였다. 파넬의 가느다란 긴 손, 주먹을 쥐거나 어딘가를 매섭게 가리키지 않고 그냥 펴서 허공에 띄운 손은 인상적이었다. 일 년 전 다시 더블린에 갔을 때, 새삼 그 손에 사로잡혀 세례라도 받고 싶은 기분으로 아래에 섰던 기억이 선명했다. 청동 손은 선택을 망각하지 않으려는 강한 의지로 검푸르게 빛났다. 그때 나는 분명, 고통으로 더욱 단단해졌을 그 검푸른 손에 얼마간 감동했다. 하지만 내가 그를 지구 반 바퀴나 떨어진 한국으로 데려온 건 결코 아니었다.

당신이 자초한 일이야.

그렇게 말한 후 나는 면도를 하면서 거울에 비친 파넬을 살폈다. 원래는 면도 후 머리를 감았는데 순서가 뒤바뀌었다는 걸 그제야 알아차렸다. 파넬이 뻗었던 오른팔을 슬그머니 내리고 있었다. 나가달라고 말했으나 말과 달리 나는 그를 붙잡고 있었다. 내 추락에 대한 책임을 묻고 싶어서였을 텐데, 사실 파넬이 가장 적절한 인물이었다. 그가 대부분의 서양인들이 '어쩔 수 없음'을 표하고 싶을 때 잘 그러듯, 어깨를 들썩올렸다 내리며 말했다.

당신은 비겁한 데가 있는 사람이군.

당신은 비겁하지 않다는 거야?

나는 불리할 때면 잘 그러듯 목소리를 높이며 다시 샤워기를 틀었다. 갑자기 찬물이 나왔다. 겨울을 바라보는 날씨에 결코 달가운 온도가 아니었다.

차갑잖아! 그만해. 그만하라고, 제발……

누구에게랄 것도 없이, 나도 모르게 사정하듯 말했다. 곧 따뜻한 물이 나왔다. 나는 급작스레 뜨거운 물이 쏟아지지나 않을까 걱정하며 서둘러 몸을 헹궜다. 파넬은 내가 몸을 닦기 위해 샤워부스에서 나왔어도 여전히 시선을 돌리지 않았다. 그는 정말 끝장을 보고 싶은 모양이었다.

코로나19로 온 세계가 얼어붙었다가 조금씩 일상을 회복하고 있던 때였다. 나는 자의 반, 타의 반으로 안경원을 그만둔 후 욱하는 마음으로 내 안경원을 차리겠다며 설레발을 치고 있었다. 다시 가게 될 줄 몰랐던 더블린에 가게 된 것은, 팬데믹 상황으로 중단됐던 교장단 연수를 재추진하려는 재우의 부탁 때문이었다. 본인은 부탁이라 생각하고 싶었을지 모르지만, 내 입장에선 협박과 다름없었다. 재수 없는 재우! 애초에 아일랜드와 연을 맺은 것도 모두 재우 때문이었다. 2013년 여름부터 2017년 여름까지, 우중충한 날씨와 추운 집을 견디며 꼬박 사 년을 살았다. 나중에 재우도 신기한 일이라며 혀를 내둘렀지만, 돌아보면 나 스스로도 깜짝 놀랄 만큼 긴 기간이었다.

나는 재우를 좋아하지 않았다. 아버지와 보기 드물게 의가 좋은 큰아버지께는 미안한 일이었지만 재우가 싫었다. 실은 두 분의 유별난 우애 때문에 더 그렇기도 했다. 가장 참을 수 없었던 건 그 집과 우리 집 사이에 비밀이 별로 없다는, 즉 재우가 내 사는 모양 요모조모를 다 알고 있다는 점이었다. 게다가 너무 빨리 알았다. 당시 재우는 내가 안경원 그만둔 사실을 안 것으로도 모자라 대책까지 세워주려 들었다. 그가 나를 긁었다.

야, 너 진정한 대한의 남아다. 어떻게 직장을 그만두냐!

부러우면, 너도 교육공무원 한번 때려치워보든지······

선구자 나셨네, 부럽기도 하여라.

재우가 한참을 놀려대더니 더블린 가이드 건을 제안했다.

너 계속 놀면 제수씨 보기 미안하잖아. 머리도 식힐 겸, 더블린 가이드 한번 해라.

재우의 말에는 이런 불경기에 어디서 직장을 또 구할 거냐는, 구해도 나이 어린 안경사들 틈을 비집고 구차하게 들어가야 할 거라는, 게다가 예전보다 나으리라는 보장도 없는 곳에서 또다시 유리 갈고 렌즈 팔고 해야 할 거라는 다분히 현실적인 비아냥이 섞여 있었다.

야, 요즘 목 좋은 곳 자릿세가 얼만지 알아? 네 점포 차리기 쉽지 않을걸.

이미 재우는, 내가 모아놓은 돈이 없으며 아버지에게 손 벌렸다는 사실까지 알고 있었다. '머리도 식힐 겸'이라는 재우의 말이 맴돌았지만 나는 괜스레 퉁을 놓았다.

관광업체 많잖아. 딴 데 알아봐.

연수라서 그래. 현지 학교를 방문해야 하는데, 교육 연수긴 해도 관광을 아예 빼버릴 순 없고……

그러니까 내가 왜 그걸 해줘야 하는데?

엄청 큰 프로젝트야. 성사되면 전국 초중고 단위 선생들이 계속 갈 거야. 이번에 우선 일곱 명이 선발대로 갈 건데, 수가 애매해서 대형 관광업체를 낄 수도 없고, 낀다고 해도 입맛대로 일정 조정하기가 어렵거든.

재우는 왜 내가 가야 하는지에 대해 말하지 않고 계속 엉뚱한 말만 늘어놓았다. 속셈이 따로 있는 게 분명했다. 나는 점점 더 심술궂게 굴었다.

그러니까 왜 하필 나여야 하냐고?

첫째, 내 주변에 백수는 너밖에 없고. 둘째, 네가 더블린에 오래 살았잖아. 가이드 일도 해봤고.

떠난 지 오 년이나 됐어. 더블린도 많이 변했을 테고, 이제 거기 기억도 안 나.

야, 변하지 않는 게 유럽이야. 너도 그랬잖아. 징그럽게도 안 변한다고. 그리고 셋째, 너 돈 필요하다며? 내가 목돈 빌려줄게.

얄미운 인간이었다. 그는 내가 아무리 몰강스레 뻗대도 세 번째 덫에 걸려들고 말 것을 알고 있었다. 나는 그가 원하는 대로 고분고분해지기 싫었으나 도리가 없었다.

얼마나 빌려줄 건데?

이천이나 삼천쯤? 물론 은행 이자는 내야 한다.

재우는 내가 다른 사람 밑에서 일하기 어려운 성격이며, 하긴 누군들 그런 게 쉬우랴마는, 얼마나 간절히 내 안경원 갖기를 원하는지 잘 알고 있었다. 나는 그가 얼마쯤을 빌려준다면 아버지도 가만히 있지 못하리라는 계산을 한 후 마지못해 승낙했다.

딱 이번 한 번만이야. 다시는 부탁하지 마.

자식, 도와줘도 제가 되려 큰소리야. 암튼 알았어. 그리고 너……

재우가 잔소리를 더 하려는데, 그대로 전화를 끊어버렸다. 나는 재우가 내 허락도 없이 이미 보냈다는 이메일을 확인했다. 로베르트 무질이 언급한 '미끼를 문 인생에 대한 무관심' 따위는 없다고 자위하며 일정을 짰다. 무질은 내가 가장 좋아하는 작가였으나 아무나 '특성 없는 남자' 울리히가 될 수는 없는 노릇이라 생각했다. 입이 찢어질지라도 배고프면 일단 물고 볼 일이었다.

아일랜드의 전설적인 독립투사 찰스 스튜어트 파넬은 일 년 전의 그 여행에서부터 나를 따라다녔다. 우리나라의 김구 선생만큼이나 대단한 인물이니 영광이라 해도 무방했겠지만, 나는 그를 홀대했다. 내게 파넬은, 영국에 대항해 독립 전쟁을 치르는 와중에 영국 출신 유부녀를 사랑해서 대의를 그르친 얼간이, 최악의 못난이였다.

찰스 스튜어트 파넬. 사이좋게 짝을 짓고 다니는 귀여운 이름의 뉴모코커스들이 들숨, 날숨을 모두 막아버릴 때까지도 앞으로 나아가기를 멈추지 않은, 그렇게나 대단한 사나이가 내 방에 있었다. 파넬은 내가 몸을 꼼꼼히 닦고 스킨을 바르고 속옷을 입을 때까지도 끈질기게 서 있었다. 한계를 모르는 사람다웠다. 끝까지 가고서 치르는 대가 따위에 겁먹지 않는 사람다웠다. 그러니 파넬은 먹고 걷고 잠자던 와중에 인생이 별안간 펑 터져버렸어도 후회 없었을 것이다. 나는 그렇게 펑 터져버리는 인생을 감당할 자신이 없었다. 그렇게 살았던 적도 거의 없었다. 나는 주섬주섬 외출복을 걸치며 파넬에게 다시 말을 걸었다.

그런데 내가 진짜 궁금한 건 말이야. 당신이 캐서린 오셰이와 열애를 나눴던 그 십일 년간 과연 한 번도 회의에 빠지지 않았을까 하는 점이야.

나는 영국 국회의사당 정원에서 그녀를, 그녀의 눈을 본 순간 운명이라 확신했네. 그 후로 한 번도 흔들린 적 없지.

당신이 몸 바쳐온 아일랜드 독립에, 또 정치 생활 전반에 심각한 손상을 입혔는데도?

서로 다른 영역이야. 그녀를 사랑한 모든 순간이 내 거친 삶에 내린 단비였다네. 캐서린은 아름답고 활기찬 사람이었고, 그 누구도 흉내조차 낼 수 없는 멋을 지닌 사람이었네.

나는 자신의 인생을 송두리째 망가뜨린 근원이 된 연인에게 여전히 애정과 존경심을 품고 있는 파넬에게 부러움을 느꼈다. 그렇게 한결같을 수 있는 순정이 부러웠다. 하지만 나는 부러움을 감추며 계속 치졸하게 나갔다.

하지만 당신들의 사랑이 진짜 그렇게 완벽했을까?

갑자기 파넬이 호탕하게 웃었다. 이성적으로, 제정신을 유지한 채 사랑할 수 있다는 말이 얼마나 엉터리인지 제대로 아는 사람의 웃음이었다. 내 허술한 밑바닥을 제대로 파악했다고 확신하는 웃음이었다. 입이 탄 나는 침대 옆에 둔 생수병을 집어 허겁지겁 마셨다. 파넬이 한 손으로 턱을 쓰다듬으며 말했다.

참 못난 사내야, 당신.

파넬은 내게서 도망치는 나 자신이 어디에 이를지, 어디에 이르고 싶은지 뻔히 보인다는 듯 나를 더 몰아붙였다.

게다가 최악의 얼간이지.

내가 파넬을 평가했던 대로 파넬이 나를 평가했다. 할 수만 있다면 파넬을 동상 깨듯 부숴버리고 싶다고 생각한 순간, 어디선가 나타난 꼬마가 파넬의 팔을 물었다. 파넬이 아얏, 소리를 내며 꼬마를 밀쳤다. 꼬마는 넘어지는 듯했으나 무협 코미디 영화의 술사처럼 빙그르르 구르며 일어서더니 내게 하이파이브를 하자고 손을 내밀었다. 나는 장단을 맞춰주지 않았으나 꼬마의 태도가 싫지 않았다. 어머니는 안방 문을 반쯤 연 채, 예나는 윤서가 두고 간 향수병을 든 채 우리를 주시하고 있었다. 파넬이 물린 자국을 손으로 문지르더니 꼬마를 노려보았다. 꼬마는 문가에 섰던 어머니를 밀쳐낸 후 달아났다. 파넬이 파란색인지 회색인지 분명치 않은 눈을 빛내며 엄하게 말했다.

당신의 아내가 왜 헤어지자고 하는지 내게 묻고 싶은 거라면, 내가 해줄 수 있는 말은 이것뿐이네. 질문은 결코 답이 아니다.

질문은 결코 답이 아니다. 나는 태연한 척 휴대폰과 지갑을 챙겼으나 나도 모르게 파넬의 말을 곱씹고 있었다. 그의 말이 옳았다. 사실 질문은 이미 충분히 했다. 질문에 답이 있다든가 하는 진부한 말을 할 시기도 지났다. 이제 나는 질문을 관두고 대신 답을 던져봐야 했다.

나는 파넬의 시선을 등 뒤로 느끼며 배변 봉투와 간식을 챙기고는 웅이에게 끈을 맸다. 강아지였을 때 눈물을 머금고 재우에게 맡겼던 웅이, 내가 아일랜드에 있었을 때조차 시공을 초월한 눈동자에 나를 머금고 있었을 웅이가 꼬리를 흔들며 따라나섰다. 웅이의 나이는 열한 살, 사람 나이로 치면 일흔 일곱 살가량이었다. 나에 대한 웅이의 사랑은 한결같았다. 캐서린에 대한 파넬의 사랑 못지않았다.

3부

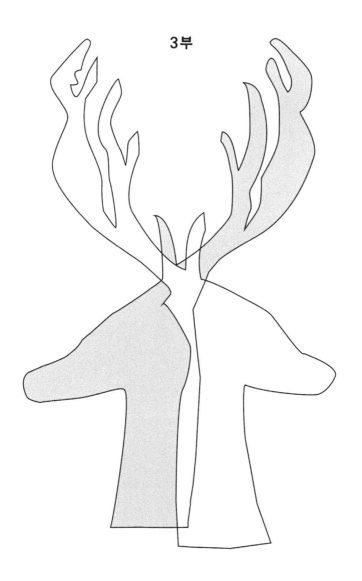

더블린이 나를 환영했을지
환영하지 않았을지 알 수 없다

일 년 전 다시 찾은 더블린은 재우의 말처럼 오 년 전과 크게 다르지 않았다. 나는 재우에게 왜 꼭 나여야 하느냐고 물었지만, 도착하고 보니 그 시간, 그 장소에 있어야 할 사람은 반드시 나여야만 할 것 같았다.

더블린 인구는 서울 인구의 십 분의 일에 불과하다. 펍에서 술을 마시거나 침대에서 섹스를 하던 더블린 사람들까지 모두 한꺼번에 모여야 광화문광장에 모인 시민들 수와 비슷해질 수 있다는 얘기다. 인구가 적은 만큼 공항도 작다. 이쪽 끝에서 친구를 찾는 이가 고개를 쑥 뽑으면 저쪽 끝에 있는 낯익은 머리통을 어렵잖게 알아볼 수도 있는 곳이다. 하지만 공간이 협소하기는 해도 사람들이 불쾌한 접촉에 시달릴 만큼은 아니다. 타인을 공격하지 않기 위해 또한 자신을 보호하기 위해 누구나 필요로 하는 심리적 거리감을 존중할 수 있도록 물리적 공간 또한 가시적으로 구현한 곳이니까. 그건 공간이 사람들을 배려할 줄 안다는 뜻이고, 그로 인해 공간 역시 사람들로부터 침해당하지 않을 권리를 당당하게 행사한다는 뜻이기도 하다.

한국에서 런던을 거쳐 더블린에 막 도착한 내 고객들은 그런 장소가 처음이었다. 깃발이나 안내판 대신 쓴 내 연파랑색 모자를 놓칠까 봐 다닥다닥 붙어선 채 인구 백오십만인 도시를 당황케 하고 있었다. 육개장 한 사발 먹으면 딱 좋겠네. 속이 확 풀릴 텐데. 박 교장, 황 교장 아직 화장실에서 안 온 거야? 여기서 호텔까지 얼마나 걸리지? 이리 와, 이리. 모여봐, 모여. 모두 일곱 명밖에 되지 않았는데 소란스러웠다.

이런 건 딱 질색인데…… 더블린이 곤혹스러워하며 설레설레 고개를 저었다. 나는 블랙 사파이어처럼 도도한 도시에게 미안하다는 말을 하지 않았다. 이해하라는 말도 하지 않았다. 어차피 한국과 아일랜드는 직항도 연결되어 있지 않은 먼 나라였으니까. 십 년쯤 전 더블린에 첫발을 디딘 후 사 년이나 살았다는 사실 때문에 어찌어찌 사람들을 끌고 오게는 되었지만, 일회성일 테니까. 다시 올 일은 정녕 없을 테니까. 나는 더블린이 우리 일행을 가만히 지켜보도록 내버려두었다.

그때였다. 일곱 명의 한국인들을 데리고 막 더블린에 도착한 내가 비슷한 규모의 한국인들을 끌고 나타난 태석과 마주쳤다. 태석도 연파랑색 모자를 쓰고 있었다. 한국을 떠나기 직전 여의도 벚꽃 축제 때 산 내 모자와 같은 색, 같은 야구 모자였다. 태석이 먼저 알은체를 했다.

어, 재열아! 재열이구나! 야……

나는 재빨리 모자를 벗어 들고는 손을 내밀었다. 한때 너무 친했으나 이유 없이 멀어진 친구와의 재회보다 같은 색 모자에 더 신경이 쓰이다니 이상한 일이었다.

오랜만이다.

그의 뒤에 있던 사람들과 내 뒤에 있던 사람들이 호기심을 드러내며 모여들었다. 2014년부터 태석과 나는 다른 두 명의 유학생들과 함께 이 년 정도 집을 나눠 쓴 일이 있었다. 중학교 때부터 친구였던 태석을 더블린으로 불러들인 건 나였다. 하지만 나는 더블린을 떠났고, 그는 남았다. 우리는 서로의 결혼식에 참석하지 않았다.

잘 지내지? 요즘은 어디서 지내?

나는 의례적인 인사를 건네면서도 쭈뼛거렸다. 심리적 거리감까지 손상당할 리 없겠지만 태석과 내가 지나치게 가까이 선 게 신경 쓰였다. 태석은 신경 쓰이지 않는 모양이었다.

더블린을 못 벗어났지. 혹시 디앤시 투어랑 관련 있는 분들이야? 뭔가를 기획한다는 얘기는 들었는데, 네가 올 줄 몰랐네.

응. 재우 부탁으로 온 거야. 뭘 기획하는지는 잘 모르고.

태석도 재우를 알고 있으니 내가 교육부 일로 왔다는 걸 추정하기 어렵지 않았을 것이다. 나는 급하게 디앤시를 통해 프리랜서 가이드 자격을 얻느라 고생했다는 말은 하지 않았다. 이번 일이 잘 풀리면 교육부와 디앤시 투어가 본격적으로 연수 일정을 협의하리란 이야기도 하지 않았다. 팬데믹 때문에 거의 폐업했다가 겨우 일어서기 시작한 태석으로서는 놓치기 싫은 기획일 거였다.

벗은 모자가 다시금 마음에 걸려 손가락으로 머리를 쓸었다. 연파랑에도 좀 더 연한 연파랑, 좀 더 진한 연파랑이라는 게 있을 텐데, 태석과 내 모자는 그 연하고 짙은 정도에도 거의 차이가 나지 않았다. 나는 하마터면 최근에 여의도 벚꽃 축제에 간 적이 있는지를 물어볼 뻔했다. 태석은 모자를 벗지 않았다.

내가 태석의 뒤에 늘어선 사람들에게 눈길을 주며 물었다.

도착한 거야? 아니면 어디로 가는 거야?

아일랜드 관광 끝내고 한국으로 돌아가시는 분들이야. 수속은 아까 끝냈고, 내가 헬싱키로 가서 연결 편까지 안내해주고 돌아오려고.

내가 인솔하는 사람들과 그가 인솔하는 사람들이 점점 간격을 좁히고 있었다. 태석의 뒤에 선 사람들의 입성이며 소지한 물품들이 예사롭지 않았다. 세계 유명 골프클럽 순방과 관광을 곁들이는 상품이 있다고 들었는데, 아마도 그런 투어를 하는 사람들인 모양이었다. 태석은 늠늠해 보였다. 젊은 시절 그가 관심 가졌던 분야와 전혀 상관없는 일을 하고 있는데도 후회하거나 미련 두는 것 같지 않았다. "영어만 해결되면 더블린에 있는 대학에서 신화를 전공하고 싶어." 그렇게 말했던 태석이 막상 선택한 건 경제학과였다. 나는 더블린을 떠난 후, 태석이 회계사 자격증을 따서 시민권을 얻었고 곧 관광업을 시작했다는 얘기를 들었다. 호메로스의 그리스 신화와 오비디우스의 로마 신화를 비교까지 하며 줄줄 읊던 태석이, 켈트 신화며 북유럽 신화까지 더 공부하고 싶다고 했던 태석이 그리 쉽게 마음을 바꿨다는 게 믿기지 않았다. 그러나 계획대로 사는 사람이 몇이나 될까? 나 역시 안경사 자격증을 따서 더블린에 남을 생각이었지만 결국 한국에 정착했다. 생활은 인간의 소망이나 신념 같은 낭만적인 배회를 용서하지 않으니까, 생활이란 것은 들어가는 게 없으면 쌍욕도 주저하지 않고 뱉어내는 굶주린 입에 불과하니까, 나로서도 후회나 미련은 없었다.

태석이 "진짜 반갑다"는 소리를 여러 번 했지만 나는 '나도 반갑다'는 입에 발린 말 대신 "오랜만인데 사진이나 같이 찍자" 하고는 휴대폰을 쳐들었다. 오 년 만에 만난 나와 태석이 작은 프레임 안에 담겼다. 우리는 스냅챗으로 연락하기로 하고는 헤어졌다.

내 고객 중 누군가가 이렇게 말하는 소리가 들렸다. 저 팀도 일곱 명이던데? 더블린 공항에서 일곱 명의 한국 사람들이 일곱 명의 한국 사람들을 만나다니, 놀랍군. 놀라기로 따지자면 내가 제일 놀라야 했다. 서른 살에 떠나 오 년 만에 다시 더블린을 찾았는데, 도착하자마자 태석을 만났다. 게다가 같은 색, 같은 형태의 모자를 쓰고 있었다. 내가 데리고 온 사람들도 일곱 명, 그가 인솔한 사람들도 일곱 명이었다. 우연도 그런 우연이 없었다. 더블린이, 그런 일에 뭘 그렇게 놀라냐는 듯 심드렁하게 말했다. 원래 그렇잖아.

우리는 버스에 올랐다. 가급적 경비를 줄여달라는 재우의 부탁 때문이기도 했으나 나로서도 그게 편했다. 다른 승객들이 함께 탄 버스에서는 안내랍시고 떠들 필요가 없었다. 나는 모처럼 재회한 도시와 오붓한 시간을 갖고 싶었다. 한국을 떠날 때까지만 해도 덤덤하리라 여겼는데 도착하고 보니 그렇지 않았다. 설렜다. 도시가 방문자에게 어떤 태도를 보일지 기억이 났으므로 더 그랬다. 내가 졸라서 도시로부터 얻어갈 수 있는 건 하나도 없었다. 언제나처럼 도시가 내게 주는 걸 받아갈 수 있을 뿐이었다. 사실 그건 도시의 선물이 마음에 들지 않으면 내던지고 가도 그뿐이라는 말과 다르지 않았다. 더블린은 쿨한 도시였다.

눈꺼풀이 무거웠다. 장거리 비행으로 녹지근했을 일행들도 반쯤 잠들어 있었다. 한국 시간으로 새벽 두시. 시차는 나를 포함한 모두가 돌아가는 비행기를 탈 때쯤에야 적응될 터였다. 먼 길이었다. 런던까지 열세 시간 남짓. 엔딩이 기가 막혀 다음 편을 이어 보지 않을 수 없는 미드를 보든지, 책장이 저절로 마구 넘어가는 추리소설을 읽든지 하면서 사이사이 두 번은 제대로 밥을 먹어야 다다를 수 있는 거리였다. 나는 한숨도 자지 않고 영화 다섯 편을 본 후, 줄리안 무어가 나오는 「디 아워스」를 반쯤 보다 내렸다. 런던에서 세 시간을 기다려 다시 한 시간 넘게 비행기를 탄 후 더블린에 도착했다. 다들 좁은 좌석과 귀앓이에 시달리느라 너무 힘들었다며 투덜댔다. 교육부의 젊은 직원들을 제외하고 여자 둘, 남자 셋으로 구성된 교장단은 교육계에 오래 있던 사람들답게 참을 수 있는 것만 참았다. 나는 유럽에서는 매사 느긋해야 한다고 미리 주의를 주었지만, 난쟁이가 아닌 일곱 명의 사람들은 백설공주가 아닌 내 말에 흥겹게 고개를 끄덕이지 않았다. 어쨌거나 우리는 무사히 도착했다.

더블린이 오랜만에 온 나를 환영했을지 환영하지 않았을지 알 수 없었다. 머무르는 동안 내게 무얼 주려는 건지도 알 수 없었다. 분명한 점은 도시가 내게 무언가를 주려 할 때 반드시 '우연'이 개입되리라는 사실이었다. 더블린이 우연을 즐기는 도시라는 건 태석과의 조우로 이미 증명되었다.

합리적인 이유가 없을 수 없다

내가 더블린 남쪽 스틸로건 로드에 위치한 탈봇 호텔을 숙소로 정한 데에는 여러 가지 합리적인 이유가 있었다. 인터넷 검색으로 더블린 교통 상황이 예전과 크게 다르지 않은 걸 미리 확인했는데, 호텔 바로 앞에 더블린 주요 관광지를 아우를 뿐만 아니라 배차 간격이 짧은 46a 버스가 섰다. 시내까지 이십여 분이 걸리지 않았고, 방문 약속을 잡은 테레사 학교나 곤자가 학교 등과도 멀지 않았다. 더 싸면 쾌적하지 않을 테고, 더 쾌적하다 해도 교통이 불편하면 곤란했다. 탈봇 호텔만 한 곳이 없었다.

우리는 각자의 방에 짐을 푼 후 저녁을 먹기 위해 모였다. '사람보다 양이 더 많은 나라이며, 따라서 양고기를 먹어보는 게 좋다'는 내 설명에도 불구하고 양고기를 시킨 사람은 교육부 직원 중 입술에 점이 있는 여자 한 명뿐이었다. 누군가가 여자의 아랫입술에 선명한 점을 두고 매력적이라고 평하자, 여자가 눈으로 웃으며 손사래를 쳤다. 그런 말을 지나치게 많이 들었으며 본인도 충분히 알고 있다는 눈웃음이요 손짓이었다. 여자는 "어쩜, 딱 소고기 같아요"라고 말하며 양고기를 뼈에서 발라 주변에 권하기도 했다. 교육부 직원 중 입술에 점이 없는 여자는 안심 스테이크를 주문해서 먹었다. 소고기 같은 양고기와 양고기 같은 소고기가 제가 더 낫다며 약간의 실랑이를 벌이는 사이, 파스타며 스튜, 햄버거 등이 서로의 국적이나 사람들의 먹성에 대해 떠들면서 언성을 높였다. 테이블에 모인 여덟 잔의 기네스 맥주가 소란을 가라앉히기 위해 목청 높여 외쳤다. 아일랜드와 한국을 위해 건배! 사람들이 따라 했다. 건배!

나는 아일랜드 하면 역시 기네스 맥주가 떠오른다는 사람들에게, 정작 그 회사가 영국인 소유의 다국적 기업에 넘어간 지 오래되었다는 설명은 하지 않았다. 애초에 기네스 회사를 설립한 기네스 백작이 친영파였다는 사실 또한 말하지 않았다. 대신 기네스북이, 1951년 당시 기네스의 대표이사였던 휴 비버가 친구와 사냥을 하던 중 가장 빠른 새를 놓고 언쟁을 벌이다 발간되었다는 이야기를 해주었다. 내가 설명을 하는 사이, 도시가 빠른 스텝을 밟으며 춤을 추다가 연속으로 몇 바퀴를 돌았다. 아이리시 댄스였는데, 그건 더블린이 내 태도를 마음에 들어한다는 뜻이었다. 나는 한때 내가 살았고 사랑하기도 했던 나라의 자존심을 지켜주고 싶었다. 사실이라는 이유만으로 가혹하게 구는 건 이십대에나 할 짓이었다. 다시 간 더블린에서 내가 기대한 것도 그와 비슷했다. 어쩌면 나는 엄연해서 잔인할 수도 있을 사실이 아니라 불확실하더라도 너그러울 위장이나 위선을 원했을지 몰랐다.

모두 내일을 위해 일찍 자야 한다고, 조금 더 지나면 잠은 오지 않고 몸만 곤죽처럼 늘어지는 증세가 시작될 거라고, 깨우지 않아도 새벽에 일어나게 될 거라고, 아무리 늦게 일어나도 네시를 넘기지 않을 텐데 조식은 여섯시부터이니 느긋하게 준비해서 각자 편하게 식사한 후 여덟시까지 로비에 모이면 된다고 주르르 설명했다. 하다 보니 내가 이 방면에 소질이 있다 싶었고, 어쩌면 안경원을 차릴 게 아니라 여행사를 차려야 하지 않을까 하는 생각마저 들었다. 사람들은 그럴 만한 '합리적인 이유'가 충분한 일정, 호텔, 식사 등에 대해 만족한 듯 보였다.

모두에게 인사를 한 후, 혼자 호텔 펍으로 갔다. 께느른하니 몸이 늘어졌으나 그냥 자기가 서운해서였다. 늙은 바텐더에게 부시밀 위스키 한 잔을 주문하고 있는데, 거구의 흑인 여자가 "오 마이 갓, 재열!"이라고 외치며 내 앞에 섰다. 에이미였다.

어떻게 온 거야? 도대체 언제 온 거야?

잠시 일이 있어서 왔어. 반갑다, 에이미.

나는 또 한 번의 우연에 약간 당황한 채 에이미와 껴안고 비쥬도 하며 긴 인사를 나눴다. 꼭 끼는 분홍 셔츠에 검은 바지를 입은 에이미는 몸이 조금 더 불은 듯했지만, 세월의 흔적이 크게 느껴지지 않았다. 카펫을 만들 수도 있을 것 같은 풍성한 많은 머리 중 일부는 초록색, 일부는 보라색으로 염색되어 있었다. 에이미의 머리카락은 예전에도 늘 하얗거나 빨갛거나 파랬다. 오 년은 그리 긴 시간이 아닐지도 몰랐다. 내가 한국으로 돌아가 결혼을 하고 안경원에서 일하며 살았던 기간 동안, 한 해, 한 해는 그저 건성으로 끝자리 숫자만을 바꿨을지 몰랐다. 어쩌면 집착적으로 옛것을 간직한다는 유럽이라, 또한 진보나 보수 어느 쪽도 놓치기 싫어 양쪽 모두에 강박적이라는 아일랜드라 더 그럴지도 몰랐다. 나는 우연히 에이미를 만났기 때문에 자연히 오드리를 떠올리지 않을 수 없었다.

에이미와 오드리, 그리고 나는 주말이면 긴 줄을 서지 않고는 들어갈 수 없는 유명 클럽 '디투'에서 처음 만났다. 이십대 중반의 나이에 불과했던 당시의 나는 "경험이란 실수의 다른 이름이다"라고 말한 오스카 와일드를 신봉하며 술을 마시고 춤을 췄던 '평범한' 젊은이였다. '평범하다'는 것은 짓밟혀본

적이 있으나 사랑하는 사람 앞에서 그래본 적은 없으며, 도둑
질을 했으나 죽을 만큼 허기져서 그러지는 않은 사람에게 슬
쩍 올려놓을 수도 있는 말이었다. 당시의 나는 큰 슬픔이나
충격 때문에 깊은 동굴로 침잠하는 과정 한번 제대로 겪어본
적 없는, 물론 나름대로 겪었다고 우기기는 했을지언정, 엄밀
히 말해 난도질당한 시늉만 그럴듯하게 할 줄 알았던 평범한
유학생에 불과했다. 디투는 입장료며 술값이 비싸지 않아 가
난한 유학생들과 때로 그들보다 더 가난한 현지 학생들이 즐
겨 찾던 곳이었다.

　화장실인 줄 알고 문을 열었던 곳에 곤드레만드레 취한 흑
인 여자와 동양인 여자가 있었다. 두 사람은 클럽 창고로 보
이는 그곳에서 아무것이나 손에 잡히는 대로 훔치는 중이었
다. 귀중해서가 아니라 훔치는 행위 자체를 즐거워하는, 나보
다도 더 '평범한', 대책 없는 철부지들이었다. 딱히 그들과 얽
히고 싶은 마음이 없었다. 나는 남들의 치부를 우연히 발견한
데서 쾌감을 얻지는 않는 상식적인 젊은이답게 서둘러 문을
닫았다. 등 뒤에서 또렷한 한국말이 들렸다. 이봐요! 변명하
려는 듯한 혹은 사태를 무마하려는 듯한 다급한 음성이었다.
나는, 본 것을 아무 데도 말하지 않을 테고 그럴 만한 열의나
관심도 없다고 대꾸하는 대신 그대로 클럽을 나와버렸다. 이
상하게 그 한국 여자를 안심시키는 말 같은 걸 하고 싶지 않
았는데 그때는 왜 그랬는지 알지 못했다.

더블린에서 한국 유학생들의 관계망은 촘촘했다. 여섯 다리가 아니라 두어 다리만 건너도 케빈을 찾을 수 있는 곳이 더블린이었다. 재미로 잡동사니 하나를 훔친 여자가 내 한마디에 의해 브라운 토마스 백화점을 턴 도둑년이 될 수 있었다. 나는 친구들에게 아무런 말도 하지 않았다. 이후에 나는 오드리라 불리는 그 한국 여자와 사랑에 빠졌다.

무슨 일로 온 거야? 잘 지내는 거 맞지? 너는 왜 도통 페북에 안 들어오니? 너희들 사진, 개 사진 봤어. 웅이라고 했던가? 너무 귀엽더라. 세상에, 이게 얼마 만이니 도대체?

에이미가 데설데설 질문을 쏟아냈다. 나는 답하고 싶은 것만을 골라 답했다.

아일랜드 관광 안내하게 됐어. 이번만이야.

안내? 이번만?

한국에서 교장 선생님들 모시고 왔어. 이곳 아일랜드 학교에서 배울 게 있다나 봐. 한 주쯤 있을 거야.

나 몰래 애라도 낳은 건 아냐?

나 몰래 결혼한 건 아니지?

윤서는 유학 생활 중 만났던 친구들과 띄엄띄엄 연락을 하고 있었다. 나는 그마저도 하지 않았다. 아일랜드를 떠나온 후 더는 예전의 친구들에게 관심이 가지 않아서였다. 윤서를 통해 쓰렁쓰렁 듣는 소식만으로도 충분했다. 나이지리아 출신인 에이미는 학생 비자를 연장하는 식으로는 버티기가 어려워 결국 삼촌의 도움을 받았다고 했다. 그녀의 삼촌은 오래전에 아일랜드에서 자리를 잡은 택시 기사였다. 나는 에이미가 종종 자신의 삼촌을 증오한다고 말한 것을 기억하고 있었다.

삼촌네서 지내?

그럴 리 없지. 라스가 쪽에서 친구랑 같이 살아. 나쁘지 않아.

그래, 좋아 보여.

컬링이나 럭비 경기도 없는 평일이라 그런지, 바는 한산했다. 에이미는 보스인 바텐더 할아버지의 허락을 얻어 위스키를 한 잔 더 주문했다. 바텐더는 오랜만에 만난 친구들이 회포도 풀지 못하게 막을 만큼 빡빡한 사람은 아니었다. 에이미는 이런 날은 술 한잔하지 않을 수 없다는 듯 위스키를 단숨에 들이켰다.

우리는 소식이 끊긴 동안 어떻게 살았는지에 대해 줄 것을 주고 받을 것을 받았다. 하지만 사소하지 않은 일상들, 그것과 함께 솟떴다 가라앉곤 하는 위태로운 감정들을 무턱대고 쏟아내지는 않았다. 가릴 게 많은 각자의 삶에 여러 겹으로 보호막을 씌운 후 무난하게 여겨지는 부분만을 노출하고자 애썼다. 나도 에이미도 실수나 실패마저 무용담처럼 늘어놓으며 연삭삭하게 굴 수 있는 나이에는 아직 이르지 않아서였을 것이다. 한동안 SNS로도 알 수 있는, 예컨대 바텐더와 가끔 오는 손님도 나눌 법한 덤덤한 이야기만 주고받았다.

그러나 향 좋은 위스키가 우리 곁에 있었다. 금빛 액체가 든 잔을 들여다보는 내 눈이나 굵기가 제각각인 여러 개의 반지가 끼워진 에이미의 손이 조금씩 경계를 허물었다. 가릴 게 많다는 데에 저항하고픈 추억과 감성이 유전에서 막 터진 석유처럼 솟구쳐오르기도 했다. 그래, 우린 여전히 젊어! 따지고 보면 에이미나 나나 소위 살아온 날보다 살아갈 날이 더 많았다. 서른다섯 살이면 누군가에게는 머리에 피도 안 마른 나이로 여겨지지 않을까? 싱글몰트 위스키가 우리를 부추겼으므로 우리는 점점 크게 웃었고 대범하게 말했다. 도대체 젊다는 것의 기준이 뭐야? 설마 나이야? 내 어깨가 꿈틀거렸고 에이미의 엉덩이가 흔들렸다. 잠시 순도 높은 기쁨에 취했다. 삶을 겹겹이 두른 보호막들을 스트립쇼 하듯 하나씩 벗어 던지기도 했다. 우리가 젊다는 사실에조차 오염되지 않았을 때, 즉 비밀 때문에 폭삭 늙어버릴 수도 있다는 걸 짐작조차 하지 못했을 때의 친구였기에 가능한 일이었다.

예브게니가 우크라이나로 돌아갔어.

나는 바로 알아들었다. 예브게니가 떠날 당시 에이미가 몹시 슬펐으나 지금은 마음을 추슬렀다는 얘기였다. 그랬구나. 에이미가 예브게니를 친구 이상으로 좋아했구나. 에이미는 오른손으로 턱을 괸 채 말을 이어나갔다. 케이시가 알코올중독 재활치료 중이며, 마리벨이 타투 가게를 열었다고 했다. 이번에도 제대로 알아들었다. 에이미는 케이시에 대해 반 이상 포기한 마음이었으나 마리벨에 대해서는 그렇지 않았다. 마리벨이 이번에는 제대로 일어서리라 믿고 있었다. 에이미는 윤서와 내가 너무 멀리 떨어져 살아 서운하다고도 했다. 나는 에이미만큼 서운하지 않았지만 그만큼 서운한 척했다. 사실 에이미의 말 역시 그저 인사치레일 뿐인지 몰랐다.

마침내 에이미가 태석의 근황을 들려주었다.

이전에는 스코틀랜드와 아이슬란드까지 엮어 일했어. 엄청나게 성공했지. 코비드19 터지고서는 좀 고전했는데, 아마 금방 다시 일어설 거야.

그랬구나. 어쨌든 오 년 세월 무색하더라. 안 변했던데?

원래 자기 관리 잘하는 친구잖아.

그래, 그랬지.

수지가 얼마 전에 둘째 아이를 낳았어.

태석이 진짜 능력자네.

중학생 때부터 친했던 태석은 영국이나 미국보다 아일랜드가 여러모로 낫다는 내 말을 전적으로 믿고 유학을 왔다. 내가 재우 말에 툴툴거리며 아일랜드로 온 것과는 달랐다. 태석이 내가 다닌 ECM이나 링구아비바 학원이 아니라 카플란 학교에 등록한 게 애석하긴 했지만, 그가 오자 나는 천군만마를 얻은 기분이었다. 유학 생활이 대개 그렇듯, 당시의 나는 친구들이 없지 않았음에도 불구하고 끝없이 외로웠다. 태석은 타지에서 오다가다 만나 언제 의외의 모습에 부딪히게 될지 모를 다른 사람들과 달랐다. '의외의 모습'이란 과거를 알지 못해서 오는 불쾌감과 공포를 의미했다. 어릴 때부터 알았던 친구라는 사실 자체만으로도 그가 가족처럼 느껴졌다. 나는 태석이 한식 레스토랑 '김치'에서 일할 수 있도록 주선했고 리피강 이쪽저쪽의 놀 만한 장소를 안내했으며 알고 있는 더블린 친구들 대부분을 소개했다. 태석은, 사교적이지 않은 내가 오랜 기간 하나씩 더디게 터득한 것들을 반년 만에 모두 섭렵했다.

태석이랑 연락하기로 했어. 같이 한번 보자.

한국 시간으로 오전이라 이미 졸음이 가셔 있었지만, 나는 시차를 핑계 삼아 일어섰다. 에이미가 며칠 더 볼 수 있다니 오늘은 그만 놓아주겠다며 나를 꼭 껴안았다. 그녀의 품은 예전처럼 다정한 부드러움으로 꽉 차 있었다.

반가웠어, 에이미. 또 봐.

그래, 가기 전에 계속 봐. 진짜 반갑다.

탈봇 호텔은 탁월한 선택이었다. 너무나도 반가운 옛 친구를 만나지 않았는가 말이다. 합리적인 이유와 상관없이 별도로 주어진 행운이었다.

일관성은
상상력 없는 자들의 마지막 도피처다

가이드님 말이 정말 딱 맞더라니까? 못 일어날 줄 알고 알람 맞추고 잤는데, 저절로 잠이 깨서 시계를 보니 새벽 네시야.

여자 교장이 시계를 찬 왼쪽 팔목을 빠르게 흔들며 말했다. 모두가 로비로 모여 택시를 기다리는 참이었다. 간밤에 출출해서 결국 컵라면을 먹었다는 같은 방 교장이 자기도 딱 그랬다며 맞장구를 쳤다.

너무 피곤해서 누가 뭐래도 못 일어날 줄 알았는데, 저절로 깼지 뭐야. 배가 어찌나 고픈지 아침까지 기다리느라 혼났어요.

우리 나이에는 뱃심으로 사는데 말이죠.

두 명의 여자 교장, 세 명의 남자 교장 모두가 여행 이틀 차에 십년지기처럼 친해져 있었다. 연륜의 힘인 걸까. 그저 여행의 힘인 걸까. 서로 어떤 내밀한 사정을 안고 얼마나 굴곡진

생을 살았는지를 모르면서 그토록 가까워질 수 있다니 놀라웠다. 젊은 교육부 직원들조차 교장들을 고모나 삼촌 대하듯 친근하게 대하고 있었다. 그들은 딱히 보고서에 필요할 것 같지 않은, 호텔을 배경으로 한 단체 사진까지 찍는 열성을 보였다. 여긴 유럽이니까, 다 같이 치즈!

나는 재우가 긍정적인 결과가 나올 수 있게 해달라며 신신당부했던 말을 떠올렸다. "유럽의 선진 교육 시스템을 도입해 우리네 교육 현장을 개선해보고자 하는 노력은 이전에도 많았어. 그런데 늘 답사에 그치는 게 대부분이었지. 일단 연수 가는 사람들이 너무 보수적이었거든. '다른 나라에서 이뤄지는 교육 시스템을 높이 평가한다. 그러나 우리나라에서는 안 될 일이다.' 이게 그들의 결론이야. 보고서만 그럴듯하게 작성하고, 구경 잘했다고 생각하고, 그걸로 끝인 거지. 이번에는 허탕 치지 않도록 네가 애 좀 써주라." 재우에게 선심을 좀 쓰려면 딱 맞는 타이밍이었다.

물론 타이밍이 좋아도 내가 대단히 큰 역할을 할 수는 없을 거였다. 그러나 다른 곳이 아닌 더블린에서라면 사소한 한 가지가 사소하지 않은 만 가지가 될 수도 있었다. 무심코 발부리에 채인 무언가가 레프러콘이 숨겨둔 황금단지가 아니라는 보장이 없었다. 나는 휴대폰 앱으로 택시가 도착하기까지 삼분이 남았다는 사실을 확인한 후 말했다.

오스카 와일드가 이렇게 말했답니다. 일관성은 상상력 없는 자들의 마지막 도피처다.

나는 사람들이 내 말에 조금 더 신뢰감을 느낄 수 있도록 영어로 한 번 더 읊었다.

Consistency is the last refuge of the unimaginative.

교육부 직원 중 입술에 점이 없는 여자가 다시 풀이해주었다. 코가 유난히 크고 빨간 남자 교장이 말했다.

멋진 말이네요. 일관성이라는 게, 고집불통, 수구꼴통…… 사실 그렇게 되기 쉽거든.

그가 붉은 코에 관한 한 결코 일관성을 유지하고 싶지 않으리라는 건 자명해 보였다. 컵라면 교장이 나섰다.

상상력이 없다는 건 인간으로서 가장 비참한 일이지요. 상상력은 동물과 인간을 구별하는 가장 큰 차이 중 하나잖아요.

모두가 대화에 적극적으로 참여했다. 재우가 이 장면을 봤더라면 내 어깨를 툭툭 두드렸으리란 생각이 들었다.

하지만 일관성은 좋은 의미도 갖고 있잖소?

뭔가를 주야장천 한다는 의미라면, 사실 꾸준히 해야 문리가 트이기도 하는 법 아니겠소.

여기서는 나쁜 의미죠. 아닌 줄 알면서도 고집스럽게 놓지 않는다는?

'아닌 줄 알면서도 고집스럽게'란 말에 나는 조금 당황했다. 그건 퇴직을 앞둔 나이 든 교육자들에게만 해당하는 말이 아니었다. 알면서도 모르는 척…… 내 경험으로는 모르는 걸 아는 척할 때보다 아는 걸 모르는 척할 때 더 엄청난 상상력이 필요했다. 다시 찾은 더블린에서 내게 필요한 건 어쩌면 조너선 스위프트를 능가하는 상상력일지 몰랐다. 어쨌거나 교장들이 일관성에 대해 약간의 경각심을 가지도록 하는 데에는 성공했다. 짧은 토론이었으나 모두의 배에 묵직하게 앉은 소시지며 아이리시 푸딩, 토스트 등을 소화하는 데도 일조했을 것이다.

마침 택시 두 대가 연달아 도착했으므로 대화는 적절하게 마무리되었다.

내가 탄 택시에서 은발의 기사가 우리가 어느 나라 사람이며, 어떻게 왔는지를 물었다.

한국 사람입니다.

한국과 북한, 통일이 될까요?

글쎄요. 온 국민이 그렇게 되기를 바라고 있습니다만……

예전과 조금도 다를 바 없었다. 아일랜드의 택시 기사들은, 아니 실은 거의 모든 아일랜드인이 한국인이라고 하면 북한 관련 이슈를 들이밀었다. 그들은 일단 이야기가 시작되면 연민과 분노를 멈추지 않는다. 북한 주민들에 대해 안타까운 감정을 토로하고 김정은이 제 나라 독재자이기라도 한 듯 개탄한다. 유학 시절 나는 아일랜드 사람들 전체가 종일 북한 관련 뉴스만을 틀어놓고 있는 게 아닐까 생각한 적 있었다. 아일랜드 사람들이 유럽의 블랙이라 불리며 영국의 오랜 수탈과 아메리카에서의 설움을 겪은 후 터득한 역지사지, 혹은 인애라 쳐도 과하다 싶을 때가 많았다. 제 고민이 없고 여유가 있으니 남 걱정을 하는 걸까, 아니면 제 고민과 별개로 타인에 대한 공감이 유별난 걸까.

내 문제만으로도 머리가 터질 듯한 나로서는 세계가 나를 빼놓고 돌아가건 말건 상관하고 싶지 않았다. 하지만 은발의 기사는 자신이 공감하는 세계에 나를 포함한 한국인들을 끝까지 끌어들이고 싶은 모양이었다. 목적지에 도착하고서도 말을 멈추지 않았다. 나는 자신의 사촌이 2002년 월드컵 때 서울에 직접 가기도 했다는 기사의 말에, 대단하다, 훌륭하다, 행운이다, 하며 열심히 맞장구를 쳐준 후에야 겨우 차에서 내릴 수 있었다. 다른 택시도 사정이 비슷했던 모양이었다. 입술에 점이 있는 직원이 점까지 토해낼 것 같은 표정으로 말했다.

기사가 너무 수다스러워서 혼났어요. 삼성이니 올림픽이니 불고기니 온갖 것을 들먹이다가 나중에는 운전하다 말고 휴대폰에서 구글을 뒤지더니 안녕하세요, 하더라니까요.

나는 모두를 안심시켰다.

외국인에게 너무 친절해서 그래요. 교통사고가 잦은 곳은 아니니 걱정 마세요.

우리의 첫 방문지, 테레사 여학교는 녹청색 스웨터에 체크무늬 스커트를 받쳐 입은 여학생들이 봄을 맞은 나무들처럼 생기 있게 움직이는 곳이었다. 노란 체육복을 입은 어린 학생들이 우리를 보고 발랄하게 웃었다. 시설 자체만으로는 그다지 감탄할 게 없었다. 학생들의 수가 환상적으로 적었지만, 그건 여느 유럽 국가라도 마찬가지일 거였다. 한 시간쯤 학교를 돌아보고 다 같이 응접실에 모였다. 테레사의 교장과 교감, 카운슬러 등이 적극적으로 한국 연수단과 이야기를 나누었다. 나는 학교 측에서 준비한 홍차를 마시며 그들의 대화를 건성건성 들었다.

여기 학력고사라는 그 리빙 서트는 삼 주에 걸쳐 하루 한두 개 과목만 시험을 본다는 말이죠?

네. 학생이 선택한 과목만 시험을 봐서, 그중 가장 잘 나온 여섯 개 과목의 점수만 제출합니다.

Leaving Certificate, 말 그대로 고등학교를 떠나기 위한 자격시험이었다. 나도 유학 시절 아일랜드 교육 시스템을 부러워한 적이 있었다. 여자 교장 두 사람이 자기들끼리 나지막하게 속삭였다.

우리나라에서는 안 될 일이야. 하루에 다 보는 게 낫지, 삼 주 내내 시험을 봐야 한다면 온 나라가 마비될 거예요. 당일 족집게 선생, 이런 게 판을 치면서 더 난리가 나지.

그렇지요. 여섯 과목만 좋은 점수를 받으면 된다면, 전인교육이고 뭐고 다 없어질 거예요.

그들이 속삭인 탓에, 오히려 시선이 집중되었다. 입술 점 직원이 눈짓으로 두 교장을 나무라며 대충 둘러댔다.

학교 학생들의 밝은 모습이 인상적이라고 하네요.

나는 응접실 협탁에 놓인 배불뚝이 꼬마 천사상과 패브릭 갓을 씌운 전등이나 구경하겠다는 입장으로 대화에서 물러나 있었다. 여자 교장들의 얘기가 백번, 천번 옳았다. 재우가, 그러니까 교육부에서, '안 되니 그대로 있자'는 취지로 연수를 기획하지는 않았을 것이다. 그러나 불을 끄고도 가지런히 떡을 썬 후 자신처럼 달인이 되지 못한 아들을 나무란 어머니가 있던 나라에서는 실효성 없는 제도였다. 테레사의 교장이 여덟 명의 한국 사람과 일일이 악수를 한 후, 마지막으로 덧붙였다.

일관성은 상상력 없는 자들의 마지막 도피처다. 재담꾼 오스카 와일드가 말했죠. 한국에도 변화가 일어나기를 기대합니다.

모두가 놀란 눈치였다. 나는 간단하게 마무리했다.

오스카 와일드의 명언이야 뭐, 여기서는 워낙 유명하니까요.

거듭, 거듭, 지나치게 여러 번 고맙다는 인사를 하고 또 그 이상으로 답례 인사를 받고 나온 한국인들은 지쳐 보였다. 나는 그들이 학교 방문 때문이 아니라 배가 고파서, 또 졸려서 더 지친 것을 알았다. 점심을 먹으면 나이 든 할아버지, 할머니 교장들은 그대로 쓰러져 잠들 게 분명했다. 첫날보다 이튿날에 시차 적응이 더 어려운 법이었다.

나는 호텔로 돌아가기로 하고 대로변에서 택시를 잡았다. 여자들을 먼저 태우고 행선지를 말하려는데, 기사의 얼굴이 낯익었다. 택시 기사는 아침에 우리를 학교로 태워준 은발의 아일랜드인이었다. 그가 머리 위로 선글라스를 올리며 유쾌하게 말했다.

탈봇 호텔에서 타신 분들이죠?

확실히 우리가 있는 곳은 더블린이었다. 나는 우연도 모종의 일관성이 아닐까 생각하며 일행을 차에 태워 먼저 보냈다. 내가 다음 택시를 잡자, 남자 교장들이 일제히 기사에게 관심을 보였다. 앞 택시처럼 같은 차, 같은 기사를 만나지나 않을까 기대라도 한 모양이었다. 도시가 곤란하다는 듯, 하지만 내게 할 말은 해야겠다는 듯 나지막이 속삭였다. 사람들이 너무 단순하군. 네가 기대하는 것도 그런 거야, 혹시? 나는 도시를 빤히 보다가 반문했다. 내가 기대하면 그대로 해줄 거야? 돌연 어기뚱해진 도시는 아무런 대답도 하지 않았다.

교장들은 안도하며, 하지만 동시에 약간 서운해도 하며 택시에 올랐다. 기사는 우리가 어느 나라 사람인지 물어보지 않았고, 구글에서 '안녕하세요'를 찾아 인사를 건네지도 않았다. 그는 검은 피부에 머리를 빡빡 깎은 흑인이었다. 나는 에

이미의 삼촌일지도 모른다는 어이없는 생각을 했지만, 정말
로 그럴까 봐 물어보지는 않았다. 스틸로건 로드에 있는 테레
사 학교에서 탈봇 호텔까지는 십 분이 채 걸리지 않았다.

그리 쉬운 게 아냐

오후에는 시내 관광을 할 예정이었다. 내가 식사 후 잠시 방에서 쉬고 다시 만나자고 했을 때만 해도, 사람들은 시간을 아껴 당장이라도 관광에 나서야 한다는 듯 아쉬워했다. 하지만 식사가 끝나가면서 식곤증까지 겹친 노인들은 이번에도 가이드님 말씀이 기가 막히게 딱 맞는다고 중얼거리며 기다시피 방으로 향했다. 다섯시까지 세 시간이 남아 있었다.

나 역시 졸렸지만, 자고 싶지 않았다. 마음속 은결든 멍울마저 걷어낼 듯한 신령한 봄이었다. 시내로 나가는 46a 버스를 탔다. 이층 맨 앞자리에 앉자 도로가 훤히 내다보였다. 꿋꿋하게 비바람을 견딘 나무들이 새순을 틔워내고 있었다. 고운 연둣빛이 금방 진한 초록으로 변할 것만 같아 미리 서운하기도 했다. 부주의하게 팔을 뻗은 포플러의 가지들이 버스의 유리창을 되게 긁었다. 승객 몇몇이 소스라치게 놀라며 웃음을 터뜨렸다. 나뭇가지들이 선언하듯 말했다. 서로 상처를 주고, 또 받으리라. 공원 담장 너머 예민한 물푸레나무가 그 말을 받았다. 줄 만하며 또 받을 만하리라! 물푸레나무는 제 살에 닿는 어떤 것이든 단번에 푸르게 물들이고 말겠다는 듯 촉수처럼 뻗은 가지를 흔들고 있었다.

차창을 열자 가시금작화 향이 스며들었다. 오 년 세월 무색하게 익숙한 향이었다. 금작화 향에 얽힌 두 거지 이야기가 생각났다. 앞이 보이지 않아 캄캄한 세상에서만 살던 가련한 두 거지가 성자에게 간절히 기도한 덕에 눈을 떴다. 그러나 또렷하게 드러난 세상은 기대와는 딴판이었다. 멸시와 증오와 상처투성이인 세상은 조금도 아름답지 않았다. 거지들 자신의 모습이 최악이었다. 핏발 선 두 눈, 부르튼 입술, 번득이는 누런 이, 갈라진 피부, 꼬질꼬질한 옷차림…… 게다가 눈이 멀었을 때 그토록 생생했던 금작화 향기가 제대로 느껴지지 않았다. 두 거지는 기적을 베풀어준 성자에게 다시 간청했다. 도로 눈이 멀게 해달라고, 이 더러운 것들을 더는 보지 않게 해달라고. 마침내 눈이 도로 어두워지자 그들은 비로소 세상에서 가장 아름다운 향, 가시금작화 향을 맡으며 안도할 수 있었다.

가시를 숨긴 작은 꽃들이 앙글방글 웃으며 노란 고개를 흔들고 있었다. 창 가까이 코를 대자 머리가 어지러울 만큼 강한 향이 또다시 훅 끼쳐왔다. 살짝 두려웠다. 내가 더블린에서 찾으려는 게, 다시 말해 더블린이 내게 주려는 게 그 거지들이 목격한 세상과 같다면 어쩌지? 내 기대와 달리 그다지 아름답지 못한 세상을 마주하게 된다면……

오랜 옛날에 소 시장이었다가 지금은 부촌이 된 마을 도니브룩을 지나면서였다. 버스가 신호 대기로 멈춘 사이 돌연 자전거를 탄 한 여인이 눈에 띄었다. 반대편에서 이쪽으로 건너온 여자는 버스가 움직이자 같이 움직이기 시작했다. 전신에 소름이 돋았으므로 나는 잠시 눈을 감았다가 떴다. 나무 정령의 얼굴에 팬 주름만큼이나 구불거리는 머리카락, 페달을 밟을 때마다 체인에 걸릴 듯 위태롭게 나풀거리는 회색 스커트…… 자전거를 타는 어떤 여자가 원색이나 파스텔톤 계열의 화사한 옷을 입지 않았다면, 무채색 긴 치마를 입기는 했으나 스모키 화장을 하지도 피어싱을 하지도 않았다면, 게다가 동양인이라면 다른 사람일 리 만무했다. 더블린이 나를 위해 치밀하게 준비했을, 그러니까 이 만만찮은 도시가 본격적으로 태세를 갖추고 끌어냈을 인물, 오드리가 틀림없었다. 나는 급히 창문을 더 열고 고개를 쑥 내밀었다. 그러나 자전거를 타는 데 열중한 여인은 내가 앉은 자리로 눈길 한번 주지 않았다. 버스가 속도를 내자 여인의 형체가 곧 인형 크기만큼 작아졌고, 이내 보이지 않게 되었다. 나는 버스의 덜컹

거림을 따라 이리저리 뛰는 가슴을 가까스로 진정시켰다.

어쨌거나 더블린이 나를 실망시키지 않았다는 생각이 들었다. 더블린의 태도는 한결같았다. 언제나처럼 나를 밀어내지도 환대하지도 않으나 철저히 연루시키고 있었다. 나는 곧 제대로 오드리를 만나게 되리라고 확신했다.

버스가 시내 중심부인 리슨 스트리트로 들어서자 갑작스레 비가 왔다. 작은 물방울들이 차창에 앙증맞은 그림을 그리기 시작했다. 아이스크림과 작은 종과 새끼 고양이와…… 포근포근한 기억을 불러일으키는 무수한 사물들…… 나는 깜빡 잠이 들었다가 버스가 시동을 끄는 소리에 퍼뜩 깨어났다. 피닉스 파크 옆, 버스 종점이기도 한 막다른 골목길이었다. 형광 연두색 조끼를 입은 기사가 칸막이가 쳐진 운전석에서 나왔고, 다른 기사가 교대하려고 버스에 올랐다. 두 기사 모두가 내게 인사했다. 잘 가요! 좋은 하루 보내요!

그새 비가 그쳤다. 공원으로 들어가는 입구에서 레게머리를 한 가수가 기타를 치며 노래하고 있었다. 나도 오드리도 좋아했던 코달라인의 「하이 홉스(High Hopes)」였다. 어리석은 걸 믿다니 미친 짓이지. 하지만 그리 쉬운 게 아냐……

정말로 그리 쉽지 않았다. 도무지 쉽지 않았다. 더블린을 떠난 서른 살의 나로부터 더블린을 다시 찾은 서른다섯 살의 나에 이르기까지 어떤 시간이 흐른 건지 가늠하기 쉽지 않았다. 다행히 온통 초록인 공간이 모호하고 칙칙한 시간을 잠시나마 밀어냈다. 무서우리만치 생에 민감한 숲과 들이 기운을 북돋아주었다. 다 잘될 것만 같았다. 모든 게 멀쩡하게 제자리로 돌아갈 것만 같았다. 일 년 후의 삶에 대해 아무런 예측도 하지 못한 당시의 나는 이십대의 나보다 더 아둔했던 걸까. 어쩌면 나는 믿어서는 안 될 것을 믿었을지 몰랐다. 그러나 '믿기'만큼이나 '믿지 않기'도 그리 쉬운 일은 아니었다.

너를 이루는 모든 너를 사랑해

내게 주어진 세 시간 중 이미 한 시간이 지나 있었다. 발길 닿는 대로 가볍게 산책을 한 후 버스 정류장으로 돌아올 예정이었다. 피닉스 파크는 수많은 사슴이 자유롭게 뛰노는 곳으로 유명했다. 유럽에서 제일 크다는 설명이나 삼백오십 년도 더 된 오래된 공원이라는 설명은 사실 무의미했다. 우리에 갇히지 않은 사슴 무리를 공원 곳곳에서 만날 수 있는 게 가장 큰 매력이었다. 그러나 사슴들은, 어떤 날에는 너무 쉽게 발견할 수 있었으나 어떤 날에는 좀체 볼 수 없었다. 녀석들은 영혼의 심연에 들어앉은 모략처럼 숨바꼭질하기를 즐겼다.

그 시절의 우리는 강가와 공원에 자주 모였다. 돈이 없어서이기도 했지만, 돈이 있어도 벌건 대낮에 갈 곳이 마땅치 않아서였다. 날씨마저 좋으면 망설이지 않고 어디로든 튀어 나갔다. 늘 흐리거나 비가 오는 나라에서 맑은 날을 멋멋하게 그냥 보내는 건 죄악시되었다. 에이미, 케이시, 예브게니, 마리벨, 오드리와 나, 나중에 합류한 태석, 그리고 들고 났던 몇몇 친구들. 우리는 자주 피닉스 파크를 찾았다.

하루는 오드리와 나만이 공원에 가게 되었다. 공교롭게도 친구들에게 피치 못할 저마다의 일이 생겨서였다. 그게 성실하기도 하고 꼼꼼하기도 한 운명이 오래전부터 준비한 계획의 일환이었을지는 알 수 없었다. 오드리와 나는 여느 날처럼, 훙그럽고 푼푼한 초록의 뜰로 발을 내디뎠을 뿐이었다. 물론 이전에도 그랬듯, 서로에 대한 호감을 지나치게 드러내지는 않되 그걸 상대가 전혀 모를 수는 없도록 하는 데 열중한 채였다. 오드리와 나는 오지 않은 친구들에 대해 시시껄렁한 농담을 주고받으며 산책에 나섰다. 당시의 우리는 봄에 씨를 뿌리는 농부가 왜 가을의 수확을 걱정하는지 이해는 하되 공감은 하지 못하는 철없는 이십대였으므로 모든 걸 웃음으로 마무리 지었다.

거대한 너도밤나무 아래에서 두 수사슴이 뿔로 받으며 다투고 있었다. 초식동물들의 싸움이 다 그런지 모르겠으나, 그날 공원의 사슴들은 맹렬해 보이지 않았다. 마치 뿔을 갈기 위해서일 뿐이라는 듯 몇 번 탁탁 소리를 내며 부딪치다 떨어졌고, 애초에 싸우지도 않았다는 듯 딴청을 피우다가 또다시 탁탁거리며 뿔을 부딪쳤다. 싱거운 싸움이었으나 끝이 날 것 같지는 않았다. 오드리와 나는 사진을 찍어대며 두 녀석의 싸움 같지 않은 싸움을 오래 구경했다. 우리도 사슴들도, 지나치게 평화로웠다. 멀리서는 녀석들이 모두 비슷비슷해 보였는데 가까이서 보니 하나같이 달랐다. 뿔의 모양, 점의 형태, 꼬리의 길이, 발의 굵기…… 너무나 다양하게 다르다는 게 당연하게 여겨지면서도 놀라웠다. 생김새만이 아니었다. 성격도 제각각인 줄 알게 된 건 오드리가 준비해 간 사과를 봉지에서 꺼냈을 때였다. 여러 마리의 사슴들이 순식간에 몰려들었는데, 과감하게 자꾸 와서 사과를 달라는 사슴, 조심스럽게 거리를 둔 채 아쉬운 눈길만 보내는 사슴, 사과를 내밀어도 무슨 이유에서인지 고개를 돌리고 마는 사슴 등 천차만별이었다. 사슴 한 마리가 코를 벌름거리며 지나치게 가까이 다가왔을 때였다. 뿔에 머리카락이 살짝 걸린 오드리가 기겁하며 사과 봉지를 내던졌다. 사슴은 공격적이지 않았으나 뿔을 가진 것만으로도 위협적이었다. 내가 웃자 오드리는 당황할 때면 늘 그러듯 손가락으로 머리카락을 몇 번인가 감았다가 풀어내며 따라 웃었다.

사슴들이 사과가 떨어진 곳을 향해 느릿느릿 움직이자 오드리가 작은 스케치북을 꺼내더니 그림을 그리기 시작했다. 겹겹의 테두리가 있는 사슴 한 마리였는데, 마르거나 키가 크거나 뿔이 기울어진 여러 사슴이 겹쳐진 것으로 보였다. 한

때 화가가 꿈이었고, 미대 입시도 준비했다는 말이 거짓이 아닌 것 같았다. 나는 한 마리이면서도 여러 마리로 보이는 사슴 그림이 마음에 들었다. 오드리가 말했다. "한 마리 사슴에 분명 수천수만 마리의 사슴이 들어 있을 테니까." 순간, 오랜 시간 우회로를 빙빙 돌기만 했던 내게 기회라는 놈이 덤벼들었다. 우유부단한 나를 더는 참지 못해 내 목덜미를 단번에 잡아당긴 거였다. 덜미를 잡힌 나는, 이루어지지 않으면 죽어버리지 싶은 기분으로 말했다. "너를 이루는 모든 너를 사랑해." 곧바로 나는 오드리에게 가볍지 않은 키스를 했다. 사슴의 뿔들이 우리에게 울타리를 쳐주었다. 오드리와 나는 그렇게 사랑을 시작했다.

더블린의 다른 모든 것들과 마찬가지로 피닉스 파크 역시 변한 게 없었다. 나는 산책 시간이 줄어드는 데에 약간의 조바심을 느끼며 발길 닿는 대로 걸었다. 비에 젖었다 마르기를 반복하는 동안 더 오래 견딜 수 있는 지혜를 터득했을 나뭇잎들이 햇살에 반짝거리고 있었다. 용케 잎사귀 사이에 숨었던 물방울들이 세상 재미있는 일 하나쯤은 만들어야 한다는 듯 불시에, 경쾌하게 떨어지기도 했다. 습기는 떨어내되 나무의 일부가 된 생명들은 떨어내지 않으려는 섬세한 바람이 불었다. 안경알을 닦고 갈고 끼우는 일상과는 아무런 관련이 없는 꿈같은 일렁임이었다. 곧 그리움의 너울이 거쿨스레 밀어

닥쳤다. 여자라서 봄을 타고 남자라서 가을을 타는 게 아니었다. 인간은 치밀한 자연이 작정한 모든 순간에 무방비로 허물어질 뿐이었다.

사슴들은 끝내 모습을 드러내지 않았다. 나는 어린 황녀들의 팔뚝처럼 부드럽고 통통한 풀들과 아쉬운 인사를 나누며 정류장으로 돌아갔다. 내가 타려는 46a 버스에서 두 기사가 또 교대하고 있었는데, 연두색 조끼를 입고서 운전석에 들어가던 기사가 내게 말했다.

아까 여기서 내렸던 분이네? 날씨가 정말 좋습니다. 자, 다시 갑시다.

나는 이제 놀라지도 않았다. 일어날 일은 어쨌거나 일어나고야 말리라 생각했다.

열혈 독립투사

십 분 전에 호텔에 도착하려던 내 계획은 어긋났다. 우회로가 없는 N11대로에서 예상치 않게 교통체증이 시작되었기 때문이다. 다행히 입술에 점이 없는 교육부 직원과 연락이 되었다. 직원에게 일행을 모두 깨워 호텔 로비로 모아달라고 부탁했다. 다행히 교육부 직원은 까다롭게 굴지 않았다. 더 다행스럽게도 두 여자 교장은 내가 도착하고 십여 분이 지난 후 미안하다며 허둥지둥 내려왔다.

먼저 오코넬 거리로 갈 겁니다. 오늘은 날씨가 좋으니 모처럼 저녁까지도 환할 거예요. 두 시간쯤 둘러본 후, 유명한 템플바 거리에 들러 기네스를 마시고 마감하지요.

나는 간단히 일정을 설명한 후 버스 정류장으로 향했다. 또다시 46a 버스를 타야 했으나 지겹지 않았다. 버스는 탈봇 호텔 앞에 금방 도착했다. 관절에 무리가 있는데다 고소공포증까지 있다는 빨간 코 교장을 제외한 나머지 사람들이 버스 이층 여기저기에 흩어져 앉았다. 도시의 모습을 구경하기에 최적의 장소였다. 사람들은 나뭇가지가 버스 창유리에 부딪히거나 버스가 앞차에 바짝 붙을 때면 깜짝 놀라곤 했다. 놀이공원에서 개구리 점핑 기구를 처음 타보는 아이들처럼 두려워하면서도 설레는 얼굴들이었다. 그들 모두 유럽 대도시에서는 느끼지 못했을 소박함과 여유를 경험하고 있었다. 더블린은 그간 이렇게 저렇게 비바람을 맞으며 분명 더 교묘해지거나 더 무뎌졌을 텐데도, 어쩐지 그래 보이지 않았다. 삶의 이면에 짓눌릴 만큼 무겁지도 않지만 그 정수에 이르지 못할 만큼 가볍지도 않은, 원숙한 모습이었다. 유서 깊고 고풍스럽다는 걸 과시하기 위해 조악한 조명을 덧씌우고 외양만 번드르르하게 가꾼 유명 도시들과는 확연히 달랐다. 교장들은 어쩌면 '리빙 서트'보다 더 소중한 것들을 얻어갈지도 몰랐다.

감탄하는 한국인들을 향해 높지도 화려하지도 않은 더블린의 건물들이 점잖게 손을 흔들었다. 표면에 묻은 검은 얼룩하나도 함부로 떨어내지 않는, 겸허하고 신중한 모습이었다. 나는 더블린에 점점 더 관대한 마음이 되었다. 유학 중 끝없이 서울을 그리워한 것 이상으로 그간 서울에서 더블린을 그리워했다는 사실을 인정하지 않을 수 없었다. 오랜만에 보았으니, 과하지 않은 수준의 의심이나 질시를 할 법도 했다. 하지만 전혀 그렇게 되지 않았다. 필연적으로 미숙했으나 투명했던 내 젊은 날이 더블린의 중후한 색조 안에 녹아 있기 때문인지도 몰랐다. 서른 넘은 나이에 이르러서야 어렴풋이 소중함을 알게 된 그 미숙한 투명함에 대한 애정이 솟구쳤다. 나는 심지어 재우에게 고맙다는 말을 하고 싶기까지 했다. 물론 실제로 그렇게 하지는 않았다.

시내 중심가로 가는 길과 해변으로 가는 길이 나뉘는 지점에서 다시 한 여자가 보였다. 갈색 카디건에 회갈색 긴 스커트를 입은, 구불구불한 긴 머리의 여인. 아까도 보았던, 그리고 내가 그토록 그리워했던 오드리가 틀림없었다. 이번에는 자전거를 타고 있지 않았다. 대신 손에 커다란 빵 봉투를 들고 있었다. 호두와 검은깨 등 견과류가 들어 있는 둥근 이스트 브레드. 나는 그 맛을 기억해낼 수 있었다. 인솔하는 사람들이 없었다면 당장 다음 정류장에서라도 뛰어내렸을 거였다. 나는 숨 가쁜 그리움을 간신히 갈무리해 다독였다.

버스가 오코넬 거리에 도착했다. 다른 승객들이 내리는 사이로 우리 일행도 천천히 내렸다.

이곳은 관광지이니만큼, 가끔 소매치기가 손에 든 휴대폰을 채 가기도 하니 조심하세요. 먼저 1916년 부활절 봉기 때 역사적 장소가 되었던 우체국부터 가보시죠.

내가 연파랑 모자를 단정히 고쳐 쓰며 사람들을 인도하려던 참이었다. 갑자기 남자 교장 두 사람이 거의 동시에 외쳤다.

　우 교장이 없어요.

　나는 우리와 함께 이층으로 올라가지 않았던, 코가 빨간 교장이 함께 내리지 않았다는 걸 깨달았다. 그에게 급히 전화를 걸었으나 받지 않았다.

　제가 데려올게요. 잠시만 여기서 기다리세요.

　저만치 멀어진 버스를 향해 달리기 시작했다. 차가 속도를 낼 수 없는 도로였으므로, 운이 좋으면 바로 다음 정거장에서 버스를 따라잡을 수 있으리라 생각했다. 하지만 예상과 달리 버스는 정류장을 이미 지나쳐 길 끝에서 좌회전하고 있었다. 교장은 왜 우리가 내리는 걸 보지 못했을까? 잠든 걸까? 어쩌자고 그를 잊었을까? 나는 숨이 턱에까지 닿았지만 멈추지 않고 계속 달렸다. 지나가는 택시가 보이지도 않았지만 그런 게 있다 해도 잡을 겨를이 없었다. 버스를 따라 왼쪽 길로 접어들었다. 다행히 우회전 신호를 기다리며 서 있는 46a 버스가 바로 앞에 보였다. 나는, 들어 마땅할 욕설 몇 마디를 들으며 차도 가운데에 있는 버스로 다가갔다. 버스 내부를 살피며 운전석의 유리창을 두드렸다. 기사는 황당하다는 표정으로 창문을 열지 않은 채 고개만 가로저었다. 순간, 휴대폰의 진동이 느껴졌다. 교장이 바로 전 정류장에서 내렸을 수도 있겠다고 생각하며 급히 전화를 받았다. 입술에 점이 없는 교육부 직원이었다.

우 교장님, 지금 우리랑 같이 있어요. 계속 전화했는데……

마침 우회전 신호가 떨어져 차들이 움직이고 있었다. 나는 황망히 반대편 인도로 건너갔다. 교육부 직원과 통화를 계속했다.

우리가 그쪽으로 가고 있어요. 뛰어가신 방향으로 쭉 걸어왔는데, 이제 거의 대로 끝이네요.

사정인즉슨, 관절도 좋지 않고 고소공포증도 있는 우 교장은 애초에 잠이 들었거나, 다른 곳을 보고 있거나 하다가 버스에서 내리지 못한 게 아니었다. 그는 '오코넬'로 시작하는 안내 음성을 제대로 알아들었고 이층에서 내려오는 우리를 일별한 후 먼저 내렸다고 했다. 우 교장은 휴대용 티슈를 사려고 바로 앞 가게에 잠시 들어갔던 것뿐이었다. 버스를 타고 오는 내내 코가 간질간질해서 혼이 났다는 거였다. 오코넬 거리 북쪽 끝에서 다시 만난 사람들은 전보다 더한 친화력을 과시하며 헉헉거리는 나를 위로해주었다.

애초에 나는, 오코넬 거리 중간부터 시작해 리피강 남쪽으로 이동하면서 주요 기념물들을 보여줄 생각이었다. 하지만 한바탕 해프닝 끝에 우리는 오코넬 거리 북쪽 끝에 다다라 있었다. 모두가 앞에 있는 파넬 동상에 대해 궁금해했다. 애초에 그걸 보여줄 계획이 없었으나 무시하고 지나갈 수 없게 되었다. 연수단을 이끌어 동상이 있는 오벨리스크 바로 앞에 섰다. 금빛 하프 아래에서 오른손을 허공에 뻗고 있는 혁명가는 몇몇 관광객들에게 둘러싸여 있는데도 불구하고 쓸쓸해 보였다. 파넬의 시선이 더블린시와 시민들 너머 아득한 곳까지 닿아 있었다. 내가 설명을 시작했다.

　파넬은 영국에 대한 아일랜드의 독립운동이 거셌던 시기에 민족 모두의 자랑이요 희망이었던 지도자 중 한 사람이었다. 하지만 그는 말년에 영국인 유부녀 캐서린과의 염문으로 아일랜드 민족진영 내에서의 입지는 물론 그간 쌓아온 모든 명성을 잃고야 말았다. 정치적인 의도로 파넬을 제거하고자 했던 사람들이 그를 유부녀와, 그것도 적국 유부녀와 놀아난 불한당으로 몰고 갔다. 캐서린이 전남편과 오래전부터 불화 상태에 있었고, 사실상 이혼한 것과 다를 바 없던 점은 가볍게 무시되었다. 당찬 독립투사는 자신이 불륜이나 파렴치한 짓을 저질렀다고 생각하지 않았다. 그는 떳떳하게 말했다. "내 삶은 아일랜드를 위해 바치지만 내 사랑은 캐서린에게 바친다." 지지자들은 파넬이 그저 한 여자와 비극적인 사랑에 빠졌을 뿐이라며 그를 옹호했으나 폭발한 민심은 가라앉을 기미를 보이지 않았다.

　1880년 여름 첫 만남 이후, 두 사람은 실로 격정적으로, 어리칙칙한 변명 한마디 없이 순식간에 여러 개의 강을 건넌 것으로 보였다. 찰스 스튜어트 파넬은 불과 한 계절이 지난 후 이미 캐서린 오세이를 '내 사랑'이라 불렀고 겨울에는 '친애

하는 아내'라 칭했다. 다음 해 일월에는 파넬 자신이 '왕관 없는 왕'이라 불리는 데 빗대어 캐서린 오세이를 여왕이라 언급하기도 했다. 1889년 캐서린의 남편 윌리엄 오세이 대령이 불륜을 공론화하면서 이혼을 요구하기까지, 두 사람은 세 아이를 낳았으며 사실상 부부로 지냈다.

캐서린에게 무관심했으나 돌연 이혼 합의금에 욕심난 전남편 오세이가 나서자, 파넬을 눈엣가시로 여겼던 영국 의회가 기회를 놓치지 않았다. 가톨릭을 신실하게, 그것도 유난히 보수적으로 지켜오던 아일랜드 내부에서도 반감이 커졌다. 결국 파넬은 자신의 온 열정을 바쳤던 아일랜드 자치당이 두 개로 쪼개지는 걸 보아야 했으며, 정치적으로 더는 회생의 길이 보이지 않는 곳까지 몰리고 말았다. 그는 한눈에 사랑에 빠질 수 있는 사람답게 순수했으나 그 순수함의 이면인 고지식함도 갖고 있었다. 파넬은 배신감으로 만신창이가 된 민심을 수습하려는 전략적인 시도를 하지 않았다. 공직에서 물러나지도 않았으며 동정심을 유발할 만한 다른 사건도 일으키지 않았다. 그는 오히려 교회에서 인정하지 않는 결혼식을 거행했다. '1891년 6월의 찰스 스튜어트 파넬과 캐서린 오세이는 곳곳에 번진 불행의 얼룩에도 불구하고 행복해' 보였다고 한다. 하지만 사 개월도 지나지 않은 그해 시월, 파넬은 계속되는 실패와 좌절을 무릅쓰고 굳건히 나아간 대가, 즉 육체와 정신이 너덜너덜해질 때까지 자신을 밀어붙인 대가로 쓰러지고 말았다. 언론은 겨우 마흔다섯 살에 이른 열혈 정치가의 사망 원인으로, 유전적인 위암, 급성 폐렴 혹은 동맥 출혈로 인한 심장질환 등의 사인을 들었다. 그러나 인류의 유구한 명제를 기억하는 많은 이들은 파넬이 사랑 때문에 죽었다고 했다. 사랑을 위해 자신을 연료로 삼아 모든 걸 소진한 탓이라고들 하며 개탄스러워했다.

팔 흔들기를 좋아하는 교장이 말했다.

우리나라에서는 있을 수 없는 일이네요.

키 큰 교장이 약간 흥분한 채 말을 받았다.

안중근 의사가 일본 여자와, 그것도 유부녀와 사실혼 관계를 맺었다면 난리가 났을 겁니다. 암살당하지 않은 게 놀랍네요.

가이드님은 어떻게 생각하세요?

누군가가 내 의견을 물었다. 나는 우 교장이 하필 버스 일층에 있다가 먼저 내려 가게로 들어가버렸고 이어 내가 파넬 동상 밑에 이른 게 우연이 아닐지도 모른다고 생각하던 중이었다. 더블린이 내게 주려는 게 혹시 오드리가 아니라 파넬인 걸까? 그의 일생을 사람들에게 들려주는 동안 나 자신도 감동이 없지는 않았으나 당혹스러웠다. 사적인 삶을 위해 공적인 삶을 버린 파넬을 마냥 동정할 수만은 없었다. 나는 심란한 마음을 가까스로 감춘 채 얼버무렸다.

글쎄요……

시선을 돌리기 위해 동상 뒤 오벨리스크에 새겨진 황금빛 하프에 대한 설명을 이어나갔다.

아일랜드가 독립을 쟁취한 후 하프를 국가 상징으로 쓰기 전에, 기네스 회사가 이미 하프를 쓰고 있었답니다. 나라의 상징이 맥주 회사의 상징과 같을 수는 없었지요. 이 문제가 어떻게 해결되었는지 아십니까?

수수께끼를 내서라도 파넬에 대한 관심을 떨어내고 싶었다. 애초에 계획에 없던 일이었다. 파넬의 사랑 얘기나 떠들기 위해 더블린에 온 건 아니었으니까. 다행히 사람들은 내가 의도한 대로 금방 파넬을 잊은 채 하프와 기네스에 집중했다. 모든 매력적인 것들은 '아직 알지 못함'에서 나오는 법이다. 나는 궁금증을 좀 더 증폭시키기 위해 각자 알아보라며 답을 미뤘다.

'하프'를 설명한 김에 하프 다리로 불리는 사무엘 베케트 다리에 관해서도 이야기를 이어갔다. 『고도를 기다리며』라는 유명한 부조리극을 모르는 이는 없었다. 베케트가 제임스 조이스의 사위가 될 뻔했다고 하자 사람들의 눈이 흥미로 반짝였다. 나는 정신병을 앓았던 조이스의 딸 루치아에 이어 『율리시스』의 주인공 레오폴드 블룸도 소개했다. 교장들은 오쟁이 진 남자 블룸이 홀로 자위를 하거나 아내의 연인을 일부러 피해 다니기도 했다는 대목에서 역력히 불편한 기색을 비쳤다. 그러나 밀레니엄 기념탑을 지나 조이스 동상 앞에 다다르

자, 앞다투어 동상을 쓰다듬거나 어깨동무를 하며 포즈를 취
했다.

사진을 찍어주는 내 등 뒤에 찰스 스튜어트 파넬이 나타난
건 그때였다. "우리의 고향은 들끓는 바다야. 오디세우스, 그
러니까 율리시스가 위대한 건 가라앉기도 하고 떠오르기도
하는 삶 자체를 기꺼이 받아들였기 때문이지." 자그마한 체
구에 콧수염을 멋있게 기른 열혈 독립투사가 으스대는 투로
말했다. 나는 파넬이 싫었으나 어쩐지 그를 떨쳐낼 수 없을
거라는 생각이 들었다.

포기를 모르는, 집요한

일정이 조금 달라지기는 했으나 크게 무리는 없었다. 관광 책에 나온 거의 모든 기념물을 보여준 후 발 디딜 틈 없는 템플바까지 갔을 때가 겨우 여덟시였으니까. 각자 맥주와 공연을 즐긴 후 여덟시 반에 펍 밖에서 만나자고 했을 때만 해도 일이 순조롭게 진행되고 있다는 생각에 뿌듯하기까지 했다. 사람들 말처럼 내가 진짜 유능한 가이드인 것 같기도 했다. 무리하게 안경원을 여느니 차라리 더블린에서 여행사 일이나 할까 싶은 생각이 다시 들었다.

오크통 위에 맥주잔을 놓은 채 거품이 위로 모두 쏠리길 기다리고 있었을 때였다. 멀리서 한 여자가 의회 거리를 거쳐 강변으로 걸어가는 게 보였다. 구불구불한 긴 머리를 날리며 무채색 치맛자락을 손에 쥔 여자는 취한 듯 비틀거렸다. 나도 모르게 몸을 일으켜 여자를 따라가려는데, 누군가가 내 어깨를 잡았다.

내 장례식에 이십만 명이 모여들었다네. 많은 이가 내 죽음을 슬퍼했지.

동상 앞에 섰을 때부터 우리 일행을, 아니 나를 줄곧 따라다닌 파넬이었다. 나는 심히 못마땅했다.

내 장례식에도 관심이 없는데 왜 당신 장례식 따위에 관심을 가져야 하지?

나는 강변으로 사라진 여인, 오드리임이 분명한 그 여인을 눈으로 좇으며 신경질적으로 대꾸했다. 파넬의 눈동자 색이 짙어졌다.

자네는 그 우 교장인가 뭔가 하는 사람의 빨간 코가 간지럽지 않았다면 나를 사람들에게 소개도 하지 않았겠군. 그 유명한 예이츠도 조이스도 나를 진정한 저항자라고 인정했는데 말이지.

들었어. 그들이 당신을 포기를 모르는, 집요한 사람이라고 했다지. 하지만 나는 그런 게 싫어.

파넬이 능갈스레 물었다.

그래서 애초에 나를 제치고 설미지근하기 이를 데 없는 오코넬 같은 작자를 보여주려 했던 건가?

영국을 잘 구슬려서 평화적으로 일을 해결한 사람은 당신이 아니라 오코넬이라고 평가하는 사람들이 꽤 있어. 타협이 옳을 때도 있지.

그들이 아일랜드를 제대로 이해한 건지 모르겠군.

나는 키 작은 그 아일랜드 신사를 자극하고 모욕하고 싶었다. 느닷없이 내 주변을 얼쩡거리는 것도, 오드리를 따라가야 하는데 막고 있는 것도 모두 괘씸하기 이를 데 없었다.

당신은 너무 급진적이야. 당신을 묘사할 때 오죽하면 보이콧에게 사용된 문구가 인용되었겠나 말이야.

언 백작의 재정 관리인이었던 보이콧이라는 모리배라면 잘 알지. 그가, 내가 만든 토지연맹을 와해시키기 위해 악랄한 짓을 했다지.

지금은 보이콧이라는 말이 당신보다 유명해.

그런가? 궁금하군.

파넬은 내가 흥분할수록 더 매실매실하게 굴었다. 그걸 알면서도 그에게 말려들지 않을 수 없었다. 나는 언성을 높였다.

자, 들어보라고. 이런 문구가 있어. "다른 사람으로부터 농장을 빼앗은 사람이 있다면, 길에서 마주쳤을 때 그를 피하라. 시내에서도 가게에서도 들판에서도, 심지어 신을 모시는 신성한 장소에서도 그를 혼자 두고 따돌리고 고립시켜라. 그렇게, 그가 지은 죄에 대한 혐오감을 보여주어야만 한다."

파넬은 여전히 느긋했다.

내 방식과는 다르지만 그렇게라도 저항하는 게 맞겠지.

나는 파넬의 야료에 말려들고 싶지 않았다. 당장이라도 리피강을 따라 걸어가고 있을 오드리를 뒤쫓아가야 했다. 그런데도 이상하게 그와의 말싸움이 멈춰지지 않았다.

당신 이름도 찰스, 보이콧의 이름도 찰스라더군. 보이콧을 싫어하는 것만큼이나 파넬을 싫어하는 사람들이 많았지. 지금은 나도 그렇고.

잘생긴 아일랜드인이 눈썹을 실룩 실그러뜨렸다. 웃는 건지 화를 내는 건지 분명치 않았다. 나 또한 어떤 표정을 짓고 있는지 알 수 없었다. 얼굴 근육 움직이는 방법 같은 걸 돌연 잊어버린 기분이었다. 파넬이 갑작스레 말을 틀었다.

그런데 조금 전의 그 여자는 왜 쫓아가려 한 건가?

그런 적 없는데?

의지와 달리 입이 아무렇게나 움직였다. 자전거를 타고 갔으며 빵 봉투를 들고 있었고 조금 전에는 술에 취한 듯 비틀거리며 걷던 오드리…… 나도 모르게 오드리를 부인하고 있었다. 어째서일까? 세 번이나 보았는데 세 번 다 그녀를 그냥 보냈다는 사실이 믿기지 않았다. 일이 어그러지기 시작했다는 느낌이 강하게 들었다.

펍에서 사람들이 나오는 바람에 우리의 대화가 중단되었다. 키 큰 교장이 내 옆에서 담배를 피워 물었다. 파넬이 멀찍이 물러났다.

흥겨운 펍이로군요. 맥주도 정말 맛있고요.

다른 교장들도 한마디씩 칭찬을 덧붙였다.

흑맥주를 즐기지 않았는데, 아일랜드 기네스는 정말 달라요. 깊고 구수해요.

다 함께 노래를 부르는데, 우리나라 사람들 떼창 하는 것과 비슷하더라고요. 정서가 우리랑 통하나 봐.

다들 유쾌하게 말했지만 휘주근해 보였다. 낮잠을 잤다고 해도, 밤을 새운 것과 다름없을 테니 그럴 만했다. 나는 템플바 거리로부터, 파넬로부터 어서 멀어지고 싶었다. 사람들을 큰길로 인솔한 후 택시 두 대를 잡았다. 물론 아침에 만났던 기사들을 또 만나지는 않았다. 노인들은 택시 안에서 꾸벅꾸벅 졸았다. 입을 열기 싫은 내게는 잘된 일이었다. 나는 세 번이나 오드리를 그냥 보낸 나 자신을 용서할 수가 없었다.

호텔에 도착해 각자의 방으로 올라가기 전 교육부 직원이 하프를 어떻게 해결했는지 알아냈다고 말했다.

기네스사에서 정부가 상징으로 쓰는 하프와 반대 방향으로 그려진 그림을 쓰기로 했다네요. 아일랜드 하프의 공명통이 오른쪽에 있으니, 기네스사에서는 공명통을 왼쪽에 두기로 했다죠.

'알지 못함'에서 만족스럽게 놓여난 사람들이 고개를 끄덕였다. 그런 걸 나쁘게 말하면 '눈 가리고 아웅'이라고 표현할 수도 있다는 사실은 간과한 듯했다. 모두 행복한 표정으로 헤어졌다. 나만이 홀로 그러지 못했다. 오드리를 놓쳐서 우울한데다 맵살스러운 파넬이 호텔로 따라오기까지 했기 때문이었다.

　그날부터 열혈 혁명가에 사랑꾼인 파넬이 수시로 모습을 드러냈다. 예상치 못한 곳에서 예상치 못할 줄 알았다는 듯 흡족해하며 나를 괴롭혔다. 나는 파넬을 보이콧할 수 없었다. 그를 피하거나 따돌리기는커녕 번번이 얕은수에 놀아나 발끈했고 그 때문에 일을 그르쳤다. 더블린을 떠나기만 하면 만사 해결되리라 여겼으나 그마저 오산이었다. 파넬은 염치도 없이 내 비행기에 함께 타서 집까지 따라왔다. 찰스 스튜어트 파넬은 내가 짐작한 이상으로 포기를 모르는, 집요한 사람이었다.

이름을 잃어버린 여인

　다음 날 일정도 비슷했다. 오전에는 학교 방문, 오후에는 관광. 또다시 택시를 불러 부터스타운에 있는 곤자가 학교로 향했다. 그곳에서의 결론도 전날과 마찬가지인 듯했다. 훌륭한 교육 시스템이지만 한국에서는 가당찮다. 좌우로 흔들고 싶은 고개를 애써 아래위로 흔드는 사람들의 태도는 부자연스러웠다. 하지만 안내와 설명을 도와준 곤자가의 선생들은 그런 점을 눈치채지 못했다. 그저 서양인들보다 동양인들이 표현에 좀 더 서툴고, 더 경직되어 있을 뿐이라고 여기는 것 같았다.

　오후 일정은 육세기경에 지어졌다는 오래된 수도원이 있는 위클로 마운틴 투어였다. 계곡 사이 두 개의 아름다운 호수와 산책로가 있는 글렌달록, 기네스 가의 별장, 작은 규모의 폭포, 발이 푹푹 빠지는 이토 등에 대해 간략히 설명한 후 단체 관광버스를 태웠다. 투어가 끝난 후 버스가 도착하는 장소에서 다시 만나기로 한 후 헤어졌다. SNS로 연락을 주고받던 재우가 내가 따라가지 않은 데 대해 화를 냈다. 하지만 나는 영어 잘하는 교육부 직원도 있고, 반나절 투어니만큼 걱정할 게 없다며 재우의 불평을 잠재웠다. 사실 오 년 만에 찾은 아일랜드에서 내내 관광 안내만 할 생각은 애초부터 없었다.

나는 오스카 와일드의 동상이 있는 메리온 공원으로 갔다. 북쪽을 향한 웃는 얼굴과 서쪽을 향한 침울한 얼굴, 두 가지 표정을 모두 가졌다는 와일드가 그의 명성만큼이나 도발적인 자세로 누워 있었다. 그가 끄적인 여러 명구가 동상 옆 대리석 기념물에 새겨져 있었다. 한 문장이 눈에 들어왔다. "사랑은 언제나, 자기를 기만하는 것에서 시작하고 타인을 기만하는 것으로 끝난다." 와일드답게 시니컬했다.

전날에 이어 드물게 좋은 날씨였다. 햇볕은 실쌈스레 온기를 날랐고, 바람은 습습하게 불었다. 나는 공원을 크게 한 바퀴 돈 후 벤치에 앉았다. 두 나무 사이에 줄을 매고 그 위를 걷는 아이들이 있었다. 얼핏, 줄 없이 공중에 떠 있는 것 같기도 해서 동화 속 요정처럼 보이기도 했다. 산책로를 따라 체크무늬 재킷, 초록색 원피스를 차려입고 걷는 노부부도 보였다. 오랜 세월 잘 살아온 것을 서로 칭찬하는 중인 듯, 팔짱을

긴 채 속삭이는 모습이 다정했다. 황토색 봉투에서 빵을 꺼내 일부는 자기가 먹고 일부는 비둘기에게 주는 남자도 있었다. 차림새로 보아 노숙 생활을 오래 했지 싶었는데, 이제 그에게 남은 친구는 비둘기뿐인 듯했다. 나는 양팔을 뻗어 벤치 등받이에 걸었다. 이렇게 여유롭게 한적한 공원에 앉아본 게 얼마만인가 싶었다. 가까이 있는 노란 수선화, 붉은 튤립, 보랏빛 히아신스 등을 보고 있노라니 잠이 쏟아졌다. 햇살이 공원 가득 따사롭게 흘렀다.

한 여자가 다가왔다. 따뜻한 날씨인데도 목까지 올라오는 갑갑해 보이는 스웨터를 입고 있었다. 해가 쨍 나다가도 비바람이 몰아치는 곳이 아일랜드라지만, 봄에 입을 옷차림은 아니었다.

모르는 사람을 위아래로 함부로 훑어보다니, 무례하군.

아, 미안. 양털 스웨터가 이 좋은 날씨에 어울리지는 않아서 나도 모르게 그만……

아일랜드는 하루에 사계절이 모두 있는 나라야. 맑은 날씨가 언제 매서워질지 모르지. 사람 마음과 비슷해. 평온해 보이지만 언제 뒤죽박죽이 될지 모르거든.

여자가 공원 밖 차도로 나를 던져버리기라도 할 듯 사납게 말했으므로, 나는 살짝 겁에 질렸다. 혹시 미친 게 아닐까?

당신이 나를 잘 모르는 것 같아 해주는 말인데, 내 이름은

'신뢰'야. 덥거나 춥거나 우울하거나 기쁘다고 해서 함부로 벗어던질 수 있는 게 아니지.

여자의 스웨터를 내가 입고 있기라도 한 듯 압박감이 느껴졌다. 갈증 때문에 냉커피를 주문했는데 뜨거운 커피를 받았을 때처럼 짜증스럽기도 했다.

그렇다고 일 년 삼백육십오 일 내내 목까지 올라오는 그런 옷을 입어야 한다면 답답한 일 아닌가?

사실 할 수만 있다면 여자의 스웨터를 찢어버리고 싶었다. 옷 아래 감춘 도도록한 유방을 움켜쥐고 한바탕 날뛰고 싶은 기분이었다.

돌연 누군가의 나체 위에서 그러고 있는 나 자신을 발견했다. 여자의 긴 머리카락이 매끄러운 몸 주변으로 퍼져 있었다. 나는 그 여자의 크지도 작지도 않은 가슴을 쥐어짜듯 움켜쥔 채 입을 맞추려 했다. 하지만 조금 전까지도 유혹적으로 벌어져 있다고 생각했던 여자의 입술이 꽉 다물려 있었다. 입을 벌리지 않은 채 여자가 말했다.

알겠지만 나는 '금기'야. 당신은 사랑을 얘기하고 싶은 거야, 아니면 그 거드럭대는 추상명사 뒤에 숨은 욕망에 대해 얘기하고 싶은 거야?

나는 그녀에게서 나는 향기에 취해 정신을 차릴 수가 없었다. 여인에게서, 자살하려던 사람도 살리지 싶은 달콤한 향내가 났다. 하얗고 부드러운 여인의 몸 위에서 내 몸이 곧 터져버릴 듯 부풀어 있었다. 여자가 돌연 내 머리카락을 그러쥐고 고개를 들게 했다.

정신 차리고 똑바로 얘기해봐. 사랑이야, 욕망이야?

나는 그녀의 배꼽에 다시 얼굴을 묻고는 간신히 대답했다.

애초에 사랑과 욕망 사이에 무슨 차이가 있는지 모르겠어.

금기가 없어지면 욕망이 사라지지. 욕망이 사라지면 공허가 남으니까 사람들은 언제나 금기를 원해. 사랑은 어떨 거 같아?

모르겠어, 몰라.

여자의 몸으로 내 몸이 빨려 들어갔으면 좋겠다는 생각밖에 들지 않았다. 나는 은비한 입구를 찾아 헤맸다. 하지만 여자의 온몸이 돌처럼 굳어가고 있었다. 따뜻하고 말랑거리던 여자의 몸이 차갑게, 딱딱하게 변했다. 나는 아이처럼 칭얼거렸다. 여자가 돌연 나를 밀어내며 소리 질렀다.

얼간망둥이 같으니라고!

다시 내 앞에 나타난 이는 앞트임이 길게 나 있는 가죽 스커트를 입은 여인이었다. 그녀가 나를 보고 잠시 웃는 것 같더니 순식간에 채찍을 휘둘렀다. 천년간 꽁꽁 얼린 손을 가진 자가 천년의 한을 담아 어깨를 내려친 것 같았다. 나는 알몸이었다.

어때? 고통과 사랑은 함께 가야겠지?

채찍 끝에 톱니바퀴 모양의 유리 조각들이 달려 있었다. 게

다가 유리 조각의 끝은 사자 갈기처럼 끝이 가닥가닥 갈라져 있었다. 나는 벤치 아래로 굴러떨어진 채 신음하며 부르짖었다.

왜? 왜 그래야 하는데?

원래 그런 거야. 그 둘은 끝까지 같이 가야 해.

내게서 튄 다량의 핏방울을 얼굴에 묻힌 여인이 한 번 더 채찍을 휘둘렀다. 등이 말 그대로 껍질째 떨어져 나가는 기분이었다. 나는 가까스로 눈을 뜨고서 이름이 '고통'이라는 여인을 올려다보았다. 뜻밖에도 내가 그 무자비한 여인을 좋아한다는 걸 깨달았다. 나는 흙바닥에 입술을 댄 채 가까스로 다시 물었다.

사랑이 영원하려면 고통 또한 영원해야 한다는 거야?

대답 없이, 여인이 또 채찍을 날렸다. 등에 벌레 모양 문신이 새겨졌을 거란 생각이 들었다. 세상에서 가장 무서운 존재가 자기 자신임을 알게 된, 알게 될 수밖에 없었던 고독한 벌레의 자화상이 떠올랐다. 아울러 추한 제 모습을 견디지 못해 도로 눈이 멀기를 빌었던 아일랜드의 거지들도 떠올랐다. 눈도 뜨고 세상도 아름다울 수는 없었던 걸까? 사랑은 꼭 고통과 함께 가야 하는 걸까?

기대한 죄! 기대하는지도 몰랐던 죄!

여인이 날카롭게 말하며 한 번 더 자신의 무기를 휘둘렀다. 나는 속절없이 까무러쳤다.

사위가 조용했다. 문득 공원에 나 혼자밖에 없다는 사실을 깨달았다. 수령을 알 수 없는 커다란 나무들과 알록달록한 꽃들만이 수런거리고 있었다. 돌연 수수한 하얀 옷을 입은 여인이 나타났다. 화장을 하지 않았으나 금가루를 뿌린 듯 빛나는 얼굴을 하고 있었고, 어디에도 닿은 적 없는 순결한 손을 맞잡은 채 나를 내려다보고 있었다. 여인이 투명한 눈을 반짝이며 내게 물었다.

나는 도대체 어디에 있는 거지?

여인의 정체를 알 수 있을 것 같았다. 나는 미동도 하지 않은 채, 실은 너무 비통해서 손가락 하나도 움직일 수 없을 만큼 기력이 빠진 채로 대답했다.

당신이 '처음'이라면, 그건 내가 묻고 싶은 말이야. 당신은 어디로 가버린 거지?

내가 없어졌다는 건가?

해사한 얼굴의 여인이 주르르 눈물을 흘리며 다시 물었으므로 나는 몹시 부끄러워졌다. 자신이 어디에 있는지를 내게 묻는 여인이나 그 여인에게 어디로 가버렸냐고 묻는 나나 딱하기 그지없었다. 나는 목이 메어 더는 말을 할 수 없었다.

여인을 둘러싼 빛이 트릿해지기 시작했다. 흰옷 여기저기가 검붉은색으로 물드는가 싶더니 더께가 앉았고 낡아갔다. 소녀처럼 어리고 곱던 얼굴에 늙음의 필연적인 징표인 검버섯이 폈고, 감정을 낭비한 증거인 주름이 잡혔다. 탄력을 잃은 여인의 얼굴에서, 눈물만이 조금 전과 마찬가지로 흘러내리고 있었다. 이름이 '처음'인 그녀는 자신이 '처음'이라 불린 순간부터 이미 제 이름을 잃어버릴 숙명인 걸 알았다고 고백했다. 그녀의 눈물이 볼을 타고 흘러내리더니 내게도 떨어졌다.

빗방울의 차가운 감촉에 놀라 눈을 떴다. 메기처럼 기름하게 생긴 먹구름이 머리 바로 위에 있었다. 오한이 들어 입술이 덜덜 떨렸다. 두 나무 사이에 낮게 줄을 맨 채 까르륵대던 아이들도, 한가로이 산책하던 노부부도, 종이봉투를 들고 어슬렁거리던 노숙자도 보이지 않았다. 나는 벤치에서 일어나 서둘러 공원을 빠져나갔다. 나처럼 갑작스러운 비에 놀란 사람들이 카페와 술집 차양 아래로 모여들었다. 나는 시큼한 맥주 냄새가 코를 찌르는 허름한 바 안으로 들어가 위스키를 넣은 커피를 주문했다. 정신을 차리고 싶었다. 꿈이 너무 생생해서 카페 내부가 오히려 비현실적으로 느껴졌다. 술병이며 잔, 인형, 시계, 액자 등의 소품을 하나하나 뜯어보며 내가 속한 세계로 돌아오고자 애썼다.

파이프를 문 배불뚝이 남자가 금테를 두른 액자 안에서 웃고 있었다. 나는 아이리시 커피를 홀짝이며 액자 속 인물이 입은 셔츠의 단추가 몇 개인지 헤아렸다. 바지 아래 감춰진 셔츠의 단추까지 합하면 일곱 개, 아니 여덟 개인가? 열 개도 되지 않는 단추를 세는데 자꾸 헷갈렸다. 액자를 떼어내 뜯어버리고 싶었다. 이런 얼뜨기 빙충이 뒤듬바리 같으니라고! 나는 따끔거리는 눈을 주먹으로 문지르며 오열이 터지려는 걸 가까스로 참았다. 간절했다. 측량 가능한 세계에서 명확한 답을 얻고 싶었다. 더는 아리송한 채로 헤매고 싶지 않았다. 분명한 것들로부터 안정감을 느끼고, 그렇게 안정감을 느끼며 일생을 살아갈 수도 있다고 믿고 싶었다. 하지만 한갓 그림조차 나를 기만하기를 멈추지 않았다.

문득 다시 한 여자를 보았다. 검은 원피스 차림에 구불거리는 긴 머리…… 오드리가 바로 옆 테이블에서 커피를 마시고 있었다. 짧은 순간이었지만 정확하게 눈이 마주쳤다. 의심의 여지가 없었다. 하지만 오드리는 나를 모르는 사람 보듯 무심히 일별한 후 그대로 나가버렸다. 내가 급히 따라 일어서려다 커피를 쏟았다. 종업원이 한숨을 쉬며 달려왔고, 나는 서둘러 동전 몇 개를 테이블에 놓은 후 거리로 나갔다. 그새 여인은 어둑한 거리로 가뭇없이 사라졌다. 캄캄한 공간으로 흔적 없이 스며들려고 일부러 검은 옷을 입었던 게 아닐까. 나는 손가락을 벌린 채 공연히 허공을 휘저어보았다. 어쩐지 그녀를 다시는 만나지 못할 것 같았다. 온몸의 근육이 죄다 뒤틀리는 듯했다. 나는 허리를 구부린 채 가슴께를 쥐었다. 심장병 따위를 앓은 일이 없음에도 이런 게 심장병 증세구나 싶을 만큼 가슴이 아팠다. 빗물이 눈썹을 지나 관자놀이로 코로 입으로 마구 흘러내렸다. 주위가 소란스러워졌다. 친절하기 그지없는 아일랜드 사람들이 그 순간에 내가 가장 원하지 않는 친절을 내 허락도 없이 베풀려 들었으므로 나는 도망치듯 걷기 시작했다. 다시 찾은 더블린에서 여러 번 오드리를 보았으나 결국 잡지 못했다는, 그리고 영원히 잡지 못하리라는 사실을 더는 모르는 체할 수 없었다.

그때 참 아름다웠어

일주일 동안 우주선을 타고 지구를 여러 바퀴 돈 기분이었다. 너무 빨랐으므로 세상이라는 걸 제대로 볼 수 없었으나, 어쩐지 그 세상이라는 게 내게 철퍼덕 들러붙어버린 느낌이었다. 온기가 남은 난로에 얇은 비닐이 눌어붙듯이, 복구 불가능한 상태로 우그러진 채 내 일부가 된 느낌이었다.

태석은 끝내 다시 만나지 못했다. 에이미가 중간에서 이리저리 애를 쓰며 자리를 만들려고 했지만, 태석은 차일피일 핑계를 대며 나타나지 않았다. 나는 에이미를 거의 매일 밤 만났다. 내가 만날 수 있는 에이미를 만나면서 내가 만날 수 없는 오드리를 그리워했다. 에이미를 통해, 사랑했고 그리워했고 마침내 미워하기도 했던 오드리에 대한 기억을 끝없이 불러냈다. 클럽 디투에서 취한 채 쓸데도 없는 구급약을 훔치고 있던 동양인 여자, 구불구불한 긴 머리카락을 휘날리며 자전거를 탔던 여자, 무채색 옷을 즐겨 입었고 견과류가 들어 있는 이스트 브레드를 좋아했던 여자, 수천수만 마리의 사슴을 품은 한 마리 사슴이 되었던 그 여자. 나는 나를 한심하게 여길 수밖에 없었다. 그 무량한 그리움과 사랑에도 불구하고 오드리에게 말 한마디 건네지 못하고 떠날 것이기 때문이었다.

오드리는 내가 가장, 그야말로 내 영혼을 갈아 넣어 사랑했던 여자였다. 피닉스 파크에서 감정을 확인한 후 프러포즈를 결심한 날이었다. 저녁으로 스테이크를 먹었고 와인을 마셨다. 자리를 옮겨 맥주와 위스키를 더 마셨다. 하지만 좀처럼 취하지 않았다. 술이 입으로 들어갔다가 이마나 손가락 어딘가로 빠져나가 가뿐히 증발해버린 느낌이었다. 그날 나는 재우에게도 하지 않았던, 실은 나 자신조차 자주 떠올리지 않았던 어린 시절 이야기를 그녀에게 들려주었다.

외할머니 얼굴이 떠올라. 주름이 자글자글하셨는데 기분에 따라 주름이 이리저리 패턴을 바꿔 재미난 무늬를 만들곤 했어. 할머니 손도 생각나. 손끝이 뭉툭하고 손바닥이 고무처럼 단단했지. 가끔 할머니가 마른세수를 시켜주느라 내 얼굴을 문지를 때면 따끔거렸던 기억이 나. 아팠지만 아프다고 말하지 않았지.

나는 내가 왜 오드리에게 할머니 이야기를 하는지 알 수 없었다. 뽀얀 불빛 아래 뽀얀 살을 빛내는 젊음과 마주하고 있으니 절로 늙은 할머니 생각이 났던 걸까. 그때는 몰랐지만, 나중에는 알았다. 할머니는 내가 아무런 계산 없이, 자격지심이나 자괴감 없이, 어떤 방어기제도 발동하지 않고 무람없이 떠올릴 수 있는 유일한 사람이었다. 외할머니가, 어머니와 가장 가까우면서도 어머니는 아니어서였다.

가끔 날이 좋은 날 저녁에 할머니가 막걸리 심부름을 시키셨어. 지금은 주전자를 들고 가서 술을 살 수 있는 곳이 없겠지만 그때는 있었거든. 할머니가 홍가네 다녀오라고 하시면 신이 나서 뛰어나갔지. 한 주전자를 받아 오면 한 대접은 내 차지였으니까. 달고도 알싸한 그 맛을 잊을 수가 없어. 할머니는 막걸리라고 하지 않으시고 늘 탁주라고 말씀하셨어. 막걸리와 탁주 사이에는 꼬집어 설명할 수 없는 차이가 있어. '탁주'라는 말이 더 진하고 걸쭉하고, 무엇보다 할머니처럼 푸근해.

입맞춤과 키스가 다르다는 말을 하고 싶어 막걸리와 탁주 얘기를 했을지 몰랐다. 오드리가 가벼운 입맞춤이 아니라 혀가 오가는 키스를 허락한 이래, 내 눈은 그 입으로부터 한순간도 자유로워지지 않았다. 술잔을 들어 빙글빙글 돌리는 손에서도 쉽게 눈을 뗄 수 없었다. 오드리의 왼 손등에는 이제 막 한글을 배운 아이가 썼을 법한 '도'자 모양의 핏줄이, 오른 손등에는 H와 I 모양의 핏줄이 비쳤다. 그 가느다란 정맥

들이 푸른 무늬를 만든다는 게 신기했다. 할머니 얼굴의 주름처럼 정겨운 무늬였다. 나는 그 손등에 새겨진 미로로 뛰어든 후 자진해서 길을 잃었다.

할머니 집 앞에 감나무가 있었어. 할머니가 장대로 쳐서 떨군 감 몇 개를 바구니에 담아와 무딘 칼로 쓱쓱 껍질을 까셨지. 당신이 먼저 한 입 베어 물고는 맛을 보는 거야. 아주 달고 맛있을 때만 나를 주셨어. 그렇지 않을 때는 마당 한편으로 아무렇게나 던져버리셨지. 사실 버리는 게 더 많았어. 버려도 감은 계속 열렸으니까. 도시 사람들이 보면 아까워할지 모르지만, 아무튼 할머니는 그렇게 하셨어. 사과도 배도 대추도, 할머니 마음에 쏙 들어야 내게 주셨지.

그날 우리는 서로의 몸을 열었다. 할머니는 내가 어머니로 인해 느낀 고독이나 재우와 비교당하면서 느낀 열패감을 녹여준 유일한 분이었다. 오드리를 만나기 전까지, 할머니는 내 가장 안전하고 완전하고 이상적인 사랑이었다. 나를 온전히 따뜻하게 했던 한 사람이 다음 사람에게 바통을 넘겨주는 듯했다. 네가 아는 세상을 나도 알고 싶다고 고백하는 성실한 애무가 오갔다. 네가 겪은 고통을 내가 덜어주겠다고 다짐하는 충성스러운 입맞춤도 있었다. 상대가 떨어뜨리는 마지막 한 방울의 사랑까지 모두 받아 마시겠다고 욕심을 부리는 두 몸이 얽혔다. 나는 인류의 본질일지 모를 이기심이 우리가 누운 침대 너머로 무기력하게 흩어지는 것을 보았다. 최고의 사랑이었다.

예나를 비롯해 이전에 다른 여자들을 만났을 때와는 차원이 달랐다. 나는 오드리와 같이 있는 동안에도, 아직 만나지 못한 것처럼 혹은 금방 헤어진 것처럼 애타게 오드리를 그리워했다. 같이 있을 수만 있다면 세상의 모든 편견과 불운이 함께해도 상관없다고 여겼고, 그러기 위해 그 이전과 이후의 시간 모두를 저당 잡힐 수 있다고까지 생각했다. 더 뜨거울 수 없을 만큼 뜨거웠고, 더 설렐 수 없을 만큼 설렜다. 그랬던 오드리를 더블린에서 다시 만났건만, 그것도 여러 번이었건만 나는 붙잡지 못했다. 나는 데데하기 이를 데 없는 나 자신을 리피강 어디쯤으로 던져버리고 싶었다.

한국으로 돌아가기 전날 밤, 에이미가 살짝 눈시울을 붉히며 말했다. 빗이라 쳐도 될 법한 커다란 속눈썹이 위아래로 오갔다.

그때 우리 참 아름다웠어, 그치?

나 역시 눈가가 뜨거워지는 걸 느꼈다.

그랬지. 그때 정말 그랬었어.

우리 중 누구도 더할 나위 없이 아름다웠던 그 시절의 우리로 돌아가지 못하리라는 한탄이었다. 그런 건 기도나 노력으로 얻을 수 있는 게 아니었다. 울고 싶은 에이미와 나를 대신해, 제임슨 위스키 병이 잔으로 노란 눈물을 쏟아냈다. 에이미가 말했다.

겨우 삼십대인데, 자꾸 뭔가를 잊어. 아주 소중했던 것까지. 잊어버리면 결국 갖지 않았던 거랑 다름없는데…… 날마다 나를 조금씩 잃어버리는 느낌이야.

나는 그럴 수밖에 없으리라고, 그게 자연의 순리이니 안심하라고 위로할 수 없었다. 나 역시 날마다 나를 잃어버리는 느낌이었고 그 때문에 몹시 슬펐다.

에이미……

나는 조금 망설이다가 더블린에서 만난 옛 친구에게 정말하고 싶었던 말을 털어놓았다. 그간 얼마나 힘들었는지, 앞으로도 얼마나 힘들지 모르겠다는 암담한 이야기를 했다. 차분히 듣고 있던 에이미가 안쓰러운 듯 고개를 가로저었다. 나도 고개를 가로저었다. 분명 아름답지 않은 이야기였다.

다음 날 나는 행복한 피로에 지친 일곱 명의 연수단을 끌고 아일랜드를 떠나 한국으로 왔다. 재우가 고생했다며 삼천만 원을 빌려주겠다고 했다. 하지만 재우가 주는 돈만으로 가게를 낼 수는 없었다. 아버지는 타박만 놓았다. 젊은 자식이 왜 늙은 애비에게 손을 벌리느냐, 결혼도 한 놈이 도대체 언제 정신을 차릴 거냐, 돈이 땅 파면 거저 나오는지 아느냐…… 나는 이전에 받던 돈의 삼분의 이에도 미치지 못하는 돈을 받기로 하고 새 안경원에 나갔다. 재우가 빌려주기로 한 돈도 받지 않았다. 다 포기하는 마음이 되었다.

　많은 걸 포기했어도, 내가 어떤 마음으로 더블린과 재회했는지 또 떠나왔는지를 윤서가 몰랐으면 싶었다. 더블린에서의 일을 다 들키고 싶지는 않았다. 그러나 윤서는 예민했다. 내가 더블린에서 누구를 보았고 무얼 느꼈는지 거의 제대로 알았다. 윤서가 느낀 모욕감이 절망으로 바뀌는 데 그리 오래 걸리지 않았다.

　그러니 그녀가 이혼하려는 이유를 내가 이미 알고 있다고 한 말은 거짓이 아니었다. 나도 알고 너도 알아. 윤서가 했던 말은 사실이었다. 더블린에 다녀온 후 지난 일 년간, 우리는 이미 당면한 파국을 끝없이 재확인하면서도 쉽게 인정하지 못했을 뿐이었다.

4부

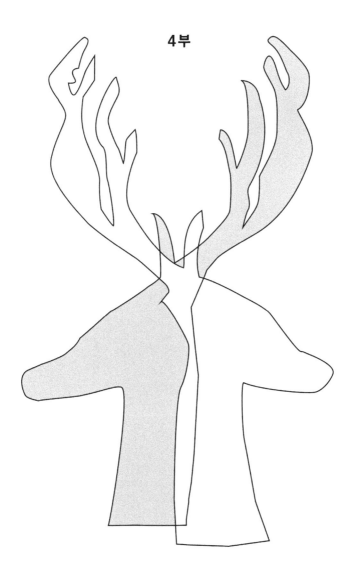

모든 게 핑계였다

영화관에서 난동을 부리고 경찰서에 다녀온 다음 날, 나는 안경원에 나가지 않았다. 오 실장이 왜 출근하지 않느냐고 문자를 보냈지만 답하지 않았다. 우두커니 앉아 있는데 우체부가 찾아와 등기우편을 건넸다. 내가 안경원에 있지 않고 집에 있을 줄 다 안다는 듯 절묘한 타이밍이었다. 예나와 어머니, 꼬마와 파넬이 앞다투어 몰려들었다. 곧바로 윤서에게서 전화가 걸려왔다.

받았지?

할 말이 너무 많았는데, 막상 전화를 받고 보니 무슨 말부터 해야 할지 알 수 없었다. 어쨌거나 한 발을 헛디뎠으니 곧 굴러떨어지리라는, 그러니까 이제 제대로 된 말은 하나도 할 수 없으리라는 자각이 일었다. 폐에 생긴 암을 간신히 치료했는데 간으로 전이되었다는 소식을 들은 듯 참담했다. 하지만 나는 통화하는 시간만이라도 늘려줄 아무 소리라도 떠들고 싶었다. 전날 극장에 갔는지, 안경원에 들른 그 남자와 아는 사이가 맞는지, 내가 그녀 부르는 소리를 들었는지…… 하지 만 내 입에서 나온 소리는 겨우 한마디였다.

받았어.

……

짧은 순간, 윤서와 나를 웃기기도 했고 울리기도 했던 모든 시간이 꺼실하게 갈라지며 쩟쩟해졌다. 윤서와 내가 이룬 모 든 게 태양보다 사백만 배나 무겁다는, 상상 불가능한 초대질 량 블랙홀로 빨려 들어가는 느낌이었다. 인정하기 싫었지만 분명 압도적이었다. 윤서 역시 비슷한 걸 느꼈던지 가라앉은 목소리로 말했다.

이혼하자.

……

나는 황량한 들판 가운데 덩그러니 놓인 바위가 된 기분이 었다. 손도 없고 발도 없고 무엇보다 입이 없어 어, 소리도 내 지 못하는, 의미 없는 덩어리가 된 듯했다. 분기탱천했던 마 음 이면에 숨어 있던 무기력감이 나를 짓눌렀다. 헤어질 수밖 에 없다는 생각과 헤어질 수는 없다는 생각이 팽팽하게 신경 전을 벌이는 와중에도 정작 나 자신은 저만치 밀려나버린 것 같았다. 나는 시간을 끌고 싶은 한 가지 바람만으로 아무 소용도 없을 말을 주절거렸다.

당근 때문에 그러는 거라면······

당근이 뭐?

윤서는 웬 뚱딴지같은 소리를 하냐는 듯 날카롭게 반응했다. "당근이 채소야? 과일이야? 당근이 도대체 뭔데?"라고 묻는 듯한 태도였다. 컵라면이나 안경, 아니 예나나 꼬마, 파넬 등을 언급했어야 하나 싶었지만 사실 무얼 주억거려도 같은 결과이리라는 걸 모르지 않았다. 윤서가 사십 도를 웃도는 한여름에 등산을 한 사람처럼 지친 목소리로 말했다.

이제 그만하자, 정말.

목이 메어 말이 나오지 않았다. 마닐라 봉투에서 주르르 흩어져 나온 하얀 종이들을 일별했다. 협의이혼 의사 확인서, 이혼신고서, 가족관계증명서, 혼인관계증명서······

사인만 하면 돼. 서류 작성하고 바로 연락 줘.

윤서가 그렇게 말하고는 전화를 끊었다. 협의이혼 확인서에는 윤서의 도장이 이미 찍혀 있었다. 머뭇거린 흔적도 고민한 흔적도 찾을 수 없었다. 어머니가 참지 못하고 분통을 터뜨렸다.

걔가 왜 그런다니? 내 귀한 아들에게 도대체 왜 그런다니?

혹시 어머니 때문이라면······

예나가 자신의 시어머니도 아닌 어머니를 슬그머니 자극하며 나섰다. 어머니가 날을 세웠다.

너 때문이지, 왜 나 때문이냐? 네가 허구한 날 애 주변을 얼쩡거려 그렇잖아.

다들 날 좀 가만 내버려둬요. 제발, 나 좀 그냥 두라고요.

내가 버럭 소리를 질렀다. 꼬마가 그럴 줄 알았다는 듯, 불똥이 어디로 튈지 알았다는 듯, 그래서 여태 아무 말도 안 하고 있었다는 듯, 그러니 자신은 다른 한심한 사람들과 차원이 다르다는 듯 의기양양하게 물구나무를 섰다.

나는 모자를 눌러쓴 후 밖으로 나갔다. 시끄러운 무리가 없는 곳에서 생각을 정리하고 싶었다. 그들이 따라 나올 가능성도 있었지만, 갑갑한 집에서 모두가 한꺼번에 떠드는 소리를 듣기보다야 나으리라는 생각이 들었다. 남산 둘레길이 시작되는 하얏트 호텔 쪽으로 발걸음을 옮겼다.

경리단길에 신혼살림을 차린 이유는 윤서가 그 둘레길을 너무 좋아했기 때문이었다. 초반에는 거의 매일 그곳에서 웅이를 산책시켰다. 작은 인공 호수 옆, 연두도 초록도 노랑도 아닌, 윤서 말에 의하면 딱 녹두 빛이 나는 버드나무가 있는 곳까지 걸었다. 윤서는 그 나무를 특히 아꼈다. 허리를 굽히고 세상이 어찌 생겼는지 골똘히 들여다보는 여인 같다고 했다. 우리는 천연기념물이라는 팔색조가 분홍 무궁화꽃에서 주황 무궁화꽃으로 자리 옮기는 모습을 신기해하며, 음험한 푸른빛을 뿜는 청설모가 이 가지에서 저 가지로 뛰는 걸 구경

하며, 또 길 한가운데로 버젓이 걷는 암수 꿩 한 쌍을 쫓아다니며 몇 계절을 보냈다. 산책로는 크게 새롭거나 아름답지 않았으나 사랑에 잠긴 우리에게는 대단히 새롭거나 아름다워 보였다.

하지만 어느 날부터인가 우리는 둘레길에 함께 가지 않았다. 화살나무의 가지가 진짜 화살촉처럼 생겼다는 말을 수십 차례 반복했다는 사실을, 물레방아 옆 코끼리 모양 바위 사진을 지난달에도 찍었고 그 전달에도 이미 찍었다는 사실을 깨달았기 때문이었다. 둘 중 한 명이 신기하게 이런 곳에 쑥이 자랐네, 하면 다른 이가 이런 곳에 쑥이 자라기도 하겠지, 라고 하는 말 역시 봄 내내 주고받았다는 걸 깨달아서였다. 우리는 기시감이 느껴질 때마다 머쓱했고, 각자의 사념이 가리키는 공허한 곳을 바라보며 입을 다물었다. 산책로는 더는 새롭거나 아름다워 보이지 않았다.

윤서와 나는 생활이라는 얄팍한 이유를 끌어들여 우리가 아는 걸, 이미 드러난 진실을 은폐하려 들었다. 우리는 운동이 필요한 웅이가 하루 한 번 나가기보다, 가능하면 아침, 저녁 두 번을 나가는 게 낫다는 데에 동의했다. 아침에 준비할 게 많은 윤서는 저녁에 산책했고, 저녁이 갑절로 피곤한 나는 아침에 산책했다. 나는 나선 김에 뉴스를 통해서도 다 알 수 있는 날씨 소식을 대단한 게 되는 양 몰고 왔고, 윤서 역시 야밤에 억지로 끌어내린 달빛이나 별빛을 횃불이라도 되는 양

치켜든 채 돌아왔다. 오늘 따뜻하다더니 춥네. 응, 일기예보에서 영하래. 오늘 별 하나도 안 보여. 미세 먼지 때문이겠지. 그런 대화마저 반복의 반복이라 지루해 미칠 지경이었지만 우리는 애써 그렇지 않은 척했다. 윤서와 나는 인터넷 몰에서 생필품 대부분을 주문하고 받았음에도 불구하고 깜빡 잊고 사지 않은 물건들을 발견할 때마다 내심 기뻐했다. 수세미 하나를 사러 기꺼이 슈퍼로 달려갔고 중형이 아니라 꼭 소형이어야 할 일회용 밴드를 찾아 동네를 헤맸다. 주말에 어쩔 수 없이 같이 나갈 때는 상대를 보지 않기 위해 혹은 상대가 나를 볼 수 없도록 온 신경을 웅이에게만 집중시켰다. 단언컨대 웅이가 없었다면 우리는 어디로도 숨지 못했을 터였다. 이전에 필요하지 않았던 필요를 붙잡아 끊어질 듯 위태로운 일상을 가까스로 이어나간다는 걸 윤서도 알고 나도 알았다. 모든 게 핑계였다. 새롭고 아름다웠던 '처음'이 이미 지나가버렸음을 감추기 위한 시시한 변명에 불과했다. 윤서와 나는 하프 공명통의 위치를 바꾼 아일랜드와 기네스사처럼 적당히 타협한 채 어영부영 세월을 보냈다.

그런 상태로도 우리는 더 오래, 어쩌면 평생을 함께할 수 있었을지 몰랐다. 나는 어제나 그제처럼 오늘도 내일도 견과류 든 빵을 기꺼이 살 수 있었을 것이다. 윤서가 좋아하는 빵이라서가 아니라, 윤서를 사랑해서가 아니라 그냥 나도 그다지 싫어하지 않았으므로…… 윤서 역시 늘 그래왔던 대로 변함없이 당근이 들어간 음식을 먹지 않을 수 있었을 것이다. 내가 싫어하는 채소여서가 아니라, 나를 사랑해서가 아니라 그냥 특별히 당근을 좋아하지는 않았으므로……

끝내 솔직하지 않았더라면, 우리의 내면과 무관하나 틀림없이 자극적이기는 할 어떤 외부로 시선을 돌렸더라면, 가령 이사를 하거나 새 차를 사거나 여행을 가거나 각자의 취미에 빠져 어떻게든 시간을 교란시켰다면 분명 한동안은 서로를 더 견뎠을 거였다. 한심한 발상이지만, 우리는 스스로와 상대를 속이기 위해 아이 가질 생각을 한 적도 있었다. 다행히 윤서도 나도 돌이킬 수 없을 정도로 무책임하지는 않았다.

제대로 하지 못한 이야기

둘레길까지 내내 오르막길이었다. 미용실 원장이나 앞집 할머니, 슈퍼 주인 등을 또 마주치고 싶지는 않아 빠른 걸음으로 걸었다. 그들이 윤서가 서류 보낸 사실까지 다 알고 있을 거라는 느낌을 떨칠 수가 없었다. 모두가 비웃거나 동정하거나 비난할지도…… 그러나 그게 전부 느낌일 뿐이라는 걸, 나는 모르지 않았다.

느낌이 아니라 사실에 닿아야 할 때였다. 제대로 하지 못한 이야기를 그만 털어놓아야 할 때였다.

앞집 할머니는, 기운이 넘치나 외로움을 타는 자들이 곧잘 그러듯 남 사는 데 참견하기를 좋아하는 사람이었다. 동네 사람 대부분이, 죽을 날이 머지않아 겸허해지기보다 비뚤어져버린 자 특유의 몽니를 무기 삼은 할머니의 입심에 놀아났다. 할머니는 자신이 아닌 거의 모든 사람을 비난했다. 윤서만이 예외였는데, 그건 할머니 표현에 의하면 윤서가 요즘 되바라진 젊은이들과 달리 조신하고, 무엇보다 개 단속을 잘 시키기 때문이었다. 웅이가 성깔이 없어서 짖지 않는 게 아니라 귀가 먹어 잘 짖지 않는다고 듣고서도 할머니는 윤서만이 개를 모범적으로 돌본다고 여겼다. 나는 할머니가 윤서를 말 통하는 상대로 여기는 게 불편했지만, 윤서는 수시로 할머니에게 붙들리는 걸 마다하지 않았다. 할머니는 슈퍼나 길에서 마주친 윤서에게 두부나 콩나물 같은 식재료를 나눠주며 시설궂게 수다를 떨곤 했다. 제가 베푼 건 잘 잊고 받은 건 잘 잊지 않는 윤서는 그런 사소한 친절을 늘 확대해석했다. 상자째 사는 게 낱개로 사는 것보다 배로 이익이라 샀다는 과일이나 처형이 호주에서 너무 많이 보냈다는 영양제 등을 기꺼이 할머니와 나누었다. 나는 감사가 지나친 윤서의 성향을 할머니가 여실히 파악하고 이용하는 거라며 마뜩잖아했다. 윤서는 나도 자기도 일찍 어머니를 여의었다는 점을 들먹였다. 어머니 같은 분과 잘 지내면 좋지, 뭐가 문제야? 실은 그게 문제라는 걸, 윤서는 알지 못했다. 앞집 노인은 내 어머니가 누리지 못한 모든 걸 누리고 있었다. 노인과 내 어머니는 열두 살 차이가 나는 띠동갑이었다. 열두 살 어린 어머니는 십 년도 더 전에 죽었는데, 열두 살 많은 노인은 일흔을 넘긴 나이에도 정정하기만 했다. 나는 형편이 나쁘지 않고 정신도 말짱하고, 앞으로도 하고 싶은 거 다 하고, 하고 싶은 말 다 하며 아주 오래 살 거 같은 할머니를 좋아할 수 없었다. 무엇보다 어머니가 내 주변에 어슬렁거리는 게 할머니 탓인 것만 같아 싫었다. 하지만 나는 얼간이거나 최악의 못난이여서 혹은 파넬 말마따나 비겁한 데가 있는 사람이어서 이유를 설명하지 않고 화만 냈다. 윤서에게 막무가내로 할머니와 가까이 지내지 말라고도 했다. 할머니도 내가 자신을 꺼리는 걸 모를 리 없었을 테지만 윤서를 생각해 참는 듯했다. 윤서가 집을 나간 다음 날 길에서 만난 할머니는 자신이 나보다 훨씬 윤서를 걱정하며, 그러므로 윤서에게 내가 이웃보다 못한 위치에 있다는 사실을 숨기려 들지 않았다.

비슷한 맥락에서 나는 슈퍼 아저씨도 싫어했다. 내가 보기에 그는 유유자적 삶을 누리는 한량에도 미치지 못하는, 그저 수준 낮은 아재개그나 떠들며 세월을 보내는 날건달일 뿐이었다. 지나가는 누군가를 앉혀 초저녁부터 술판을 벌이곤 했으니 알 만한 사람이라면 그 행태를 욕하지 않을 수 없었다. 하지만 아저씨는 워낙 호방하여 사람들의 입방아 따위 아랑곳하지 않는 듯, 혹은 천성이 낙천적이라 경멸의 시선을 눈치조차 채지 못하는 듯 굴었다. 그가 술과 주전부리를 펼쳐놓고 지인들과 나누는 대화는 유치하기 짝이 없었다. 왕이 궁에 들어가기 싫을 때 뭐라고 하는지 아나? 궁시렁궁시렁, 궁시렁궁시렁, 하지. 아저씨는 자기가 한 흰소리에 와하하, 자기가 웃음을 터뜨리곤 했다. 의아한 건 슈퍼 아줌마의 태도였다. 종일 어두컴컴한 가게 안에 갇혀 건강한 햇볕 한번 제대로 받지 못해 파리한 아줌마는 그런 남편을 그저 웃어넘기며 받아주고 있었다. 동네의 누구든, 밥벌이도 제대로 못하고 술만 축내는 아저씨가 밤일은 확실히 하나 보다고 저속하게 짐작할 수밖에 없게 만드는 지점이었다. 슈퍼를 들락거리다 아저씨를 본 나는 나잇값을 못하는, 그러면서도 마냥 즐거워 보이는 아저씨가 신경 쓰였다. 아니, 실은 단순히 신경만 쓰인 게 아니라 몹시 거북스러웠다. 무엇보다도 아저씨가 오래전의 내 삼촌, 서른 가까운 나이에도 십대 혹은 이십대의 철없는 나이에 머물렀던 듯한 삼촌을 떠올리게 해서 견딜 수가 없었다. 내 어린 시절, 아버지와의 불안정한 관계를 대신했던 삼촌도 아저씨처럼 낙천적인 데가 있었다. 하지만 삼촌은 아저씨 나이의 절반밖에 살지 못했다. 나는 아저씨를 볼 때마다 공평하지 못한 운명에 화가 났다. 내가 그리 필요하지도 않은 물건들을 사러 슈퍼에 자주 들른 건 내 울화를 더욱 치밀하게 뭉치기 위해서였고, 아저씨에게 닥칠 사소한 불운의 징후라도 발견하기 위해서였다. 그가 술을 마시고 행패를 부려 슈퍼 아줌마의 한 서린 신음이라도 끌어냈으면 싶었다. 하지만 아줌마가 가끔 이목을 고려해 내뱉곤 하는 '으이그' 소리에는 투정이 아니라 진한 애정이 녹아 있을 뿐이었다. 그들이 적어도 삼십 년쯤은 그렇게 살았으며 향후 삼십 년쯤도 그렇게 살리라는 사실이 나를 더 경악하게 했다.

미용실 원장이 못마땅했던 건 예나 때문이었다. 잦은 염색과 파마로 부스스한 머리, 커다란 가슴, 야한 옷차림 등이 모두 예나를 떠올리게 하기에 충분했다. 나는 사람들에게 과하게 친한 척을 하고 경망스레 친절을 베푸는 미용실 원장을 볼 때마다 눈살을 찌푸렸다. 짧은 바지에 앞치마를 두른 차림이나 난잡한 밤을 보내고 막 일어난 듯한 머리를 보며 혼잣말로 욕을 하기도 했다. 여자 손님보다 남자 손님이 더 많네. 술집인지 미용실인지, 원! 못마땅한 눈길을 느꼈을 텐데도 원장은 스스럼이 없었다. 내가 내 몸을 드러내겠다는데, 당신이 왜 불만이지? 그렇게 말하듯 늘 당당했다. 도대체 누가 아직도 정신이 더 위대하다는 둥 아름답다는 둥 하고 있어? 모든 해답은 몸이야. 그렇게 말하는 듯도 했다. 인정하기 싫었지만, 그 여자에게서 일종의 생기가 느껴진 게 사실이었다. 미용실 원장은 하루하루를 전혀 다르게 볼 수도 있다는 걸 상기시켰고, 조금 과장하여 말하자면 정신만 있는 게 아닌 생에 경종 같은 걸 울리기도 했다. 말하기 부끄럽지만 그녀의 모습이 늘어진 내 페니스를 벌떡 일으켜 세운 게 사실이었다. 원장은 퇴근 무렵 손수 이런저런 쿠폰을 손에 들고서 지나가는 이웃들에게 나눠주곤 했다. 요일 할인 쿠폰도 있었고, 덤으로 반값 연극표를 제공하는 쿠폰도 있었다. 나는 단 한 번도 여자의 미용실에 가지 않았으나 쿠폰들을 서랍에 잔뜩 모아두었다. 윤서가 그 사실을 알고도 모른 척했을지는 알 수 없었다.

둘레길에 들어섰다. 만산홍엽(滿山紅葉), 각로청수(刻露淸水)의 계절이 남산을 장악하고 있었다. 우리는 이렇게나 대단해. 붉고 맑고 수려하다는 등의 미사여구조차 우리를 온전히 표현하기에는 모자라지. 길을 가득 메운 가을이 그렇게 말하고 있었다. 과연 그랬다. 그 풍경에 장관이라거나 아름답다거나 하는 식상한 말들을 갖다 붙이면, 빈한한 언어로 외람되이 표현하려 든다면 오히려 모욕이 될 듯했다. 오롯이 신성했다.

윤서와 멀어진 지난 몇 년간은 그렇게 보이지 않았다. 장관이라거나 아름답다거나 하는 지리멸렬한 말들이 오가는 게 당연하게 여겨졌다. 빈한한 언어로 외람되이 표현하려는 노력마저 가상할 지경이었다. 우리가 이미 모욕을 허락하는 삶을 살아서일지 몰랐다.

너무 섣부르잖아. 나무들의 말인지 나 자신의 말인지, 그도 아니면 윤서의 말인지 알 수 없는 소리가 들려왔다. 그랬다. 섣불렀다. 이혼을 그렇게 간단히 결정할 수는 없었다. 얼마나 오래, 함께, 많은 것들을 공유했던가 말이다. 뭘? 이번에는 분명 윤서의 목소리였다. 우리가 뭘 그렇게 대단히 오래, 함께, 많은 것들을 공유했다는 거지? 나는 윤서의 말에 동의하지 않기 위해 눈썹을 뜯기 시작했다. 배낭을 메고 지나가던 초로의 여인 두 사람이 놀란 표정으로 나를 보았다. 이제 내게 눈썹이 거의 남아 있지 않은 게 분명했다.

육 년이었다. 단풍처럼 빨갛고 노란 천을 덧대거나 이으며 꾸려온 시간이 고스란히 담겨 있었다. 그런 시간이 순식간에 뜯겨나갈 수 있을까? 종이 몇 장에 불과한 이혼 서류로 종지부를 찍을 수 있을까? 나는 내 책임이 아니라고 하고 싶었다. 하지만 윤서의 책임 또한 아니라는 걸 알고 있었다. 그렇다면 내 주위를 배회하는 자들의 책임인가? 할 수만 있다면 어머니도 꼬마도 예나도 파넬도 결코 내가 불러들인 자들이 아니라고 하고 싶었다. 그들이 실은 나 자신이라는 사실도 부인하고 싶었다. 하지만 더는 그럴 수가 없었다. 눈썹처럼 우습게 뜯겨나간 시간을 수습하기에는 역부족이었다.

어머니

그래, 다 내 책임일지 모르겠구나.

어느새 어머니가 다가와 있었다. 나는 혼자 걷고 싶다는 말을 하려다 간신히 참았다.

마음에도 없는 말씀 마세요.

나야말로 마음에도 없는 말을 했다. 할 수만 있다면 어머니 탓을 하고 싶었다.

나는 윤서나 윤서를 만나기 전 사귀었던 몇몇 여자들 누구에게도 어머니 얘기를 자세히 한 적이 없었다. 어머니에 대해 드러내면 내 가장 못난 면이 다 드러날 것 같아서였다. 나는 어머니를 외면은 하되 소외시키지 않으려는 노력의 일환으로 어머니의 어머니인 할머니를 억지로 끌어들이곤 했을 뿐이었다.

나는 내가 만난 여자들에게 어머니가 아니라 당근에 대해서만 얘기했다. 취향 혹은 입맛의 문제로 당근을 먹지 않는다고 말했다. 체크무늬가 들어간 옷을 싫어하거나 과일 향이 나는 차를 싫어하는 것, 혹은 면을 좋아하지 않거나 닭고기를 먹지 않는 것과 같다고 주장했다. 영민한 예나만이 내가 당근을 먹지 않는 이유가 어머니와 관련 있으리라 추측했다. 어쩌면 술 취해서 방심한 어느 날의 내가, 변기에 앉아 울며 당근을 먹던 어머니에 대해 주저리주저리 늘어놓았을지도 모를 일이었다.

오래전 일이었다. 요양원에서 지냈을 때보다 훨씬 지쳐 보이는 얼굴을 한 젊은 날의 어머니가 화장실 변기에 앉아 있었다. 어머니는 한 손에 긴 당근을 들고 입으로 오작오작 씹는 소리를 내며 거기, 한 평 남짓한 화장실에서 나오지 않았다. 아직 어린 내가 엄마를 찾을 때마다 엄마는 화장실에 있었다. 엄마 뭐 해? 당근 먹어? 똥 눠? 종일 토끼처럼 당근을 오물거리면서도 토끼 똥만 한 똥도 시원하게 누지 못한 어머니가 변기에 앉아 울고 있는 모습.

온전했을 때도 그렇지 못했을 때도 어머니, 하면 떠오르는 게 당근이었다. 어머니는 셀러리도 오이도 고구마도 먹었지만 유독 당근을 많이 먹었다. 그래서 동생도 나도 당근을 먹지 않았다. 어머니는 쇄국정책을 폈던 대원군만큼이나 완강한 변비와 평생을 싸웠다. 거대한 유리구슬을 배 위에 올려놓

고 마사지를 하기도 했고, 장운동을 원활하게 해준다는 요가
며 수영 등을 꾸준히 하기도 했다. 한약도 지어 먹었고 유산
균도 먹었고 단식도 했다. 하지만 아무런 소용이 없었다.

언제부터인가 어머니는 입으로 들어간 음식을 항문으로 잘
내보내기 위해서만, 오로지 배출만을 목표로 먹어댔다. 정신
이 죄다 나가지 않았을 무렵의 어머니는 어딘가에서 들은 풍
문으로 요구르트를 만들었고 우엉이나 곤약, 양배추 등을 삶
았으며 케일이나 감자를 생으로 갈았다. 당근은 종일 입에 달
고 있는 대표적인 채소였다. 복잡한 조리 과정을 거치지 않아
도 쉽게 먹을 수 있으며 무엇보다 값이 싸다는 게 이유였다.
어머니의 전쟁은 애달팠다. 그녀는 아침에 눈을 뜨자마자 억
지로 꿀을 삼키고 우유를 들이켰으며 일 리터는 족히 넘어 보
이는 생수병을 비우기도 했다. 코를 막고 구린 맛이 나는 꾸
지뽕즙이나 산초기름을 마시는 장면은 보는 것만으로도 고역
이었다. 언젠가는 재봉틀 기름이야말로 숨겨진 민간요법이라
는 소리를 그대로 믿고 따르려 한 적도 있었다. 아버지가 말
리지 않았다면 어머니는 달달달 재봉틀 돌아가는 소리를 내
며 쓰러졌을지도 몰랐다.

우리 모두는, 어머니가 장이 좋지 않아서, 스트레스가 많아
서, 그냥 누구나 아는 평범한 이유로 변비를 달고 사는 거라
고 생각했다. 그게 큰 병의 뚜렷한 징후일 수도 있다는 사실
은 몰랐다. 당시 고등학생이었던 나와 중학생이었던 은지, 그

리고 아버지는 쉰 살도 되지 않은 그녀의 정신이 완전히 나갔다는 사실을 받아들일 수 없었다. 아버지가 남매를 앉혀놓고 개탄스럽게 중얼거렸다. 그게 참 어처구니없이 말이다, 변비가 치매의 전조 증세일 수 있다는구나. 아무도 치매라고 예상하지 못했으므로 너무 늦게 먹기 시작한 약은 큰 효과를 발휘하지 못했다. 어머니는 환청에 시달렸다. 아무나 붙잡고 자기를 왜 찾는지 묻거나 혹은 자기가 누군가를 찾고 있다고 말했다. 겁에 질린 채 한밤중에 속옷 바람으로 달려 나가는 일도 허다했다. 달려 나가지 않을 때는 계속 먹을 걸 찾았다. 은지와 나, 아버지가 먹지 못하게 막자, 먹을 것을 들고 본인에게 익숙한 공간, 즉 화장실로 숨어들었다. 어머니가 여기저기 숨긴 음식들이 썩으면서 집에서 지독한 냄새가 났다. 밥을 끓인 냄비가 개수대 아래에서 발견되었다. 나는 통통한 밥알 사이에서 구더기가 나오는 걸 본 탓에 한동안 밥을 먹을 수가 없었다. 한입 베어 물고 남은 초코파이나 사과파이가 떡 진 채 장롱에서 튀어나오기도 했다. 예전의 어머니는 그런 과자류를 좋아하는 사람이 아니었다. 하지만 병증이 심해진 뒤로 식성이 이상하게 변해갔다. 전자레인지에서 시척지근한 냄새를 풍기는 순대가 나왔고, 냉장고에서 다 녹은 하드가 나왔다. 어머니의 낡은 속옷 사이에서, 늙은이 수염 나듯 하얀 잔뿌리가 난 당근을 찾아낸 날 나는 오래 울었다. 어머니는 더는 우리와 함께 살 수 없었다.

아버지는 남편과 아버지라는 역할을 빼고는 뭐든 다 잘하는 사람이었다. 나는 어머니가 평생 변비에 시달리다 결국 정신을 놓았던 걸 아버지 탓으로 돌렸다. 그렇지 않다는 걸 알았지만 누구라도 원망하고 싶은 기분을 누를 수가 없었다. 아버지라도 실컷 책망해야 허망한 어머니의 인생이 설명될 것 같았다. 내가 직조한 기억 속 어머니는 똑똑한 남편에게 누가 되지 않는 아들을 기르기 위해, 경계심 많은 초식동물처럼 늘 긴장하며 살았다. 어디서 저런 등신을 낳아서! 아버지가 그렇게 말하면, 오도독오도독 당근을 씹고 있던 어머니가 당근을 내던지고 내 귀를 막곤 했다. 우리나라 최고 대학을 나왔고 평생 교육 공무원으로 일한 데에 자부심을 가졌던 아버지에게 사 년제 대학 진학도 불가능해 보이는 나 같은 자식은 그저 등신일 뿐이었다. 어머니는 아버지의 심기를 건드리지 않기 위해 나를 닦달했고, 닦달하면서도 안쓰러워 눈물을 쏟곤 했다.

어머니는 내가 군대에 있을 때 돌아가셨다. 요양보호사의 눈을 피해 이층 난간에서 뛰어내린 어머니는 가뜩이나 손상된 뇌에 돌이킬 수 없는 타격을 입었다. 어머니가 자살을 생각할 정도로 잠시나마 정신이 온전했다는 사실이 나를 미치게 했다. 어머니를 요양원으로 보내는 데 나 역시 동의했으면서도 그런 일이 없는 듯 아버지를 탓했고 인연을 끊어버리겠다는 둥 험악한 말을 쏟아부었다. 그러나 홍건했던 슬픔의 웅덩이가 조금씩 말라가기 시작하자, 차라리 잘된 일이라는 생각이 들었다. 어머니가 평생 한 일 중 가장 용감하고 위대했다는 생각도 들었다. 나는 생명 연장 장치를 떼어내지 않으려는 아버지를 설득했다. 어머니는 생애 최초로 쾌변을 본 듯 평안한 얼굴로 숨을 거두었다.

어머니는 진취적인 여성이 아니었다. 자아실현이나 자기계발을 하겠다며 집을 나선 일도 없었고 그러고 싶어 하지도 않았다. 앞집 할머니처럼 늙어서도 자신을 곱게 가꾸며 할 말다 하고 사신 분이 결코 아니었다. 늘 자신감이 없었고 모든일에 전전긍긍했다. 내가 아는 한 어머니가 바랐던 유일한 소원은 통일이 아니라 통변이었다. 하지만 그 지독한 변비는 인간의 의지로 어찌해볼 수 있는 게 아니었다. 하잘것없는 똥같은 게 하잘것없지 않을 인생을 뭉개버리는 그 어이없는 과정을, 나는 세세히 지켜보며 자랐다. 나는 허구와 사실을 아무렇게나 뒤섞어 나 자신을 위로하는 데 능숙했다.

재우 말마따나 내게 끈기라고는 없고 매사 쉬운 길로만 가려는 경향이 생긴 것은 어머니 때문일지 몰랐다. 오로지 배설을 위해서만 먹는 우스꽝스러운 삶을 목격하며 자란 내게는 허무와 냉소가 혹부리 영감의 혹처럼 붙어 있었다. 우울과 고독, 자존감 결여 등에 함몰되지 않았던 건 사랑에 빠졌을 때뿐이었다. 나를 둘러싸고 있는 감정들이 내게 아무 도움이 되지 않으리란 자각 정도는 하고 있었기에 그나마 가능한 일이었다. 누구에게나 그렇듯 사랑이 많은 걸 잊게 해주었다. 첫 사랑에게 정신없이 빠져들었을 때, 웃는 눈이 귀엽거나 손재주가 많거나 성격이 화끈한 몇몇 여자에게 빠져들었을 때 나는 겨우 숨을 쉴 수 있었다. 윤서와 결혼을 결심한 건, 윤서와 함께라면 우울도 고독도 자존감 결여도 다시는 겪지 않으리라 생각해서였다. 감히 '영원'을 자신할 수도 있을 만큼 사랑해서였다. 윤서와 함께 있는 게 아무런 도움이 되지 않는 날이 오리라고는 결코 예측하지 못해서였다.

이 년 전, 그러니까 결혼 사 년 차에 어머니가 나타났을 때 나는 이미 다시 우울했으며 고독했다. 자존감이 바닥을 기어다니고 있었다. 베개와 이불 위에 아무렇게나 들러붙어 있는 머리카락만 봐도 우울해졌다. 물론 길고 구불거리는 머리카락은 내 것이 아니었다. 웅이의 귀가 잘 들리지 않는다는 진단을 받았을 때는 내 귀가 먹어버린 것처럼 탄식했다. 이쑤시개 부러지듯 너무도 쉽게 세상으로부터 툭, 끊어진 느낌이었다. 무리하게 대출을 받아서라도 내 점포를 열면 나아지지 않을까 싶었다. 그러나 그것만이 답이라고 우길 수도 없었다. 나는 점점 의지박약하고 갱충맞은 예전의 나로 돌아갔다. 그 무렵 윤서는 제가 한 말을 내가 거의 다 흘려듣고 있다며 서운해했다. 하지만 그건 내 잘못이 아니었다. 물론 윤서 잘못도 아니었다.

그럼 내 잘못이냐?

어머니가 화장실에서 나오지 못해 안절부절못했던 예전의 얼굴을 하고서 그렇게 물었다. 나는 멍하니 어머니를 쳐다보았다. 늘어진 가슴에 머리를 묻고서 어릴 때 못했던 어리광이라도 부리고 싶은 기분이었다. 어머니와 내가 걷는 길을 따라 추위를 타는 햇살이 호호, 입김을 불며 쫓아오고 있었다.

어머니, 저 좀 사랑해주세요. 그리고 제가 사랑할게요.

어머니는 내 엉뚱한 말을 도무지 이해하지 못하겠다는 표정이었다. 먹다 남긴 당근이 어딨는지 몰라 괴로워할 때처럼 미간에 세로 주름을 잡았다. 지난 이 년간 나는 돌아가신 어머니라도 사랑하기 위해 애를 썼다. 어떻게든 사랑의 느낌을 찾고 싶었다.

어머니는 당신이 등장하면서 나와 윤서 사이가 본격적으로 틀어졌다는 사실을 알지 못했다. 어머니는, 그러니까 나는, 윤서에게 이렇게 말하곤 했다. 너를 위해 나를 버렸어. 나를 위해서는 아무것도 하지 않았어. 너 때문에 아일랜드에 남지 않았고 한국으로도 왔어. 모든 게 너를 위한 거야, 모든 게. 하지만 더는 그렇게 살고 싶지 않아. 그러기에 인생은 너무 짧아. 언제 허망하게 끝날지 모른다고. 평생 똥 같은 것과 싸우다가 아무것도 누리지 못한 채 똥통에 빠져 죽을 수도 있단 말이야.

느닷없이 나타난 어머니를, 나를, 윤서가 감당하지 못한 건 당연했다. 나는 변비가 마치 유전이기라도 하듯 화장실에서 끙끙거리기 시작했다. 웅이가 똥을 눌 때마다, 녀석이 본 변의 반만큼이라도 시원스레 보았으면 싶어 부러운 눈으로 쳐다보기도 했다. 인숭무레기가 된 나는 생전의 어머니와 함께했던 예전보다 더 후진 상태가 되었다. 내게는 어머니 역할을, 윤서에게는 내 역할을 뒤집어씌웠다. 내가 얼마나 많은 걸 희생하고 있으며, 얼마나 괴로운지 시위하기 위해 나는 심지어 당근이 되기도 했다.

나는 어머니의 태도를 흉내 내며 윤서를 질리게 하는 데 그치지 않았다. 어머니가 살았으면 하는 인생까지 불러들여, 미래를 위해 현재를 저당 잡히려는 노력을 비웃었다. 백만 원이 넘는 운동화를 꼭 사야겠다는 나를 윤서는 어찌 말려야 할지 알지 못했다. 친구들과 술을 마시고 호기롭게 내 카드로 계산을 한 날도 있었다. 술값을 나눠서 내자는 친구들에게 화까지 내면서 그랬다. 제 점포도 없고 제집도 없는 주제에 허랑방탕하게 지낸다며 나무라는 아버지에게 소리를 지르기도 했다. 평생 큰소리 한번 내지 못했던 어머니를 대신해서였는데, 그런 걸 알 길 없는 아버지는 불같이 화를 내다가 앓아눕기까지 했다. 윤서는 얼굴도 보지 못한 시어머니가 자신을 요모조모 뜯어보고 있다는 걸 알지 못했다. 나는 어머니를 앞세워 너무나 사랑했고, 사랑해서 결혼도 한 아내를 조금씩 더 밀어냈다.

애야, 저기 좀 쉬었다 가자꾸나.

어머니가 둘레길 오른편에 있는 아담한 정자를 가리키며 말했다. 정자는 오래 묵힌 질문들을 훌훌 털어버릴 수도 있을 곳처럼 깔끔해 보였다.

어머니, 우리가 가족이어서 행복하셨어요?

어머니가 모처럼 장이 편해졌을 때처럼 따스하게 웃었다.

행복한 게 어딨냐. 그냥 살았던 거지.

아버지나 저, 은지가 어머니 옆에 있어서 그나마 나으셨냐고요.

어머니가 정자 난간 주변으로 팔랑거리며 날아다니는 나비를 가리켰다.

참, 곱지 않냐. 그런데 나비를 한 시간 내내 하루 내내 곱다, 곱다 하며 보는 사람은 없다.

늘 행복하셨던 건 아니란 말씀이군요.

행복해야만 살 수 있는 건 아니다.

어머니와 나는 오랜만에 애정을 숨기거나 과장하려 들지 않고 발을 까딱이며 앉아 있었다. 행복해야만 살 수 있는 건 아니지만, 행복할 수 있는 다른 방법이 있다면 찾고 싶었다. 나는 아직 너무 젊었다. 허무와 냉소로 가득 찬 채, 우울하고 고독한 채 남은 생을 다 보내고 싶지 않았다. 어머니와 같이 산 스물두 해, 윤서와 같이 산 여섯 해가 저울 양 끝에서 춤을 추었다. 애초에 비교 불가능하다고 생각했지만, 돌이켜보니 꼭 그런 것 같지도 않았다.

정자 기둥 사이를 오가던 작은 흰 나비는 어느새 보이지 않았다.

꼬마

꼬마가 다리를 딱 벌린 시퉁스런 자세로 내 앞을 막아섰다. Y자 모양의 새총을 손에 쥐고 있었는데 바지 주머니가 불룩했다.

나 혼자 산책하고 싶어.

꼬마가 순순히 물러서지 않을 걸 알면서도 나는 그렇게 말했다.

싫은데? 넌 항상 나를 좋아했잖아.

나는 네가 누구인지 몰라.

전적으로 거짓말이었다. 내가 정체불명이라 언급한 꼬마가 사실 어린 시절의 재우와 내게 절대적인 영향력을 행사했던 삼촌이라는 걸 모르지 않았다. 나는 삼촌의 어릴 때 모습을 본 적이 없다는 걸 핑계로 계속 모르는 척하고자 들었다. 꼬마를 인정하고 싶지 않았다. 삼촌이 명랑한 개구쟁이 꼬마로 등장한 자체가 가슴 아픈 일이기 때문이었다.

　어린 시절 재우와 나, 그리고 은지는 골목길에서 노는 호사를 누리며 자랐다. 시골에서 상경한 삼촌 덕에, 액정 게임기로 괴물을 퇴치하거나 다마고치 키우기에 몰두한 또래와는 다르게 놀 수 있었다. 그는, 실제로는 정확한 촌수를 따질 수도 없는 먼 친척이었으나 우리에게 그냥 삼촌으로 불렸다. 첫해만 해도 아버지와 큰아버지가 삼촌을 가문의 대단한 인물이라며 추켜세우는 소리를 여러 번 들었다. 하지만 해가 거듭되면서 '대단한'이라는 수식어 대신 '문제'라거나 '골치'라는 비관적인 단어가 붙기 시작했다. 삼촌이 고시에 실패할 때마다 다음 해가 정말 마지막이라고 말하는 동안 오 년이 흘렀다.
　어쨌거나 우리는 삼촌을 좋아했다. 삼촌은 유순하고 착해서 같이 놀자고 떼를 쓰는 우리의 청을 거절하지 않았다. 비석 치기, 오징어 다리, 뼈다귀 놀이, 손야구 등 삼촌이 알려주는 놀이가 동네를 활기차게 했고 우리를 으쓱하게 했다. 재우와 내가 가장 좋아한 건 나무나 전봇대인 상대 진을 손이나 발로 터치하면 이기는 놀이인 '진놀이'였다. 삼촌은 그 놀이에 『십팔사략』 일곱 권 분량의 역사가 녹아 있다는 말을 하곤 했다. 우리는 『십팔사략』이 무언지 잘 몰랐으나 삼촌의 고시 공부 이상으로 대단한 것이리라 짐작했다.

차가 잘 들어오지 않는 좁은 골목길이 우리 여섯 명의 놀이 터였다. 재우와 나, 그리고 알깍쟁이 같은 동생 은지가 주로 한편이었고, 상대편에는 쌀집 쌍둥이 동재와 동민, 그리고 우리보다 나이가 많은데도 불구하고 늘 우리와 놀고 싶어 안달했던 호야가 있었다. 양편 구성원은 각각 백 점, 구십 점, 팔십 점의 에너지를 가질 수 있었다. 서로의 점수를 모른 채 신체 일부가 부딪히면 자신의 점수를 털어놓은 후 우열을 가렸다. 상대의 점수가 낮을 경우 오 점을 앗아오고 높을 경우 오 점을 빼앗기는데, 상대의 점수가 몇 점인지 알기 전까지는 신경전이 이만저만 아니었다. 상대 진에 손댈 기회를 노리면서 구성원들의 점수가 몇 점일지를 가늠하는 게 관건이었다. 가령 내가 구십 점인데 상대가 팔십 점이라면 적극적으로 쫓아가야 했다. 우리 팀에서는 달리기를 잘하고 꾀가 많은 재우가 대개 백 점을 가졌고, 나보다 더 잘 달리는 은지와 내가 구십 점을 차지하기 위해 철천지원수처럼 다투곤 했다.

점수가 알려지기 전까지는 한참이 걸렸다. 가령 쌀집 쌍둥이 동재와 동민은 똑같이 생긴데다 달리기도 비슷하게 잘해서 누가 백 점일지 누가 구십 점일지 추정하기가 어려웠다. 은지에게 구십 점을 뺏기면 나는 곧 호야 혼자 망을 보는 상대 진으로 출정했다. 진을 짚고 있는 한 무한대의 에너지를 얻을 수 있는 호야가 나무를 껴안다시피 하며 내 공격을 막곤했다. 아둔패기 호야는 무조건 팔십 점이었다.

동재와 동민, 그리고 재우와 은지가 쫓고 도망가느라 진에서 멀리 떨어져 있었을 때였다. 여느 때처럼 진을 지키던 내가 재빨리 상대의 진으로 달려갔다. 어벙한 호야를 따돌리고 진을 짚어 단번에 이겨보려는 심산이었다. 나는 전봇대를 맴돌며 껑충 뛰어오르기도 했고, 발을 쭉 밀어 아래쪽을 공략하기도 했다. 호야가 나를 따라 이리 돌고 저리 돌다가 휘청, 몸을 굽히며 진에서 떨어졌다. 나는 성급히 진을 짚으려다 그만 호야의 어깨를 건드리고 말았다. 하지만 당황할 일이 아니라고 생각했다. 호야도 팔십 점일 테고 나도 팔십 점이니 점수를 더 뺏고 뺏기고 할 게 없었기 때문이다. 내가 의기양양하게 물었다. 몇 점? 그런데 의외의 일이 일어났다. 호야의 눈에 이전에 한 번도 보지 못한 자신감이 비치나 싶더니, "난 백 점!"이라 했기 때문이었다. 뭐라고? 멀리서 뛰어다니던 다른 아이들이 다가왔다. "난 이제 백오 점이다." 득의에 찬 호야가 히물거리며 말했다. 동재나 동민에게 점수를 뺏긴 일은 있어도 호야에게 그런 적이 없던 나는 순간적으로 재우를 바라본 후 큰 소리로 외쳤다. "나도 백 점이다." 그 짧은 순간에 재우와 나 사이에 엄청난 정보가 엄청난 속도로, 말없이 교환되었다는 건 나중에야 의식했다. 실제로 백 점이던 재우가 해망쩍게 입을 놀리려는 은지를 꼬집어준 탓에 나는 호야에게 지지 않을 수 있었다.

　그날 이후로 놀이의 판도가 바뀌었다. 우리는 그때그때 상황에 따라, 필요에 따라 점수를 바꿔 말할 수 있게 되었다. 또 도망가고 쫓는 모든 동작에 도망가는 척과 쫓는 척하는 동작을 포함할 수 있었다. 거짓말이 반드시 나쁘기만 한 게 아니며 살다 보면, 물론 당시의 우리에게는 '놀다 보면'이었겠지만, 참말보다 거짓말이 훨씬 유용하다는 것도 배웠다. 모르긴 몰라도 그때의 우리는 『십팔사략』의 핵심에 해당하는 모종의 인간살이 기술을 터득했을 것이다.

꼬마가 갑자기 뛰어올라 내 이마를 손가락으로 톡 튕겼다. 삼촌이 자주 그랬던 것처럼 무익해서 더 유쾌한 동작이었다.

그래, 너는 어린 시절의 삼촌이야. 꼬마 삼촌이지.

나는 어쩔 수 없이 꼬마를 인정했다. 더는 그를 밀어낼 수 없었다.

파넬처럼 내가 억지로 너를 따라다녔다고 주장할 거야?

그렇지 않아. 나는 삼촌을 좋아했어.

꼬마가 흡족한 듯 발에 걸리는 걸 축구공처럼 차내기 시작했다. 작은 돌멩이를 찼고 나뭇가지를 찼으며 때 이르게 떨어진 도토리도 멋들어지게 걷어찼다. 나도 모르게 아련한 추억 한 가닥을 불러왔다.

재우랑 나랑 은지랑, 우리 넷이 오자미 놀이한 거 기억나?

글쎄. 그랬던 거 같기도 하고.

콩주머니에 맞아서 은지 눈이 시퍼레진 이후로 그만뒀지.

꼬마가 픽, 웃었다. 그런 아이들 한둘 본 게 아니라는 얼굴이었다.

우리 모두 삼촌과 같은 편이 되려고 기를 썼어.

그랬겠지. 내가 뭐든 잘했으니까.

아직 고시 공부에 시달리기 전의 모습으로 나타난 꼬마 삼촌이 허세를 부리며 우쭐거렸다. 나는 불현듯 꼬마를 안아주고픈 충동에 사로잡혔다. 물론 그러지 않았고 그럴 수도 없었다. 꼬마 삼촌은 우리가 자신을 얼마나 사랑했는지 제대로 알지 못하는 듯했다.

공부에 어울리는 사람이라는 게 있을지 모르겠지만, 삼촌은 그 공부, 특히 고시와 도통 어울리는 사람이 아니었다. 이상하다 싶으리만큼 눈가에만 몰린 주름과 아무렇게나 헤벌어진 입술이 한데 어울려 웃음을 만들 때면, 삼촌은 대체로 도인이나 심마니로 보였다. 재우와 나는 언젠가 텔레비전에서 산을 제집처럼 헤집고 다니는 심마니를 보고 삼촌처럼 생겼다며 키들거린 일이 있었다. 외모만이 아니라 성정도 그랬다. 산을 누비고 다니거나 거대한 폭포 아래서 참선을 하는 사람처럼 자유롭고 너그러웠다. 삼촌은 공부를 한답시고 우리에게 엄격하거나 예민하게 군 적이 없었다. 우리는 한없이 선량하고 푼더분한 삼촌을 좋아하지 않을 수 없었다.

삼촌은 집에 어른이 아무도 없을 때, 즉 고만고만한 꼬맹이인 우리만 집에 있을 때, 그 나이의 청년이라면 으레 보일 법한 모습을 보여 더욱 우리의 추앙을 받았다. 「더티 댄싱」이라는 영화에서 패트릭 스웨이지가 선보였다는 맘보 춤을 추었고 이소룡의 장기였다는 쌍절곤 휘두르기를 제법 그럴싸하게 흉내 내기도 했다. 핑크 플로이드와 퀸을 모르는 우리에게 마르고 닳도록 설명을 이어간 후, 청재킷과 청바지의 조합을 세기의 패션이라 주장하기도 했다. 한량 같은, 건달 같은 슈퍼 아저씨를 보았을 때 삼촌이 고시 공부만 하지 않았더라면 딱 그런 모습이었으리라 생각했다. 여건만 되었더라면 세상 즐겁게 살았을 위인이었다. 하지만 삼촌은 마부작침(磨斧作針), 도끼를 갈아 바늘을 만들겠다는 일념으로 공부를 포기하지 않았다. 우리가 놀자고 덤비면 못 이기는 척 책을 덮기도 했으나 그런 날에는 스스로 공부하기로 정한 분량을 지키고자 늦게까지 자지 않았다. 가끔은 공부를 도와주면 같이 놀아주겠다며 우리를 오래 앉혀놓기도 했다. 삼촌이 고사성어를 읊조리며 뜻을 풀이해주거나 이해할 수 없는 법률 용어를 설명할 때면, 우리는 어서 놀고 싶은 조바심에 열심히 고개를 끄덕이곤 했다.

매번 일차에 합격하고 이차에서 미끄러지거나 이차에 붙고도 삼차에서 떨어지는 통에 삼촌의 공부는 오래갔다. 삼촌은 건강한 곰팡이를 피워내지 못하고 시커멓게 썩기만 하는 메주처럼 추레해졌다. 어느 날 그 메주는 장 한번 제대로 만들어보지 못한 채 끝장이 났다. 죽어버렸던 것이다. 삼촌은 성과 없는 오랜 도전에 속이 상해 암에라도 걸려 죽은 게 아니었다. 계속되는 실패로 처지를 비관해 자살한 것도 아니었다. 어느 해 무슨 일인지 일차에도 붙지 못한 삼촌은 담담한 표정으로 아버지와 큰아버지에게 절을 한 후 귀향 의사를 밝혔다. 우리를 각자 한 번씩 안아 올려 뱅그르르 비행기를 태워준 게 마지막 인사였다.

삼촌은 기차를 타려다 어이없이 사고를 당했다. 움직이기 시작한 열차에 올라타려다 발을 헛디뎠고, 넘어지면서 열차와 플랫폼 사이에 다리가 끼여 순식간에 목숨을 잃었다. 삼촌이 고시에 미련이 남기라도 해 늑장을 부렸거나 무모한 행동을 해서가 아니었다. 그날 삼촌은 오히려 한참 전에 역에 도착해 김밥과 물을 산 후 여유 있게 플랫폼으로 내려갔다. 그러나 김밥집 주인이 삼촌이 받아야 할 거스름돈보다 더 많은 돈을 준 걸 뒤늦게 알아차린 게 문제였다. 급히 뛰어올라가 잔돈 몇 푼을 돌려주고 돌아왔을 때만 해도 삼촌은 그다지 당황하지 않았다. 열차가 이제 겨우 치익, 소리를 내며 천천히 움직이기 시작했을 뿐이므로 무난히 오를 수 있으리라 여겼다. 삼촌의 실수는, 자신이 양손에 단지 여행 가방, 지갑, 김밥 봉지, 물병만 들고 있다고 착각한 거였다. 그 메떨어진 가방, 그 깔밋잖은 지갑, 그 음충한 봉지와 뒤까부는 물병 사이로 착하면서 어리바리한 사람만을 노리는 불운이 함께 끼어 있을 줄 꿈에도 알지 못했기 때문이었다. 손을 마음대로 쓰지 못한 삼촌은 헛디딘 다리를 수습할 수가 없었고, 불운과 한패인 열차가 급작스레 속도를 내는 바람에 하반신이 절단되고 말았다. 끔찍한 사고였다.

소문을 들은 김밥집 주인이 경찰을 거쳐 큰아버지에게 전화를 걸었으므로 우리는 삼촌에게 무슨 일이 일어났는지 모두 알게 되었다. 나는 더는 삼촌을 존경할 수 없었다. 삼촌은 거스름돈 몇 푼 혹은 알량한 정직함 때문에 세상을 떠난 어처구니없는 죽음 그 자체였다. 그러므로 나는 어른이 아니라 꼬마인 삼촌을 불러들였다. 서른 갓 넘은 나이에 작살나고 말생을 미리 보상받아야 할, 반드시 그랬으면 싶은 철없는 열 살 어린이였다. 꼬마 삼촌이라면 쫓는 척, 도망가는 척만 하면 되고 해롭지 않은 거짓말이 용인되는 '진놀이'의 세계에 무사히 머물러 있으리라 여겼다. 나는 꼬마를 싫어하는 척, 모르는 척하면서도 내심 그를 반겼다.

자신이 어른이 된 후 어떻게 죽을지, 죽기 전에 얼마나 많은 시간을 극기와 인내로만 보내야 할지에 대해 아직 아는 바 없는 꼬마는 천진하게 위악적이고 무구하게 이기적이었다. 꼬마는 생전에 삼촌이 그랬던 것처럼, 장난스럽고 낭만적인 방법으로 나를 구슬렸다. 수시로 거울을 들이밀며 나를 자극하기도 했다. 자, 네 모습을 좀 봐. 꼬마는 윤서와 내가 결혼한 어른답게 표방한 모든 성숙한 모습에 딴지를 걸었다. 절약에 치약을 수북하게 짜 눌러놓았고, 진중함이 방귀를 뀌게 했으며, 절제나 양보의 발을 서로 묶어 넘어지게 만들었다. 내가 불에 머리를 태우고 이마를 그을려가며 가까스로 유지했던, 즉 삼촌이 초두난액(焦頭爛額)하며 지켰던 어른의 세계는 곧 조롱의 대상으로, 전락의 징조만을 품은 무의미한 놀이터로 바뀌었다.

꼬마 삼촌은 안전이나 평온, 미래 등을 호의적으로 말하지 않았고 매사에 배배 꼬인 모습을 보였다. 가진 자에 대한 이유 없는 적대감과 가난한 자의 자격지심, 멸시하는 자에게 그대로 순종하는 비굴함 등을 드러내기도 했다. 꼬마는, 그러니까 나는 윤서의 친구가 결혼하려는 상대가 의사라는 이유만으로 악담을 했고, 강남에 사는 윤서의 고모를 복부인 취급하며 비난했다. 그러면서도 막상 윤서의 친구나 고모를 만나면 비나리처럼 굴며 그들이 가진 모든 걸 우러렀고 부러워했다. 윤서는 기겁했다. 사람이 그렇게까지 망가질 수 있느냐는 듯 경멸의 시선을 보내기도 했다.

꼬마는 윤서를 자극하고는 뭐가 그리 재밌는지 침대에서 떼굴거리며 웃었고, 윤서가 화를 내면 당장 화를 풀라며 떼를 쓰기도 했다. 윤서가 화를 풀지 않으면 스스로를 학대했다. 이따위 안경사나 하고 있는 내가 도대체 뭘 하겠어? 내가 그렇지 뭐. 나는 자학하면서, 동시에 자학을 통해 상대를, 즉 윤서를 학대했다. 윤서는 잔인해진 나를 견디지 못했고, 옹졸하고 유치한 나를 더는 상대하려 들지 않았다. 윤서가 괴로워할수록, 꼬마는 기뻐했고 뻐겼다. 나조차도 믿을 수 없을 정도로 비겁해진 나는 꼬마의 옷깃을 단단히 잡고 놓지 않았다.

꼬마가 흡, 소리를 내더니 펄쩍 뛰어올랐다. 전날 내린 가을비만 믿고 나왔다가 미처 따가운 볕을 예상하지 못한 지렁이 한 마리를 밟았기 때문이었다. 시골 출신답지 않게 지렁이를 무서워하는 꼬마는 곧 나뭇가지를 주워 들더니 다른 나뭇가지들을 탁탁 치기 시작했다. 나는 내 앞에서 끝없이 뛰거나 돌며 저지레를 치는 꼬마를 말렸다.

제발 좀 가만히 있어. 생각 좀 하자고.

꼬마가 체, 하며 나뭇가지를 버렸다. 나는 어머니에게 했던 질문과 비슷한 질문을 했다.

넌 이대로가 좋아? 아무런 걱정도 없어?

내가 아는 한 삼촌은 어려서도 좋은 환경에서 자라지 못했다. 삼촌의 어머니는 일찌감치 집을 나갔고, 아버지는 병약하여 삼촌을 비롯한 자식들을 알뜰히 살피지 못했다. 나는 배냇불행에서 끝내 헤어나오지 못한 인생이 가여웠지만, 꼬마는 그런 건 관심도 없는 듯했다. 그가 돌연 어른의 얼굴을 하더니 말했다.

『장자』에 복경호우 막지지재, 화중호지 막지지피(福輕乎羽 莫之知載, 禍重乎地 莫之知避)라는 말이 나와. 복은 깃털보다

가벼운데 이를 지닐 줄 아는 사람이 없고 화는 땅덩어리보다 무거운데 이를 피할 줄 아는 사람이 없다는 뜻이지.

오롯이 기억났다. 삼촌이 살아생전, 한자도 모르는 우리를 앉혀놓고 자주 했던 말이었다. 복이란 게 새털보다 가벼우니 얼마나 가지기 쉽겠냐며, 모든 게 마음먹기 나름이라며 우리도 그리 살라고 했다. 나는 이를 갈며 말했다.

그 무거운 화를 피하지 못한 사람이 할 소리는 아니군. 결국 요절했잖아.

꼬마가 대번에 어른의 표정을 지우더니 무슨 말인지 도통 모르겠다는 듯 해맑게 말했다.

요절이 뭐야? 에이, 재미없다.

……

꼬마 말이 맞았다. 재미없었다. 나야말로 무슨 말인지 제대로 알기나 하는 걸까.

갑자기 이마가 따끔했다. 꼬마가 새총으로 솔방울을 쏜 거였다. 그가 까르르 웃더니 인공 시내에 놓인 바위 위로 새털처럼 가볍게 뛰어올랐다. 나는 꼬마를 내버려둔 채 발길을 돌렸다.

예나

집으로 돌아왔다. 저를 두고 나 혼자 산책을 다녀온 게 서운했던지, 웅이가 힘없이 꼬리를 흔들었다. 웅이가 좋아하는 오리 육포를 세 개쯤 던져주었다. 허기가 졌으나 밥을 먹고 싶지 않았다. 술을 마실 기분도 아니었다. 나는 침대에 벌렁 드러누웠다. 입었다고 말하기 민망한 슬립 같은 걸 걸친 예나가 기다렸다는 듯 내 옆에 누웠다. 팔을 괴고 비스듬히 누워 나를 내려다보는 자세를 취했다.

예나가 나타나고부터는 윤서와의 사이가 걷잡을 수 없이 벌어졌다. 다니던 안경원을 대책도 없이 때려치운 후 점포를 내려면 비용이 얼마나 드는지 알아보던 무렵이었다. 컴퓨터 앞에 앉아 부동산 시세를 뒤적이다가 아무런 방도가 떠오르지 않아 잠시 엎드린 참이었다. 누군가가 내 몸을 살포시 안았다고 생각했다. 낯설지만 아주 생소하지는 않은 살에 대한 감각이 꿈인 듯 생시인 듯 나를 덮쳤다. 나는 안방에 윤서가 있는 것도 잊은 채 예나와 격렬하게 몸을 섞었다. 서로 지긋지긋하게 여기며 헤어졌던 순간은 떠오르지 않았다. 예나의 보드라운 살결이 녹슨 채 방치된 감각의 뚜껑을 열었다. 예나는 첫사랑은 아니지만 처음으로 섹스를 한 상대였다. 그 첫 순간의 열기가 고스란히 살아났다. 흥분으로 온몸이 찢어지는 듯했다. 속옷은 물론 잠옷 바지까지 흥건히 젖었다. 나는 윤서의 눈치를 살피며, 빨래가 밀렸다는 핑계로 한밤중에 세탁기를 돌렸다.

그간 예나가 어디서 어떻게 살았는지 알지 못했다. 너무 오래전의 만남이었고, 헤어진 후로 연락을 주고받지 않았기 때문이었다. 사실 얼굴조차 가물가물했다. 심지어 그녀가 골목길 어귀 미용실 원장과 이미지가 비슷하다는 것도 처음에는 인식하지 못했을 정도였다. 간단한 검색만으로 예나가 그간 무얼 했는지 어떻게 변했는지 알 수도 있었을 것이다. 그러나 그러고 싶지 않았다. 나는 예나가 많은 것을 드러내지 않고 모호하고 헐렁하게 내 집을 돌아다니는 게 좋았다.

어린 시절에 만난 예나와 나는 성격도 취향도 아무것도 맞지 않아 볼 때마다 죽을 듯이 싸워대곤 했다. 우리는 지치지도 않고 상대의 못난 점을 공격해댔다.

너 아닌 다른 여자, 특히 너보다 예쁜 여자는 다 성격에 결함이 있지?

오빠야말로 오빠보다 공부 잘하고, 잘생긴 애들만 보면 화내더라.

만사 배배 꼬아 생각하고, 게다가 꼬아 생각한 걸 있는 그대로 다 드러내는 넌 어떻고?

안 꼬인 척하느라 위선 떠는 것보다는 낫지.

예나와 나는 도무지 가까워질 수 없는 사이였다. 우리가 한 때나마 연인이었다고도 하지 못한 건 서로 너무 싫어했기 때문이었다. 우리는 만날 때마다 상대가 부끄럽게 여길 결점을, 상처를 깊이 낼 수 있는 약점을 찾으려 혈안이 되곤 했다. 그랬는데도 상당 기간 헤어지지 못한 건 명백히 섹스 때문이었다. 사랑이라고 감히 이름 붙이지도 못할 만큼 험악한 관계였음에도 불구하고 우리는 항상 서로의 몸을 갈망했다. 반으로 쪼개졌다가 전설적인 모험 끝에 다시 합쳐진 빗이나 칼도 그러할 수 없을 만큼 예나의 성기와 내 성기는 이가 맞았다. 심지어 두 사람 모두 몸을 움직이지 않아도 성기끼리 알아서 할 일을 했다고 여겨지는 날도 있었다. 우리는 일일이 설명하기도 어려운 수많은 오해와 증오를 '닥치고 섹스나 하자'는 식으로 해결했다. 백 마디 말보다 한 번 몸 섞는 게 더 나았다. 그래서 우리는 헤어지고도 다시 만나 밤을 보내고, 다음 날이면 또 서로를 미워하며 헤어지기를 반복했다. 아일랜드에 간

후로 더는 예나를 찾지 않았다. 혈기 왕성했던 젊은 날이 어느 정도 가서서인지, 다른 여자가 떠오르는 때는 있어도 예나 생각은 거의 나지 않았다.

윤서와의 관계는 예나와는 전적으로 다르게 시작되었다. 우리는 성격도 취향도 모두 비슷했다. 물질이든 마음이든 누군가에게 쓸데없이 빚지는 걸 못 견뎠고 길게 수다 떠는 걸 싫어했으며 화려한 차림을 거북스러워했다. 비록 가장 좋아하는 배우는 아니나 꽤 좋아하는 배우가 줄리안 무어라는 데에도 이견이 없었다. 내가 꼽은 영화는 「눈먼 자들의 도시」였고 윤서가 선택한 영화는 「피파 리의 특별한 로맨스」였다. 아일랜드가 배경인 「사랑에 빠지는 아주 특별한 법칙」은 우리가 본격적으로 연애를 시작했을 때 스타벅스에서 노트북으로 같이 본 영화였다. "영화 때문에 아일랜드로 유학 올 생각을 했다니까." 그 영화를 이전에도 여러 번 봤다는 윤서가 커피에 토핑된 크림을 핥으며 말했다. 학원에서의 닉네임도 영화 속 주인공 이름을 따서 지었다고 했다. 그때의 윤서와 나는 여느 연인들처럼 사랑 때문에 인내하거나 비위를 맞출 필요가 없었다. 섹스 역시 특별히 격렬하거나 요란하지 않았으나 따뜻하고 부드러웠다. 모든 게 자연스러웠다.

어머니와 꼬마가 나타난 후 직장까지 잃은 마당에 느닷없이 예나까지 나타난 건 나로서도 정말 의외였다. 예나의 등장 후 윤서는 갖은 핑계를 대며 잠자리를 피했다. 나 역시 굳이 윤서와 자려고 애쓰지 않았다.

그런데 지난 결혼기념일 밤, 그날도 결국 못하더라?

옆에 누운 예나가 도둑 든 날 밤을 들먹였다. 그렇게 되어 자기 기분이 나쁘지는 않았다는 걸 전달하려는 들뜬 음성이었다. 예나의 다리가 내 다리를 감싸는가 싶더니 손이 슬그머니 바지 안으로 들어왔다. 나는 예나를 말리지 않았다.

그날 윤서와 나는 밤늦게까지 짐을 치웠다. 깨지거나 망가진 게 없어서인지 생각보다 빨리 정리가 되었다. 자정이 되자, 우리는 목록 작성을 다음 날로 미루고 나란히 침대에 누웠다. 같이 누운 건 오랜만이었다. 윤서가 늦게까지 텔레비전을 보거나 내가 컴퓨터가 있는 방에서 나오지 않는 방식으로 함께 잠자리에 드는 걸 피해오던 터였다.

결혼기념일 한번 거창하게 치렀네.

윤서가 말했다. 아 참, 기념일이었지. 원래 계획은 레스토랑에서 밥을 먹고 들어와 집에서 술을 조금 더 마실 생각이었다. 윤서 역시 나처럼 그간 소원했던 관계를 회복하고픈 마음이 아주 없지는 않았을 거였다. 저녁을 먹으면서 서로의 기분을 상하게 하지 않으려고 최대한 자제하는 분위기였으니까. 재미난 추억 몇 가지를 꺼내며 조금씩 웃기도 했었으니까. 하지만 도둑이 들었고, 그 바람에 우리는 기념일 식사를 한 시간 남짓한 시간에 끝냈다는 사실을 겸연쩍게 확인해야 했다.

그래도 결혼기념일인데…… 나는 복잡하게 머리를 굴렸다. 새삼 술잔을 놓고 앉기에는 너무 늦은 시각이었다. 큰일을 겪었으니 그래도…… 하지만 피곤한데…… 나는 이래 볼까, 저래 볼까 궁리하다가 던져보는 기분으로 물었다.

우리, 할까?

나는 예나가 나타난 이래 윤서가 가끔 나를 짐승 보듯 하는 걸 모르지 않았다. 하지만 결혼기념일에 도둑이 들었다는 기이한 일 때문인지 그 순간에 예나는 떠오르지 않았다. 그저 위로받고, 위로해주고 싶은 생각만 들었다. 윤서도 크게 다르지 않은 모양이었다. 몇 번 내 손을 밀어내나 싶었으나 어느 순간 가만히 있었다. 내가 천천히 윤서의 옷을 벗겨냈다. 손가락으로 엉덩이에서부터 등뼈를 따라 목까지 누르듯 쓸었다. 어깨를 가볍게 물어주며 빗장뼈를 어루만지기도 했다. 모두 윤서가 좋아하는 동작이었다. 막 삽입을 하려는데 윤서가 작은 소리로 말했다.

불 꺼야지.

그래.

나는 일어서서 전기 스위치를 내렸다. 윤서가 이불을 끌어올리더니 다시 말했다.

음악.

응.

내가 휴대폰을 더듬어 연 후, 한 시간 반복 연주되는 바흐의 관현악 모음곡을 틀었다. 이불 사이로 다시 들어갔다.

……

……

무거워.

어……

아파.

……

그만하자.

그래, 그만해.

　우리는 등을 돌렸다. 나는 윤서가 너무 많은 것을 요구한다고 생각했다. 분명 처음에는 그렇지 않았다. 예나와는 달랐지만 윤서와도 나름 합이 잘 맞았다. 격렬하진 않았지만 경쾌했고, 작은 유머 감각이 상스럽지 않게 빛을 발하곤 했다. 하지만 언제부터인가 만족감이 멀어졌다. 잠자리를 가질 때마다 윤서의 불만을 느끼지 않을 수 없었다. 성기를 세우는 데 오랜 시간이 걸리거나 사정하지 못한 채 땀을 흘리고 있으면 윤서도 지친 기색을 역력히 내비쳤다. 나는 투덜거렸다. 음악 없이 하고 싶어. 불빛 아래서 너를 보고 싶어. 그러고도 사정을 하지 못한 날엔 밑바닥으로 꺼져버린 자존감을 찾느라 녹초가 되어야 했다. 윤서의 불만에 대해 나 역시 할 말이 많다. 너도 가볍지는 않잖아. 흥분이 안 되는 걸 어떡해? 어쩌라고? 윤서가 섹스 때 요구하는 모든 것들은 실은 언젠가 내가 요구했던 것들이었다. 같은 걸 두고 윤서는 내가 배려하지 않은 듯 말했고, 나는 내가 늘 다 양보해왔다는 듯 굴었다.

실은 다른 말을 했어야 했다. 그러나 나는 예나에게 하듯 솔직하게, 있는 그대로를 다 드러낼 수 없었다. 여러 겹인 껍질을 고문하듯 매일 한 겹씩 벗겨냈을 뿐이었다. 더는 윤서를 사랑하지 않는다는 말을 그대로 다 뱉을 수 없었기 때문이다. 차마 그럴 수는 없었다.

왜 그럴 수 없었는데?

예나가 샅 사이 여기저기로 혀를 갖다 대며 물었다. 언덕 꼭대기에서 동네를 굽어보는 느티나무처럼 외롭게 곤추선 성기가 예나의 혀에 반응하며 커지고 있었다.

그건……

내게는 늘 숨김이 없었잖아. 왜 윤서에게는 그러지 않은 거지?

예나가 입에 힘을 주며 답을 재촉했다. 나는 예나가 들어도 좋을 답, 아무렇게나 던질 수 있을 답을 찾으려 잠시 궁리했다. 동시에 내가 왜 진짜로 그러지 않았는지를 고민했다. 결혼한 사이라서, 윤서와 내가 부부라서? 도파민이나 노르에피네프린 등 연인 사이에 흐른다는 격렬한 성호르몬이 사라졌다고 해도 유대감을 증폭시키는 옥시토신과 같은 호르몬이 여전히 남아 있어서?

……윤서가 내게 했던 말 때문이야.

둘러댄다고 한 말이었지만 다시 생각해보니 그렇지 않은 듯했다. 그 오랜 시간에도 불구하고 바래지 않은 말들이 우리에게 여전히 남아 있는 게 사실이었다. 사랑하는 동안 우리는 곱고 다정한 말만 썼다. 배려해줘서 고마워. 네가 자랑스러워. 기다리게 해서 미안해. 최고야. 멋져. 그리고 '사랑해'가 있었다. 며칠 만나지 못하면 우리는 미친 듯이 문자를 보내곤 했다. 몸이 계속 붕 떠 있는 것 같아, 어깨도 시리고 명치께도 아프고 열도 나는 것 같아. 네 팔 하나만, 손가락 하나만 내가 갖고 있었으면 좋겠어. 전부 다 떠올리면 너무 힘드니까 오늘은 입술만 그리워할 거야. 너 만나고 모든 게 낯설어졌어, 내 옷이 맞는지 내 신발이 맞는지 다 생게망게해. 이틀 전에 봤다는 게 믿어지지 않아, 두 달은 된 것 같아. 사랑해. 사랑해서 죽을 거 같아……

사이가 몹시 나빠진 후에도 우리에게는 서로에게 던진 '말'이 여전히 남아 있었다. 말은 탈피한 곤충의 겉껍질처럼 속이 텅 비어도 곧장 형태가 무너지는 게 아니었다. 얼핏 보면 허물이 아니라 매미든 메뚜기든 거기 그대로 있는 것처럼. 예나는 그런 점을 이해하지 못했다.

뭐야, 고작 그런 사탕발림?

예나가 제 입에 문 게 사탕이라도 되듯 성기를 입으로 굴리며 말했다. 나는 설명하기를 포기했다. 설명해도 모르려니와 예나에게 제대로 설명하는 게 무슨 소용이랴 싶었다.

고작 말 때문이란 말이지.

알몸의 예나가 내 위로 올라왔다. 하얗게 드러난 다리가 내 골반뼈를 단단히 조였다. 내 몸의 일부가 나의 전부인 양 예나의 몸으로 빨려 들어갔다. 어쩌면 예나 말처럼 '고작 말'일 뿐인지 몰랐다.

윤서가 했던 말들은 온전히 사라지진 않았으나 힘을 잃은 게 사실이었다. 있기는 있었다는 식으로 심드렁하게 존재했다. 내가 윤서에게 했던 말들도 사정이 비슷했으리라. 언제부터인가 우리는 서로가 던지는 말들을 일일이 분석하지 않았다. 내가 말을 늘 흘려듣고 있다고 윤서가 불평했으나 윤서 역시 내 말을 멋대로 걸러 듣고 있었다. 하루아침에 그랬던 게 아니었다. 우리는 조금씩 서서히, 하지만 바위를 패는 물방울만큼이나 집요하게 서로에게 반기를 들었다.

예나의 풍만한 상체가 완만하게 일렁이는 갈대처럼 오갔다. 윤서가 집을 나간 후, 내가 뒤를 밟으며 보았던 여러 남자가 떠올랐다. 탄탄한 근육을 가졌을 법한 남자, 휘핏을 데리고 있던 남자, 내게 담뱃불을 요구했던 남자, 그리고 윤서와 이어폰을 나눠 꼈던 남자. 내가 모르는 윤서의 남자들……서글픈 마음이 들었다.

그러나 내 마음 따위는 안중에도 없는 듯한 페니스가 빨갛게 전의를 불태웠다. 예나가 가쁜 숨을 몰아쉬며 내 가슴 위

로 엎어졌다. 예전처럼 예나의 몸이나 내 몸은 예나의 영혼이
나 내 영혼 따위를 신경 쓰지 않았다. 얇고 가벼운 천이 머리
부터 발끝까지 에워싸는 느낌이 들었다. 짜릿했다.

　그놈의 말 따위!

　예나가 내뱉듯이 말했다. 나는 어째서 다른 여자가 아닌 예
나가 나타난 건지 알 것 같았다. 예나라면, 말이 내준 진액을
먹고 자란 마음 같은 걸, 그런 마음을 사랑이라고도 한다는
걸 모를 것이기 때문이었다. 모든 게 끝나가는 마당이었으나
나는 여전히 윤서와 나눴던 마음의 끝자락을, 사랑의 잔여를
모조리 훼손하고 싶지는 않았던 것이다. 나는 예나의 깊은 곳
으로 들어갔다가 허탈하게 흘러나오는 정액을 물끄러미 바라
보았다.

네게 누군가가 생겼을 때

    윤서가 준 주소를 확인한 후 아파트 문을 두드렸다. 작은 초인종은 망가져 있었다. 매장 동료가 문을 열어주더니, 지은 죄 없이 미안하다는 표정을 지으며 나갔다. 출근하는 모양이었다. 내가 마지막으로 얼굴 보고 얘기하지 않으면 서류를 주지 않겠다고 고집을 부려 윤서가 가까스로 허락한 자리였다. 윤서는 웅이가 있는 경리단길 집으로는 절대로 오지 않겠다고 했고, 나는 사람들이 많은 카페에서는 만날 수 없다고 우겼다. 내가 도장을 찍고 사인한 서류를 사진으로 찍어 보내고서야 윤서가 만남을 허락했다. 나는 마지막 고개를 넘는 심경으로 현관에 들어섰다. 고개를 넘어서면 그대로 심연일 것만 같았다.

    윤서는 긴 머리카락을 늘어뜨린 채 외출복을 갖춰 입고 있었다. 언제나처럼 그녀에게 잘 어울리는 긴 치마 차림이었다. 진청색, 회갈색, 검회색 등의 옷들, 어디건 완고하게 자리를 지키면서도 어디서도 드러나길 원하지는 않는 견고한 색감의 옷들…… 내가 윤서의 옷들이 모두 비슷비슷해 보인다고 하면, 윤서는 완전히 다르다며 정색을 하곤 했다. 그날 입은 치마는 이전에 본 적 없는 듯한 카키색이었다.

윤서는 얘기가 끝나는 대로 곧장 법원에 가기로 한 약속을 잊지 않은 듯했다. 내가 들고 온 서류를 먼저 살폈다. 윤서가 준 서류에 사인만 했으니 빠트리고 어쩌고 할 것도 없었다. 윤서는 차 한잔도 권하지 않았다. 나 역시 차 마실 기분은 아니라 식탁에 앉지도 않았다. 마주하고 보니 쉽게 입이 열리지 않았다.

윤서야.

……

나는 생각지도 못하게 내 삶에 등장한 어머니, 꼬마, 예나, 파넬 등에 대해 사과할까 잠시 망설였다. 윤서가 조금만 마음을 열어준다면, 그들 모두를 한꺼번에 없애겠다는 말이라도 해볼까 싶었다. 하지만 윤서의 얼굴은 그런 얘기로도 돌이킬 수 없을 만큼 멀리 가 있었다. 나는 포기했는데 내 입은 조금 더 가고 싶은 모양이었다. 제멋대로 열렸다.

한 가지만 묻자. 그 남자들은 다 뭐야?

무슨 남자들?

그간 네가 만났던 남자들 말이야.

도대체 무슨 말을 하는 거야?

윤서의 손가락이 머리카락을 신경질적으로 감아 돌렸다. 그 손이 나를 더는 어루만지지 않으리라 생각하니 꽁꽁 언 호수에 맨발로 선 기분이었다. 나는 떼를 쓰며 윤서에게 매달리고 싶었다. 나만 잘못한 게 아니잖아. 그러니, 그래서, 그렇지만……

윤서가 머리에서 손을 떼더니 나를 똑바로 바라보며 말했다.

우리 관계는 끝났어. 한참 됐지.

예상했으면서도 누군가가 오금을 툭 건드린 듯 다리가 꺾였다. 언젠가 실수로 떨어뜨린 포도알을 웅이가 먹을까 봐 서둘러 줍고 나오다가 테이블에 머리를 찧었을 때처럼 얼얼하기도 했다.

아니야. 다시 한번…… 노력하면……

이번에도 나는 포기했으나, 내 고개가 포기하지 못하고 저혼자 흔들렸다.

안 된다는 걸, 우리 둘 다 너무 잘 알아.

윤서가 다지르듯 말한 순간 그녀 뒤로 여러 형체가 늘어서기 시작했다. 몸이 탄탄했던 남자, 휘핏의 주인, 내게 라이터를 빌렸던 남자, 윤서와 이어폰을 나눠 낀 남자, 그리고 란돌트 고리를 고집했던 그 작고 마른 남자까지. 나이가 들어 보이기도 하고 어려 보이기도 하며 키가 크기도 하고 작기도 한 무수한 남자들이 윤서의 뒤편으로 늘어서 있었다. 남자들만이 아니었다. 내가 알지 못하는 여자들도 있었다. 머리를 양갈래로 땋은 소녀도 있었고, 주걱턱을 한 중년 여인도 있었으며, 인중 부근에 주름이 자글자글한 할머니도 있었다. 그들이 입을 모아 말했다. 네게 누군가가 생겼을 때, 윤서에게도 누군가가 생겼지.

코와 입, 귀와 눈 등 외부로 향한 내 모든 기관이 오그렸던 근육을 일제히 폈다. 윤서의 뒤에 주르르 선 이들이 윤서의 과거 연인이었거나 친인척, 친구, 옛 선생님 등이었다는 사실을 깨달았다. 란돌트 고리는 어이없게도 윤서의 첫사랑이었다. 내 곁에 누군가가 하나둘 자리한 것과 마찬가지로 윤서에게도 차례대로 한 명씩 누군가가 생긴 것뿐이었다. 엄밀히 말해 그들은 갑자기 나타난 게 아니었다. 한 마리 사슴에 수천 수만 마리 사슴이 깃들여 있는 것과 마찬가지였다. 사랑이 견고했을 때 잘 보이지 않던 것들이 사랑이 헐거워지자 돌연 뚜렷하게 보인 것뿐.

윤서야.

재열아.

우리는 서로의 이름을 부르고는 더는 아무런 말도 하지 못했다. 그 순간에 말은, 이미 부서진 우리의 관계를 손으로 잡으려는 헛된 시도 이상도 이하도 아니었다. 무심한 바람 한 줄기에도 발라당 뒤집힌 채 멀리 날아가버릴 텅 빈 껍데기와 같은 말…… 윤서도 나도 그 말 사이사이 곡진히 숨겨둔 마음마저 이미 다 녹아내렸다는 사실을 받아들여야 했다. 놀란 척도, 처음 알았다는 듯 무구한 척도 더는 할 수 없었다.

나는 윤서 앞에 무너지듯 주저앉았다. 이제, 다 해어져 속이 훤히 보이는 가면을 멀리 던져버려야 할 때였다. 여러 겹으로 내 몸을 감쌌던 거짓들의 솔기가 터지기 시작했다. 나는 나를 보호하기 위해 어설픈 바느질로 이어놓았던 그 누더기들을 더는 그러쥐려 애쓰지 않았다. 무수한 거짓의 파편들이 바닥에 흩어졌다.

거짓의 파편들

교장단 연수에 대해 듣자마자 가이드를 하겠다며 떼를 쓴
건 나였다. 예전에 일한 적 있는 디앤피 투어 대표와 여전히
친하니 의논해서 빈틈없이 일정을 짜겠다고, 그저 맡겨만 달
라고 애걸한 것도 나였다. 물론 재우가 먼저 운을 뗀 건 사실
이었다. 형, 재우 형. 형아. 나는 간절히 부탁할 게 있을 때만
재우를 형이라 불렀다. 나중에는 협박 아닌 협박도 했다. 윤
서와 헤어지지 않으려면 더블린에 꼭 가야 해. 형 일 도우러
가는 거라고 할 거란 말이야. 우리 진짜 이혼할지도 모른다
고…… 더블린에 꼭 가야 할 이유는 많았다. 내 안경원을 차
릴 수 없었고 전과 비슷한 다른 직장에 다니기도 싫은 상태였
다. 내가 미울수록 더 미워진 윤서 곁을 떠나고도 싶었다. 혼
자 있는 게 어떤 건지, 윤서가 제대로 느끼게 해주고픈 마음

도 없지 않았다. 그러나 무엇보다 윤서에 대한 사랑을 회복하려는 게 가장 큰 이유였다. 돌이켜보면 그게 정말 가장 큰 이유였는지, 단지 나 자신으로부터 도망가고 싶어서 그렇게 둘러댔을 뿐이었는지 모르겠다. 어쨌거나 당시에는 눈에 보이는 아무거라도 부여잡지 않을 수 없었다. 재우는 결국 내 부탁을 거절하지 못했다.

계약이 순조롭게 진행되자 나는 비겁하게도 태석이 어떻게 지내는지부터 살폈다. 태석이 운영하는 블로그에서 동선을 미리 확인했고, 그와 공항에서 마주칠 수 있는 시간을 세밀히 계산했다. 나는 하늘색 모자를 쓴 태석의 사진을 일부러 윤서에게 보여주었다. 하나도 안 변했네. 나는 옛 친구가 그저 반갑기만 하다는 태도로 말했지만, 내 의도를 모르지 않는 윤서는 얼굴을 펴지 않았다. 나는 태석이 쓴 것과 똑같아 보이는 모자를 샀고, 윤서에게 또 한 번 태석을 상기시키며 즐거워했다. 특히 태석이 고급 고객들을 상대로 한 관광 안내로 제법 성공했다는 사실을 강조했다. 나는 우리 결혼이 틀어져버린 것을 윤서에게, 그리고 케케묵은 추억의 한 자락에 불과한 태석에게까지 뒤집어씌우려 들었다. 태석이 윤서를 좋아한 게 아주 잠깐이었고 게다가 윤서의 마음이 크게 흔들리지도 않은 걸 알고 있었지만, 허섭스레기 같은 걸 끌어들여서라도 윤서를 곤란하게 하고 싶었다. 태석이 윤서를 좋아하는 걸 눈치

채고 내가 서둘러 고백도 하고 이어 청혼도 했다는 사실은, 없는 일인 듯 묻어버렸다. 내가 아니라 너다. 문제는 너야. 나는 윤서도 나처럼, 아니 나 이상으로 고통받게 하고 싶었다. 그래서 그 순간 그야말로 유치하게 구는, 제멋대로 까불거리며 날뛰는 꼬마를 제지하지 않았다.

더블린에 다시 간 나는 태석이 조금이라도 윤서를 마음에 두고 있기를 바랐다. 터무니없었지만 그랬으면 싶었다. 내가 윤서를 떠나는 게 아니라 윤서가 나를 떠나는 거라고 못 박고 싶었다. 나는 치졸하게 오기를 부렸다. 하지만 더블린에서 만난 태석은 윤서에 대한 마음을 까맣게 잊은 듯 평온해 보였고, 무엇보다 행복해 보였다. 그랬는데도 파넬 이상으로 포기를 모르는, 집요한 나는 공항에서 태석과 함께 찍은 사진을 윤서에게 보냈다. 나는 거의 구천 킬로미터쯤 떨어진 곳에 있으면서도 윤서를 괴롭히는 짓을 그만두지 않았다.

더블린에 있는 동안 태석이 이 핑계, 저 핑계를 대며 나를 피한 게 아니었다. 내가 그랬다. 태석이 충분히 행복한 걸 보고 나니, 함께 옛 추억을 풀어대며 웃고 떠들 기분이 아니었다. 게다가 실수로라도 그에게 윤서와 내 얘기를 털어놓게 된다면 두고두고 나 자신을 용서할 수 없을 것 같았다. 결국 그를 만나지 않았지만 떠나기 전날 길게 통화를 했다. 모든 일정이 끝난 후 에이미와 술을 마시고서도 잠이 오지 않아서였다. 나는 우리가 아직 우정 비슷한 것을 유지했을 때, 그가 재미있게 들려주곤 한 그리스 신화를 화제 삼았다. 태석이, 내가 내 사정을 털어놓지 않으려 하는 걸 알아차렸을지는 모르겠다.

네가 예전에 나한테 아프로디테가 가졌다는 '마법의 띠'에 대해 얘기해준 적 있어. 더블린에 오고서 문득 그게 떠오르더라.

너 용케 기억하는구나. 그때가 언제냐, 도대체.

허리띠라고 했나?

허리띠라고도 하고, 가슴 가리개라고도 해. 지상에서 볼 수 없는 아름다운 수가 놓여 있었다고 하지.

그 마법의 띠 앞에서는 어떤 신, 어떤 인간이라도 욕정에 굴복하지 않을 수 없었다고 했지? 트로이 전쟁 때 헤라가 아프로디테에게서 그 띠를 빌리기도 했다며.

응, 그랬지. 너 기억력 좋은데? 그 띠 덕분에 제우스가 헤라에게 꼼짝없이 잡혀 있는 동안 그리스군이 승기를 잡았지.

네가 예전에 헤라 얘기를 많이 해줬어. 가부장적인 남신이 장악하기 전에는 생명의 여신인 헤라가 훨씬 지배력이 컸다는 말도 했던 기억이 나.

내가 그랬나?

태석이 낮게 웃었다. 나는 그의 웃음에 회한이나 쓸쓸함이 조금 더 묻어나기를 바랐지만, 단순히 향수에 그쳤다는 느낌만 들었다.

또 기억나는 게 있어. 헤라가 해마다 어떤 샘에 들어가 처녀성을 되찾았다는 거.

응. 헤라는 매년 나우폴리온에 있는 카타노 샘에서 목욕을
한 후 처녀성을 되찾곤 했대.

요즘 페미니스트들이 들으면 기함을 할 일이군.

그렇지. 요즘은 처녀막, 처녀작 그런 말도 안 쓴다며. 쓰지
말아야지. 하지만 목욕은 단순히 생식기를 건강하게 만들려
는 노력 정도로 해석해도 될 거야. 헤라는 생명과 그 원초적
에너지를 관장하던 신이니까……

태석은 오랜만에 제가 좋아한 신화 얘기를 할 수 있어 신이
난 모양이었다. 수화기 너머 들려오는 그의 목소리가 중학생
때처럼, 유학생이었던 때처럼 들떠 있었다. 나 역시 옛 시절
로 잠시나마 돌아간 듯해 기뻤다는 걸 부정할 수 없겠다. 하
지만 그와 나 사이에는 이미 스틱스강보다 더한 경계가 있었
다. 대부분 내가 만든 거리감이었으므로 나는 금방 슬퍼졌다.

내가 궁금한 건, 아프로디테가 왜 헤라에게 그 마법의 띠를
빌려줬냐 하는 거야. 전쟁 때 헤라는 그리스 편, 아프로디테
는 트로이 편이었잖아. 파리스의 사과 때문에라도 둘은 사이
가 좋지 않았을 텐데.

어, 그러게? 나도 거기까지는 모르겠는걸? 마법의 띠를 왜
빌려줬을까…… 아쉽다. 내가 제대로 공부했더라면 알 수 있
었을 텐데.

태석은 아쉽다고 말했으나 원하는 공부를 하지 못해 한이
맺혔다는 느낌은 들지 않았다. 나는 다음에 기회가 생기면 꼭

알아보라는 말을 끝으로 전화를 끊었다. 내 일상을 드러내지 않고 태석과 이야기 나눌 수 있어서 다행이라 생각했다. 일 년 전 더블린 여정은 온통 거짓투성이였지만 적어도 그 순간 만은 그렇지 않았다. 오랜 친구와의 대화가 반가웠다.

　에이미를 우연히 만난 듯 굴었던 것도 거짓이었다. 나는 일부러 에이미가 일하는 탈봇 호텔에 예약을 했다. 그간 로그아웃 상태였던 SNS 계정을 잠시 열어본 것만으로도 그녀가 어디에 있는지 쉽게 찾을 수 있었다. 물론 윤서에게는 예약한 호텔 이름을 알려주지 않았는데 윤서 역시 궁금해하지 않았다. 시내에서 가깝다거나 가격 대비 좋은 호텔이라거나 하는 합리적 이유가 없지는 않았으나 무엇보다 에이미가 그곳에 있어서 선택했다. 에이미와 윤서는 한때 가장 친했던 친구답게, 사는 거리가 멀어지긴 했어도 마음을 터놓으리라 여겼다. 나는 에이미를 만나 도움을 청할 작정이었다. 우리 결혼 생활이 위기에 봉착했다고 고백하고 내가 윤서에 대해 무얼 놓치고 있는지 물어볼 생각이었다. 하지만 막상 에이미를 만나고 보니 도움을 청하기보다 내 변명을 하고 싶었다. 모든 걸 윤서 탓으로 돌리고 싶었다. 당시의 윤서와 나는 하루에도 몇 번씩 이혼에 대해 생각했다. 생활 곳곳에 적당히 몸을 숨기며 결정을 차일피일 미루고 있었을 뿐이었다. 나는 나만 피해자인 척했다. 에이미에게 윤서 마음이 변한 거라고 우기면, 변해버린 내 마음은 숨길 수 있을 줄 알았다. 에이미가 아니라, 나 스스로를 속이려 들었다. 착한 에이미는 우리 사이의 균열을 메꿀 방법을 찾아보라며 격려했다. 나는 그 균열은 이미, 윤서와 나를 잇는 어떤 것으로도 보수할 수 없으리란 말은 하지 않았다.

더블린에서 내가 사랑했던 윤서에 대한 기억을 다시 불러일으키고 싶었던 건 얼마간 진심이었다. 나는 옛 친구들을 통해, 추억이 서린 장소를 통해 윤서와 좋기만 했던 시간을 복기하고 싶었다. 잠시 그 사랑을 되찾은 듯도 했다. 더블린에서 내가 찾은 단 하나의 온전한 사랑 오드리를 보았으니까. 오드리는 윤서의 영어 이름이었다. 유학 생활 내내 윤서는 「사랑에 빠지는 아주 특별한 법칙」의 주연을 맡았던 줄리안 무어의 극중 이름 오드리를 닉네임으로 사용했다. 구불구불한 긴 머리에 무채색 스커트를 즐겨 입고 견과류가 들어간 빵을 좋아하는 오드리와 두윤서는 동일 인물이었다. 하지만 과거의 오드리와 현재의 두윤서는 더는 같은 사람이 아니었다. 나는 다시 찾은 더블린 시내 곳곳에서 그 과거의 여인을 좇았다. 더 이상 사랑할 수 없을 정도로 사랑했던, '처음'을 잃지 않은 예전의 윤서를 찾아 헤맸다. 하지만 더블린이 한국과 직항으로 연결되어 있지 않을 정도로 먼 만큼이나 오드리와 윤서의 거리는 멀었다.

내가 더블린에서 기대한 건 나를 배제하지 않고도 일을 낼수 있는 우연뿐이었다. 우연히 에이미나 태석을 통해, 더블린의 모든 걸 통해 윤서를 다시 사랑할 수 있게 되기를 바랐다. 우연은 넘쳤다. 그러나 정작 내게는 우연이 뚫고 들어올 수있는 어떤 말랑말랑한 구석도 남아 있지 않았다. 나는 돌멩이처럼 단단한 상태로 더블린 시내 여기저기를 허무하게 굴러다녔을 뿐이었다.

상태가 급격히 나빠졌던 건 파넬이 내 주위를 배회하면서였다. 방법을 찾고 싶어서, 관계를 회복하고 싶어서 더블린에 갔으나 결과적으로 더블린에서 돌아온 직후 더 나빠졌다. 나는 내가 데려온 파넬을 조롱함으로써 우리의 결혼도 조롱했다. 나는 파넬이 캐서린과 열정적인 사랑을 나눴다고 단지 '착각'했을 뿐이라고 주장했다. 아일랜드와 영국을 오가면서 산재한 정치적 현안들을 처리하느라 바빴던 파넬이 캐서린을 제대로 파악하지 못했을 가능성이 너무 크다고도 했다. 나는 파넬을, 그러니까 윤서를 자극했다.

캐서린은 도대체 어떤 여자였을까?

무슨 말이야?

캐서린은 1867년에 오세이 대령을 만났고 두 아이를 두었어. 오세이는 캐서린의 집에 드나들던 군인 중에서도 가장 잘생긴 젊은이였지. 파넬을 만났던 1880년에도 사실상 캐서린은 남편의 사업을 돕기 위해 로비를 하려고 의회에 나갔던 거야.

캐서린과 오세이는 그전부터 이미 떨어져 지냈어.

그러나 필요할 때면 언제나 함께했고, 여전히 부부였지.

무슨 말이 하고 싶은 거야?

실제로 파넬은 캐서린을 자주 만나지 못했잖아. 떨어져 있었으니 더 그리웠을 테고, 세상 사람들이 부부로 인정하지 않으니 더 격정적이었을 뿐이지.

열정적인 아일랜드인의 얼굴이, 동시에 윤서의 얼굴이 심하게 일그러졌다. 한때는 내 전부를 담았던 맑은 눈동자가 나를 뭉개며 흐려졌다. 나는 그들이 진짜 부부가 아니었으므로, 즉 보통의 결혼 생활을 영위하지 않았으므로 끝까지 사랑할 수 있었을 뿐이라고 말했다. 윤서는 굳은 얼굴로 돌아섰다.

더블린에서 돌아왔지만 내 가게를 가질 수 없었던 게 나를 더욱 궁지로 몰았다. 재우가 안경원을 차려주자고 제안했지만, 아버지가 끝내 동의하지 않았다. 아버지는 평생 제 밥벌이도 못하고 사는 치룽구니라며 나를 욕했다. 나는 결혼의 파국을 아버지에게 돌릴 수도 있겠다는 생각을 했다. 아버지 말이 틀리지 않도록, 여봐란듯이 더욱 미웁하게 굴었다.

그 후 일 년간 윤서와 나는 하루에도 몇 번씩 노력과 포기를 반복했다. 남들도 흔히 겪는다는 권태기가 찾아온 거니, 잘 넘기면 나아질 거라 낙관한 순간도 있었다. 권태기가 아니라 그냥 사랑의 끝일 뿐이라는 걸 알면서도 그랬다. 끝장난 사랑이라는 게, 경사로 꼭대기에서 떨어진 공처럼 멈추지 않으리라 짐작하면서도 그랬다. 눈치 없이 정직하기만 한 오늘에, 가망 없는 하루하루에 자꾸 기대를 걸었다. 그러므로 지난 결혼기념일에 선물을 주고받지는 않았어도, 가령 나와 윤서가 서로에게 없는 반지를 선물하거나 하는 거창한 건 하지 않았어도, 외식을 해서 분위기를 풀어보려는 노력 정도는 했던 것이다. 하지만 식사는 한 시간여 만에 끝났고, 윤서도 나도 우리가 여전히 경사로에서 구르고 있다는 사실만 확인했다. 그래도 도둑 때문에 간만에 의기투합하게 된 건 사실이었다. 윤서와 나는 모처럼 한마음으로 도둑에 대한 적개심을 불태웠고 분위기를 이끌어 섹스를 시도하기도 했다. 하지만 다시 포기. 나나 윤서가 아프로디테에게서 그 마법의 띠라는 걸 빌려오기라도 해야, 내 몸이든 윤서의 몸이든 반응하려는 시늉이나마 할 것 같았다. 돌이켜보면 윤서나 나나 끈기가 없지는 않았다. 우리의 노력이 언젠가 담벼락을 뚫을지 모른다고 기대했던 것도 같다. 다음 날에 머리를 맞대고 도난 물품을 작성하면서 결혼을 이어가려는 노력을 또 했으니까. 경찰이 잃어버린 물건을 찾으면 잃어버린 우리 사랑을 찾을 수 있을지 모른다고 막연히 고대하기까지 했으니까. 하지만 모두, 모두, 모두 쓸데없었다.

그날 우리가 도둑맞은 건, 마지막까지 찰거머리처럼 붙어 있던 '미련'이었을지 몰랐다. 다시 말해 도둑, 아니 도둑들이 훔쳐 간 건, 스러져가는 사랑의 추레한 잔해에 불과했을 수 있었다.

헤라의 그물

윤서가 나보다 냉철했다. 내게 내놓은 당근찜은 그 모든 헛된 노고에 종지부를 찍겠다는 증표였다. 내가 당근 꿈을 꾸고 당근이 되기도 했던 건 뜻밖의 우연이 아니라 연속적인 시간이 공들여 제시한 총합적 필연이었다.

결혼이라는 걸 하기 전, 그러니까 윤서와 내가 「사랑에 빠지는 아주 특별한 법칙」을 보면서 사랑에 빠졌을 때만 해도 우리는 신이 우리에게 선물한 '아주 특별한 법칙' 같은 게 있다고 여겼다. 영화에서 변호사인 오드리와 다니엘이 각자의 의뢰인을 위해 상대를 끝없이 밀어내려 했음에도 불구하고 사랑에 빠지고 말았던 것처럼 우리에게도 설명 불가능한 모종의 법칙이 작용했다고 생각했다. 신이 그 특별한 법칙에 의거해 윤서와 내게 최상의 세계를 선물해주었다고 믿어 의심치 않았다.

하지만 최상의 세계 같은 건 허상에 불과했다. 신이, 선택한 인간을 기만하기 위해 소개한 그 세계에는 잘 어울려 노는 아이들이 있었다. 바로 사랑과 결혼이었다. 사랑과 결혼이 아이들인 까닭은 그들이 아직 반역자를 모르는 철부지이기 때문이었다. 반역자는 속성상 세계가 시작됨과 동시에 제 임무를 수행할 수밖에 없었다. 그러고 싶지 않았을지 모르지만 그러는 게 본질이었으니까. 내가 내 주위를 배회하는 자들을 하나씩 불러들인 건 모두 반역자의 계략 때문이었다.

반역자의 이름은 '시간'이었다. 시간은 치밀했다. 순서대로, 간격을 두고, 정확히 하나씩 허물었다.

사랑 자체인 아프로디테는 태초에 우라노스의 잘린 성기로부터 태어났다는 설이 있다. 우라노스를 거세시킨 크로노스의 딸이 헤라이니, 헤라는 어쩌면 아프로디테의 조카일지도 모른다. 하지만 반역자 시간이 헤라 편에 서자, 서열이 뒤집혔다. 반역자는 헤라가 던지고 아프로디테가 걸려들 수밖에 없는 그물을 짰다. 촘촘히, 그 누구도 빠져나갈 수 없게. 반역자의 농간으로 수많은 결혼과 사랑이 원수처럼 으르렁거렸다. 사랑이, 결혼이 던진 그물에 갇혀 영원히 버둥대다 죽어버리는 일은 흔했다. 나는 어느 순간 시간이 신의 반역자가 아니라 동역자가 아닐까 생각했다. 그렇다고 믿을 수밖에 없는 증거가 너무 많았다.

윤서나 내가 원해서 바닥을 드러낸 게 아니었다. 인간 존엄이나 상호 존중 운운할 정도는 아니더라도 최소한의 자존심 정도는 지키려 했다. 재래식 화장실 아래와 흡사한, 구리고 더러운 면모까지는 결코 서로에게 보여주고 싶지 않았다. 하지만 모두 보여주게 되었고 모두 보고야 말았다. 윤서와 내 탓이 아니었다. 애초에 무능하거나 무료했음이 분명한 신이 자신의 무능함을 가리거나 무료함을 달래기 위해 나와 윤서를 택한 게 문제였다. 신은 우리가 바닥을 치는 순간 갑자기 유능해졌고, 우리가 바닥에서 뒹굴 때 의욕이 넘쳤다.

나와 윤서의 결혼이 끝났다는 건, 모두가 아는 공공연한 비밀이었다. 동네 슈퍼마켓 아저씨도 알고 있었고, 앞집 할머니나 미용실 아줌마도 알고 있었다. 내가 이웃들을 싫어한 건 내 못난 모습, 그러니까 내 주위를 배회하는 자들의 탐탁잖은 모습을 그들에게 옮겨놓고 멸시하는 게 나 자신을 다그치기보다 쉬워서였다. 맹세코 그러고 싶지 않았다. 하지만 내가 오른발 왼발 중 혹은 오른눈 왼눈 중 어느 하나를 더 쓰려고 의식한 적이 없는데도 그냥 그렇게 됐던 것처럼, 삐딱선을 타지 않으려고 해도 그럴 수가 없었다. 란돌트 고리 남자의 말처럼 내 일부이면서도 내가 모르게 제 일을 하는, 그러니까 뇌니 신경세포니 하는 걸 포함한 모종의 힘이 언제나 내 뒤통수를 쳤기 때문일지도 몰랐다.

윤서를 밀어낸 건 나였다. 나를 밀어낸 건 윤서였다. 우리는 공평하게 서로를 밀어냈다. 오래전 더블린 피닉스 파크에서 내가 윤서에게 했던 "너를 이루는 모든 너를 사랑해"라는 말은 하릴없이 삭아버린 지 오래였다. 우리는 꽤 오래, 상대의 주변에 있는 무리를 보지 못한 것처럼 굴었다. 더 피할 수 없게 되자 무리 중에 상대의 본체, 순정하다 할 만한 핵심을 찾기만 하면 된다는 듯도 굴었다. 하지만 수천수만 마리 사슴을 품은 한 마리 사슴을 뒤늦게 그냥 사슴 하나라고 우길 수는 없었다. 한때나마 서로를 아꼈던 우리는 어쩌면 상대를 오롯이 증오하기는 싫어서 이런저런 조각들로 나누어 미워했을 뿐이었다.

윤서가 불러들인 남자들에게는 한 가지 공통점이 있었다. 그들 중 누구도 내가 아니라는 점이었다. 기호나 취향 때문이라거나 억지를 부려서가 아니었다. 윤서는 그저 나만 아니면 되었다. 그들과 삼겹살을 먹든 산책을 하든 한정식을 먹든 영화를 보든 상관없었다. 그들이 크거나 작거나 마르거나 살지거나 젊거나 늙어도 거리낄 게 없었다. 함께한 시간이 녹아든 나라는 남편만 아니라면, 윤서는 누구든 받아들일 수 있었다. 나도 다르지 않았다. 나 역시 오래 함께 산 아내만 아니라면 누구든 사랑할 수 있었다.

내가 더블린에 간 건 비참해질 것까지도 각오한 거의 마지막 시도였다. 더블린에 다녀오고서도 곧장 그러지 못한 건, 질척거리는 반역자 시간이 헤라의 그물에 걸려 버둥거리는

우리를 조금 더 우롱하려 들었기 때문이었다. 우리의 사랑은
오래전에 끝나 있었다.

  윤서가 울고 있는 내게 손수건을 건네주었다. H와 I 모양
의 핏줄이 돋은 오른 손등이 보였다. 보지 않아도 그녀의 왼
손등에 이제 막 한글을 배운 아이가 썼을 법한 '도'자 모양 핏
줄이 선명하리란 걸 알 수 있었다. 윤서의 눈도 젖어 있었다.
나는 조용히 일어나 윤서와 함께 법원으로 향했다.

프레너미 Frienemy

새 직장에 넣을 이력서를 쓰고 있는데, 용산서 경찰로부터 전화가 왔다.

그게 말입니다. 녀석들을 붙잡지는 못했는데……

놀랍게도 북한산에서, 나와 윤서의 여권이 발견되었다고 했다. 한 사람이 두 개 모두를 발견한 게 아니라, 각각 다른 두 사람이 등산로 이쪽과 저쪽에서 발견하고 신고를 했다는 거였다. 등산객들은 누군가의 신분을 드러낸 증서가 산에 버려져 있어서 몹시 놀랐다고 했다. 근처에 시체라도 묻혀 있나 싶어 긴장했던 걸까. 나와 윤서는 여권이 없어진 걸 알지 못했고 따라서 분실물 목록에 기록하지도 않았다.

여권을 훔쳐서 뭘 하려고 했을까요?

다른 걸 훔치면서 여권도 쓸려 들어갔던 거겠죠. 하려 들면

뭐든 못했겠습니까마는, 뭔가를 하려 했다면 버리지는 않았을 겁니다.

나는 경찰이 내내 강조했던 '프로'라는 단어를 떠올렸다. 프로처럼 행동했던 건 어쩌면 도둑들이 아닐지 모르겠다는 생각이 들었다. 답답하게 구는 윤서와 내게 남은 게 무언지, 우리가 진정 잃어버린 게 무언지를 프로답게 알려준 이가 따로 있을 듯했다.

경찰은 도둑을 잡지 못한데다, 윤서와 내가 신고한 물건들을 하나도 찾아주지 못해 미안하다고 했다. 내가 말했다.

아닙니다. 그간 애써주셔서 진심으로 고맙습니다.

정녕 진심이었다. 경찰이 허허, 하며 웃었다. 쌕쌕거리는 숨소리와 들고 나기를 거듭하는 그의 배가 선연히 그려졌다.

여권을 그냥 폐기해주시겠습니까? 도둑 손에 들어간 걸 그대로 쓰기 찜찜해서요.

경찰이 잠시 머뭇거리는 듯하더니, 그러지요, 했다. 나는 인사를 하고 전화를 끊었다.

재우가 왔다. 숙려 기간을 보낸 후 판사 앞에서 윤서와 제대로 헤어진 날이었다. 웅이가 꼬리를 격하게 흔들며 재우에게로 뛰어올랐다.

이게 뭐냐? 애 꼴 좀 봐라.

재우가 손가락으로 웅이의 거뭇한 눈물 자국을 닦아내며

쯧쯧거렸다. 그러고 보니 웅이의 털에서 윤기가 싹 가셔 있었다. 집 없이 떠돈 것처럼 꼬질꼬질했는데, 아마 내 몰골도 크게 다르지 않았을 것이다.

너 좋아하는 매운 족발 사 왔다.

재우가 음식과 기네스 캔 맥주를 주섬주섬 늘어놓았다. 그가 유리잔에 맥주를 가득 따르더니 시시한 말을 했다.

이 또한 지나가리라.

나는 검은 알코올이 잔 아래에서부터 서서히 올라와 탁한 갈색 소용돌이를 말끔히 정리할 때까지 기다렸다. 검은 액체가 흰 거품을 이고 단정하게 서기까지 그리 오래 걸리지 않았다.

족발도 좀 먹어라.

재우가 매운 소스에 고기를 찍어 내 입에 넣어주었다. 어머니 같은 손길이었다. 사실 재우는 어릴 때부터 친형과 다름없이 나를 보살폈다. 내가 묘한 경쟁심이나 시기심에 사로잡혀 밀어내도 한결같았다. 윤서와 내가 삐걱거리기 시작한 후로, 나를 가장 살뜰히 챙겼던 이도 재우였다. 내가 자주 어둡고 아프고 그릇된 쪽에 빠져 허우적대는 자라면 재우는 한결같이 밝고 건강하고 옳은 쪽에 있을 수 있는 사람이었다.

쭉 마시고, 푹 자라.

재우가 보약이 따로 없다는 듯 검은 캔을 어루만졌다. 그가 약간 주저하는 듯하더니 조지 버나드 쇼의 말이라며 인용했다. "아름답고 선량한 아프로디테는 사랑의 여신이고, 성질

더러운 헤라는 결혼의 여신이다. 이 둘은 치명적인 적이다."

내가 피식 웃었다. 재우는, 위로랍시고 건넨 말에 내가 자조했다고 생각한 모양이었다. 그게 아니라 내 말은, 하며 당황해서 내가 얼른 괜찮다는 뜻으로 술잔을 부딪쳤다. 따뜻하고 다정한 내 사촌 재우. 재우 말에 딴지 걸 생각이 없었다. 하지만 재우가 모르는 게 있었다. 나는 태석이 풀지 못한 문제를 풀었다. 어떤 노련한 헤라라면 가끔 아프로디테로부터 마법의 띠를 빌리기도 한다. 생명을 낳고 기르고 돌보기 위해 마법의 띠가 필요하기도 하니까. 또한, 어떤 현명한 아프로디테라면 그 띠를 기꺼이 헤라에게 빌려주기도 한다. 반역자의 그물에 걸리지 않으려면 마법의 띠를 바쳐서라도 헤라를 달래야 하니까. 아프로디테에게 소중한 연인들도 어쨌거나 모두 헤라에게서 나고 자라고 보호받았으며, 그러고 있고 또 그럴 테니까. 나와 윤서의 사랑은 실패했지만, 다른 현명한 사랑은 방법을 찾을지도 모른다.

나는 여전히 균형이 본질인 세계를 지지하고 추종하는 자였다. 그러나 윤서와의 결혼을 끝내면서, 저울의 팔이 반대편으로 곧게 뻗은 게 아니라 둥글게 이어져 있지 않을까 생각했다. 어쩌면 신의 두 팔은 처음부터 닿아 있지 않았을까…… 그러고 보니 윤서와 헤어지지 않기 위해 발버둥 쳤던 건 결국 헤어지기 위해 발버둥 친 것과 하나 다르지 않았다.

형, 프레너미(frienemy)란 말 알지?

알지. 나쁘게 해석하면 친구인 줄 알았는데 적이라는 뜻이고, 좋게 해석하면 적인 줄 알았는데 친구라는 뜻이지.

형과 나도 프레너미겠지. 안 그래?

무슨 소리, 너랑 나랑은 그냥 원수지, 원수야.

그러고 보니 나와 프레너미였을 파넬이, 그리고 꼬마, 예나, 어머니가 더는 보이지 않았다. 누구든 언제든 사라질 수 있는 거잖아. 예나가 한 말이 떠올랐다. 물론 누구든 언제든 돌아올 수도 있을 것이다.

재우와 내가 잔을 들었다. 건배! 엉덩이와 엉덩이를 맞댄 잔들이 앙글방글 웃었다. 더블린에서 마시는 기네스는 아니지만 흡족한 맛이었다. 캔에 그려진 하프는 공명통이 왼쪽에 있었다.

기억과 망각, 연대와 적대의 아포리아

임정연(문학평론가 · 안양대 교수)

1. 최초의 밤, 친밀성의 심연

근대의 낭만적 사랑과 결혼의 일반 문법은 "영원히 행복하게 살았습니다"라는 문장 뒤에 마침표를 찍는 닫힌 구조를 지향한다. 낭만적 사랑 이야기는 이렇게 그 뒤에 무엇이 있는지를 침묵하는 미결정성과 불확정성에 기대어 부활, 재생되어왔다.

그러나 사실 우리 모두 그 문장이 마침표 아닌 말줄임표로 이어진다는 것쯤은 이미 알고 있다. 사랑을 승계한 결혼의 리얼리티가 아름다운 판타지이기보다는 잔혹 동화인 동시에 불순한 스캔들에 불과하다는 탈낭만적 명제를 여러 경로로 학습해왔기에. 그러니 모든 낭만적 서사의 묵계란 알고도 모른 척하는, 말줄임표가 감추고 있는 문장들을 궁금해하지 않아야 한다는 불편한 진실에 기꺼이 동의한 우리 담합의 결과다.

『프레너미』의 서사 역시 감정으로서의 사랑과 제도로서의 결혼이라는 아포리아를 숙주 삼아 작동한다. 그러나 사랑과 결혼이 충돌하고 반목하는 수많은 레퍼토리를 답습하거나 탈낭만화된 방식으로 사랑의 낭만성을 재생하는 상투적인 패러독스를 복습하지 않는다. 그저 결혼의 이유였던 사랑이 섬뜩하고 파괴적이고 불길한 욕동으로 잔존하는 친밀성의 심연을 응시하며, 망각과 부재가 남긴 기묘한 불안의 자취를 기민하게 더듬어간다. 그러다 보면 "마법의 띠"로 엮여 있다는 사랑과 결혼의 위태로운 실상이 서서히 드러나다 마침내 그 앙상한 실체만이 오롯해진다. 『프레너미』에서 심아진의 유려한 필체는 굵직한 붓질 몇 번으로 담을 수 없는 사랑과 결혼의 오묘한 명암과 세밀한 무늬를 밀도 있게 채워가는 점묘법의 화술을 덧입어 이야기의 독특한 질감을 만들어내는 힘으로 발휘된다.

여기, 결혼 육 년 차에 이유를 모른 채 아내로부터 헤어짐을 요구받은 남자가 있다. 서른여섯의 안경사 이재열. 어느 날 갑자기 사라져버린 아내 두윤서는 돌연 이혼을 통보해온다. 빈집과 빈 침대, 아내의 부재, 그의 이야기는 이렇게 제자리에 있던 것들의 질서가 동요하고 익숙함이 배반하는 풍경에서 시작된다.

문제는 남자가 느끼기에 이 모든 일이 갑작스럽게 이루어 졌고, 따라서 "아무런 이유가 없다"(54쪽)는 것이다. 징조나 전조 증세를 되짚어보다 지난밤 식탁에서의 사소한 다툼에서 애꿎은 이유를 끌어와보기도 하고, 외도를 의심해 아내를 미행하기도 하는 등 헤어짐의 이유와 원인을 찾기 위해 고군분투해보지만, 남자는 아무래도 그 이유를 '모른다'. 아이러니한 것은 이 '모른다'는 서술어가 나머지 문장들을 견인해가는 동력으로 작용한다는 점이다.

이 소설에서 '모른다'는 서술어는 헤어짐의 이유 말고도 한가지 목적어를 더 대동한다. 바로 결혼기념일에 도둑맞은 물건의 정체. 결혼기념일에 이탈리안 레스토랑에서 짧고 의례적인 저녁 식사를 마치고 집에 도착한 두 사람의 눈앞에는 도둑이 들어 난장판이 된 집 안의 낯선 풍경이 펼쳐진다. 경찰이 수사를 위해 도둑맞은 물건의 목록을 요구했지만 그들은 끝내 "무엇을 잃었는지도 알지 못"(125쪽)한다. 소설이 끝날 때까지 도둑맞은 그 '무엇'의 실체는 명확하게 밝혀지지 않은 채 라캉이 해석한 '도둑맞은 편지'의 의미처럼 텅 빈 기표로만 남아 있다. 도둑맞았다는 유일한 진실만이 채워지지 않는 근원적인 결핍을 대신하고 있는 셈이다.

그렇다. 분명한 건 친밀성의 장으로서의 가정, 그 '집 안'에 있어야 할 내밀한 무엇인가가 더 이상 있지 않다는 사실이다. 아내가 잃어버렸다고 믿는 결혼반지나 도둑이 훔쳐 엉뚱한 곳에 버린 여권은 되찾고 싶은 그 '무엇'을 상징하는 기호에 불과할 뿐, 상실한 대상 자체를 지시하지는 않는다. 이렇게 일상을 구성하던 것이 사라지고 흩어진 '텅 빔'의 상태, 익숙한 세계의 부재와 소멸은 둘 사이에 분명 '무엇'인가가 존재했다는 사실만을 또렷하게 환기한다.

그러므로 중요한 것은 도둑맞은 '무엇'이 아니라 '도둑맞았다'는 상실감이, 그리고 남자가 그 '무엇'의 정체를 끝내 몰랐거나 혹은 망각했다는 사실일 것이다. 아내에게는 더 이상 "얘기하는 게 의미 없을 것"(44쪽) 같아진 무엇, 퇴근길에 만난 슈퍼 주인과 골목 어귀에서 마주치는 앞집 할머니와 미장원 원장, 그리고 독자까지 "모두가 알고 있"지만, "나만 모르는 무언가"(43쪽) 혹은 "제대로 하지 못한 이야기"(220쪽).

이렇게 소설은 좀처럼 이야기를 응집하지 않고 흩뿌려놓는 방식으로 독자의 호기심과 궁금증을 수집해간다. 주목할 것은 이 소설이 정작 헤어짐을 요구한 주체인 아내 윤서를 후경화한 채, 답답함, 부정, 불안, 두려움에서 분노, 질투, 후회를 거쳐 서러움과 허무함에 이르는 남자의 감정의 변곡을 치밀하게 조각해가는 데 집중하고 있다는 점이다. 그렇게 이야기의 가속에 합류한 독자는 삼분의 일이 훌쩍 넘는 지점에서야 문득 이야기의 방향이 거꾸로 되돌려지고 있음을 깨닫게 될 것이다. 그리고 이 이야기가 이미 무언가를 알고 있는 남자에 의해 리텔링되는 '그녀'와 '나'의 '이야기된 시간'에 관한 서

사란 점을 알아차리게 될 것이다.

'없다'라는 현재 시제에 포개지는 '있었다'는 과거 시제, '모른다'는 기표 뒤에 숨긴 '알고 있다'는 기의로 이루어진 복화술의 화법, 적과의 동침인지 애증 관계인지 모를 사랑과 결혼의 운명적 동맹과 이를 둘러싼 난제들을 돌파해가기 위해 『프레너미』는 이렇듯 우아하고 섬세하고 상냥하면서도 집요하다.

2. 부재와 침묵, '없다'와 '모른다'가 말하는 것들

'나'와 '그녀'의 "결혼 생활은 평범했다."(50쪽)

나는 결혼 전 어학연수 차 갔던 아일랜드 더블린에서 '오드리'로 불리던 그녀를 마주하게 된다. 모든 낭만적 사랑의 시작이 그렇듯 유명 클럽의 창고를 털고 있던 그녀에게서 나는 '운명적'이고 '불가항력적인 끌림'을 느낀다.

우연한 만남, "갈색 카디건에 회갈색 긴 스커트를 입은, 구불구불한 긴 머리"(179쪽)의 이상적인 그녀를 향한 매혹, 하필이면 친구들이 저마다의 사정으로 못 오게 됨으로써 갖게 된 둘만의 시간, 이 모든 건 "성실하기도 하고 꼼꼼하기도 한 운명이 오래전부터 준비한 계획의 일환"(173쪽)일 터. 그리하여 "세상의 모든 편견과 불운이 함께해도 상관없다고 여겼고, 그러기 위해 그 이전과 이후의 시간 모두를 저당 잡힐 수 있다고까지 생각"(207쪽)했던 그런 사랑이었다.

그때는 몰랐을 것이다. 이것이 우연을 필연화하고 운명을 정당화하기 위해 만들어낸 착각과 오인의 결과라는 것을. 그러나 그 사랑을 운명이라 믿고 맹목적이 되는 이런 마법 같은 순간이 존재하지 않으면 애초에 사랑도 성립하지 않는 것을 어찌하겠는가. 결코 합리적이지도 예측 가능하지도 않은 이 열정과 정념을 "합리적인 이유가 없을 수 없"(148쪽)다고 믿는 건 연인들의 특권이다.

"너를 이루는 모든 너를 사랑해"(175쪽)라는 황홀한 고백과 첫 키스로 시작된 사랑, 그때는 몰랐을 것이다. '사랑한다'는 고백을 언표화하지 않은 시점, 무목적과 무방향의 감정이 잠재태로 남아 있는 순간만이 사랑을 순도 백 프로의 온전한 형태로 보존할 수 있는 때임을. 사랑은 '처음' 이후에는 '시간'만으로도 부식해가기 마련이다. 감정의 엇박자와 마음의 변온 때문만이 아니라 두 사람 사이의 모든 간과하거나 축소할 수 없는 차이는 '처음'과 같지 않음에서 비롯된다. '처음'은 "'처음'이라 불린 순간부터 이미 제 이름을 잃어버릴 숙명"(199~200쪽)인 것이다. '사랑이 어떻게 변하니' 따위의 미련 가득한 우문은 미망일 뿐. 영원성, 불변성은 본래 사랑의 속성이 아닌 것이다.

고백 이후 기꺼이 사랑의 모험을 떠나기로 한 나와 그녀 사이에는 이제 결혼이라는 시나리오가 개입한다. "경쟁자의 접근을 원천 봉쇄하고 싶을 정도로 소유욕"과 "두 사람만의 침대라는 걸 가"(70쪽)지고 싶은 정념에 사로잡힌 그들은 기어이 '가정'이라는 둘만의 친밀하고도 배타적인 공동체를 만들고야 만다.

그때는 몰랐을 것이다. 어머니로 인해 느낀 고독, 재우와 비교당하면서 느낀 열패감을 보상받게 해줄 "안전하고 완전하고 이상적인 사랑"(206쪽)과 "영혼을 갈아 넣어"(204쪽) "뜨겁게 사랑해서 한 결혼"(70쪽)이란 게 실은 나르시시즘적인 욕망으로 가득 차 있는 것이었음을. 그녀와 내가 하나가 되는 동일성에 대한 기대, 혹은 그녀를 나의 일부로 흡수해 나와 일치시키고자 하는 욕망, 나의 '없는 것'을 그녀의 '있는 것'으로 채우고자 하는 욕망, 그 나르시시즘적인 동일성의 욕망의 극단에서 성립하는 것이 바로 그들 결혼의 실체였음을.

그리고 이 모든 것을 가능하게 한 것은 두 사람에게 "사랑에 빠지는 아주 특별한 법칙"(253쪽)을 허용했던 더블린이라는 장소였음은 물론이다. 현실을 차단한 이국의 풍경들과 연애에만 매진할 수 있는 오 년간의 절대적 시간, 더블린은 세상과 단절되어 '함께 있음'이 유일한 목적인 '연인들의 공동체'를 형성하기에 모든 낭만적 사랑의 조건이 완벽하게 갖춰진 공간이었던 셈이다.

그러나 그 완벽한 연인들의 시간과 장소는 더 이상 재현될 수도 없고, 영원히 되찾을 수도 없는, 부재하는 대상일 뿐이다. 그래서 망각 속으로 사라진 시간과 장소를 되돌리기 위해 '처음'으로 돌아가고자 하는 나의 시도는 무의미하기만 하다. 결혼 후 "윤서에 대한 사랑을 회복"(267쪽)하겠다는 명목으로 떠난 더블린 여행의 모든 과정이 실은 "스러져가는 사랑의 추레한 잔해"(276쪽)를 확인하는 무모하고 무력한 시간에 불과할 수밖에 없었던 이유도 이 때문이다. 가이드를 하겠다고 먼저 우긴 것도, 윤서를 짝사랑했던 태석의 소식을 알아내 동선을 확인하고, 같은 모자를 구입한 후 윤서에게 사진을 보낸 것도, 에이미와 재회한 것도 나의 의도와 의지였을지언정 더는 우연이나 운명일 수가 없다.

내가 좇아야 하는 것은 "더 이상 사랑할 수 없을 정도로 사랑했던 '처음'을 잃지 않은 예전의 윤서"(272쪽)라는 환영이 아니라, '신뢰'와 '금기'를 지키면서 '고통'을 인내하는 사랑의 현재성이다. 결혼이란 태초의 환상이 소실되고 소멸되어가는 과정을, 낭만적 모험의 끝에서 만나는 지난한 일상을, 그리고 열정의 잔해와 불꽃이 남긴 그을음을 오래도록 견뎌야 하는 시간이기 때문이다.

사랑이 환한 태양 빛 아래 눈먼 한낮이라면, 결혼은 빛을 받아 반짝이던 것들이 보이지 않는 밤 같은 것인지도 모른다. 모리스 블랑쇼가 '최초의 밤' 그리고 '또 다른 밤'이라 부른 그 밤들. 블랑쇼는 『문학의 공간(L'espace litteraire)』에서 이렇게 모든 것이 사라진 텅 빈 어둠의 순간을 '최초의 밤'이라 불렀다. 그에게 밤은 '모든 것이 사라졌다'라는 사실만이 가장 명징하게 드러나는 시간, 가장 깊은 어둠의 심연에서 본질적인 무엇을 향하게 하는 시간, 자신의 가장 깊은 내밀성을 향해 진입해가는 시간이다.

나와 그녀의 "결혼 생활은 평범했다"(50쪽)고 나는 믿고 싶었을 뿐이다.

나는 알고 있었다. 나와 그녀가 한낮의 사랑을 지나 결혼이라는 최초의 밤에 진입한 직후부터 "당근 같은 채소가 감히 내 인생에 개입했다는 사실"을. 단지 "몰이해의 베개에 얼굴을 파묻은 채 게으름을 부렸고 걷잡을 수 없이 벌어진 틈을 보고도 삶에 원래부터 있던 무늬겠거니"(10쪽) 하며 "뚜렷한 균열의 징후"(9쪽)를 모른 척했을 뿐이고, "아무런 이유가 없다"(54쪽)고 우기거나 그건 "내가 모르는 어떤 것"(64쪽)이라고 주장하며 알지 못함의 시간을 유예하고 있었을 뿐.

내가 '얼간이'이자 최악의 '못난이'인 이유는 아내의 가출 이유를 몰랐기 때문이 아니라 그 균열의 징후를, 타자의 존재를 모른 척했기 때문일 것이다. 나의 의지대로 되지 않으면서 이해할 수도 없고 나를 불편하게만 하는 존재, 완전무결한 사랑의 판타지에 균열을 내고 틈입한 낯선 타자, 말하자면 '당근' 같은 것.

내 주변에 수상한 존재가 출현한 것은 결혼 사 년 차에 접어들면서부터였다. 느닷없이 어머니가 나타나 내 주변을 맴돌더니 꼬마와 예나가 뒤이어 나를 따라다니고, 더블린에 다녀온 후부터는 파넬까지 가세해 수시로 모습을 드러낸다. 치매에 걸려 요양원 이층 난간에서 뛰어내려 자살한 어머니, 어린 시절 우상과도 같았던 내 삼촌의 과거일지도 모를 개구쟁이 꼬마, 첫 섹스의 상대였던 예나, 그리고 아일랜드의 독립투사였지만 잉글랜드 여인을 사랑하고 그 사랑을 지켜낸 대가로 민족의 배신자이자 사랑의 화신으로 남은 파넬.

나는 알고 있었다. 두 사람 사이에 끼어든 이 수상한 존재들은 "갑자기 나타난 게 아"(264쪽)닐뿐더러 내가 인정하지 못했던 내 안의 타자들이란 사실을. 허무와 냉소, 우울과 고독에 갇혀 자존감이 결여된 나, 적대감, 비굴함, 자격지심으로 배배 꼬인 유치하고 유아적인 나, 자학과 잔인함과 비겁함으로 똘똘 뭉친 욕망 덩어리 나, 그리고 집요하게 사랑을 갈구하기만 할 뿐 파멸을 인정하지 못하는 나. "한 마리 사슴에 수천수만 마리 사슴이 깃들여 있는 것과 마찬가지"(264쪽)로 존재했으나 외면해왔던 내 모습이었던 것이다.

나는 자기연민, 자기기만, 자기합리화, 자기모멸과 자기학대의 시간을 통과해가며 온갖 치사하고 비열한 말과 생각과 행동을 동원해 피해자를 자처했지만, 실상 내 안의 타자를 인정하지 못해 윤서를 나와 동일시하는 폭력을 행사했고, 이들을 무기 삼아 윤서를 모욕하고 배격하는 정신적 가해를 자행했다.

그러나 처음부터 타자를 소멸시킨 채 나라는 동일한 정체성을 유지하겠다는 건 망상에 불과할지도 모른다. 내 안의 타자를 추방해버린 사람과 외부로부터 맺어진 타자와의 관계는 공존할 수 없는 법이다. 사랑은 결코 하나가 아니라 둘일 수밖에 없는 '둘의 무대'라는 알랭 바디우나, 자신을 타자에게 열어보임으로써 두 사람의 새로운 정체성을 협상해가는 합류적 사랑을 제안한 기든스, 근래 자주 인용되는 사랑에 관한 이 레퍼런스들에서 하나같이 사랑에 '다름'이 전제되어야 함을 강조하는 이유도 이 때문일 것이다. 차이와 다름으로 인한 불일치와 긴장을 끌어안은 채 나의 바깥을 확장해가는 것만이 사랑이 사랑으로서 힘을 잃지 않는 유일한 방법이다. 이때 다르다는 건 타자와의 다름만이 아니라 나 자신의 다름, 즉 내 안의 타자성까지를 포용한다는 의미임은 물론이다.

그러므로 나의 사랑이 실패한 것은 내가 윤서를 몰랐기 때문이 아니라 오히려 나 자신을 몰랐기 때문이며, 결혼반지를 잃어버려서가 아니라 타자의 존재를 망각하고 부정했기 때문이라 할 수 있다. 그래서 사랑을 통해 성숙, 성장한다는 것은 사랑을 더 잘할 줄 알게 되었다기보다 타자의 집합체인 나 자신을 알게 되었다는 의미인지도 모른다.

윤서가 사라지고 그녀와 나의 일상을 구성하던 모든 것이 텅 비어버린 부재의 상태, 가시적인 빛이 모두 소거된 '최초의 밤'이 도래한 후에야 나는 비로소 깊은 내밀성 속에서 마주 볼 수 있게 된 것이다. "사랑이 헐거워지자 돌연 뚜렷하게 보인"(264쪽) 타자의 얼굴을.

3. '최초의 밤'에서 '또 다른 밤'으로

『프레너미』는 '사랑에 빠지는 아주 특별한 법칙'이 착각과 오인에 불과할지라도 그게 아니면 시작조차 할 수 없는 사랑의 불가피함을 부정하지 않는다. 최상급의 순도로 빛나던 무언가가 바래고 스러진 자리에서야 알게 되는 사랑의 불가능성 또한 부인하지 않는다. 영원불변이라는 환상을 구원이라 여기면서 상대를 속이고 스스로 속으면서 불가피성과 불가능성에 기꺼이 투신하는 사건, 그게 사랑임을 모르지 않기 때문이리라.

결혼이라고 다를까. 사랑의 여신 아프로디테와 결혼의 여신인 헤라의 신화를 빌려 비유되고 있듯 사랑과 결혼은 "원수처럼 으르렁거"린다. "사랑이, 결혼이 던진 그물에 갇혀 영원히 버둥대다 죽어버리는"(278쪽) 운명으로 엮여 있다. 그러니 사랑이 지닌 '마법의 띠'란 아프로디테와 헤라 사이에 맺은 동맹의 증거이기도 한 셈이다.

어떤 노련한 헤라라면 가끔 아프로디테로부터 마법의 띠를 빌리기도 한다. 생명을 낳고 기르고 돌보기 위해 마법의 띠가 필요하기도 하니까. 또한, 어떤 현명한 아프로디테라면 그 띠를 기꺼이 헤라에게 빌려주기도 한다. 반역자의 그물에 걸리지 않으려면 마법의 띠를 바쳐서라도 헤라를 달래야 하니까. 아프로디테에게 소중한 연인들도 어쨌거나 모두 헤라에게서 나고 자라고 보호받았으며, 그러고 있고 또 그럴 테니까. 나와 윤서의 사랑은 실패했지만, 다른 현명한 사랑은 방법을 찾을지도 모른다.(285쪽)

역설적이지만, 우연과 필연, 착각과 자각, 환상과 환멸, 기억과 망각이 연대와 적대를 번복해가는 것, 이것이야말로 사랑과 결혼이라는 통속적 드라마를 반복 재생산하는 동력의 정체가 아닐는지.

적대를 품은 연대 혹은 연대로 위장한 적대 사이를 오가는 이 같은 사랑과 결혼의 불안정한 관계를 작가는 '프레너미(Frienemy)'로 번역하고자 한다. 친구처럼 보이지만 적일 수 있고 적인 듯하다가 친구 같기도 한, 다시 말해 사랑하면서도 미워했고, 가까우면서도 먼, 익숙하면서도 낯선, 믿으면서도 의심하는, 인정하면서도 질투하는 모든 이들—윤서, 어머니, 예나, 꼬마, 파넬, 재우, 태석, 그들 모두가 나에겐 프레너미인바, 프레너미란 서로의 반대편이 아니라 서로 안에 잠재되어 있는 관계라고 볼 수 있다. 이런 관계에서 친구인지 적인지를 구별하는 것보다 더 중요한 건 자아와 타자가 차이를 전제한 채로 공생의 메커니즘을 만들어가는 일일지 모른다. 이렇게 반대편을 향한 듯 보이는 신의 두 팔이 처음부터 서로 맞닿는 방향을 향해 둥글게 이어져 있는 세계, 이런 비대칭의 세계의 균형은 작가 심아진이 세계의 본질을 설정하고 추구하는 방식과 다르지 않을 것이다.

문득 궁금해진다. 그렇다면 과연 그의 '다음' 사랑은 어떤 모습일까. 기대처럼 윤서와의 사랑이 교훈이 되어 "다른 현명한 사랑"을 할 수 있게 될까? '다른 사람'이라면 "방법을 찾을지도 모른다"는, '다음 사랑'에서는 실패하지 않을 수 있다는 이런 착각과 망각은 도대체 왜 자꾸 반복 재생되는 걸까?

블랑쇼를 다시 빌리자면, 망각은 과거와 단절되지만 과거를 지우거나 사라지게 하지는 않는다. 오히려 망각은 과거와 현재를 단절시킴으로써 현재에 살아 있게 한다. 밤이 낮을 망각했다고 낮이 사라지거나 없는 것은 아니며, 밤은 망각한 낮을 이미 품고 있다는 의미이다. 그래서 밤은 낮에 대한 부정이 아니고 밤의 자리도 낮의 반대편이 아니라 낮의 '바깥'인 것이다.

그러므로 '다음' 사랑이 조금이라도 더 현명해지기 위해서는 두려움과 불안, 그늘과 어둠을 품은 채로도 충분히 빛나는 것이어야 한다. 격정적 감정으로 고양된 한낮의 기억에 잠겨 있기보다 낮을 품은 그 밤이 끝나는 곳에서 '또 다른 밤'을 이어가는 일이어야 한다.

이렇게 『프레너미』의 서사는 결혼의 자리가 사랑의 끝 혹은 반대쪽이 아니라 사랑의 '바깥'이며, 결혼이란 그 사랑의 '바깥'을 확장해가는 일이어야 함을 환기하는 쪽으로 독자의 사유를 이동시킨다. 그래서일까. 이 소설을 다 읽고 나니 사랑과 결혼의 아포리아를 풀어갈 단서 하나쯤은 찾은 것 같기도 하다. 이 또한 착각과 망상일지언정 은밀한 위로임은 의심할 바 없다.

그러고 보니 문득, 어떻게 말해도 통속적일 수밖에 없는 이야기를 하면서도 『프레너미』가 결코 잃지 않은 서사적 품위가 어디서 비롯되는지 알 것 같다. 블랑쇼의 '밤'이 곧 문학과 예술의 비유이기도 했음을 상기하면 프레너미는 작가 심아진이 글쓰기와 맺은 무한 동맹을 비유하는 단어로 이해되기도 한다.

그에게 소설을 쓰는 시간이란 가령 이런 게 아니었을까. 환한 대낮의 일상 뒤편에서 밤의 어둠을 향해 열리는 내밀한 세계와 그 세계에의 불가피한 매혹, 불가능한 기대와 환희에 턱없이 기만당하는 시간, 내내 밤의 주변을 서성이다 끝내 목적지에 도달하지 못하는 덧없는 여정을 되풀이하는 시간, 그러나 불가능성을 알면서도 불가피함으로 다시 마주하는 또 다른 밤.

착각과 망각으로 자진하며 지켜낸 무수히 덧없는 그 밤들이 심어진 소설의 고아한 기품과 정취를 만들어냈다고 믿는다. 불안과 비탄에 뒤덮여 보이지 않던 '무한'을 품은 '바깥'의 세계가 그 앞에 펼쳐질 것을 또한 믿는다. 밤의 바깥을 품은 그 '밝은 밤'들이 또 다른 밤의 침묵을 견디게 할 것이며, 망각 속에서도 끝내 잊히지 않는 것을 남길 수 있는 자유로 응답할 것이다. 그리하여 환상이 부재한 일상을 껴안은 채로도 비교적 오래, 문학과 공생하는 밤을 이어가는 힘이 되어줄 것이다.

여전히 홍그러운 사랑 위에

중고교 시절 화집에서 마음에 드는 그림을 뜯어내 코팅한 후 벽에 붙여두기를 좋아했다. 멍하니 누운 채 소위 명화들을 보며 이런저런 이야기들을 지어내기도 했다. 15세기 플랑드르 화가 얀 반 에이크의 「아르놀피니의 결혼」(혹은 「아르놀피니와 그의 아내의 초상」)은 애초에 내 관심을 끈 그림은 아니었다. 지나치게 엄숙해 보이는 나이 든 신랑이나 맹한 표정에 임신한 듯 배가 부른 신부(화집 뒷부분에 임신이 아니라 당시 유행인 풍성한 주름의 드레스를 입은 것이라고 적혀 있었으나 그대로 믿기 어려웠다!), 귀여운 구석 없는 개 등 모든 게 마음에 들지 않았다. 갈강갈강한 인상의 남자는 부유하나 사랑 따위 관심 없어 보였고, 어린 여자는 사랑은커녕 세상 물정도 모르는 듯했다. 두 사람 사이에 선 꼬질꼬질한 개가 신성한 결혼에 필수불가결한 신뢰와 충성심을 상징할 성싶지도 않았다. 체, 무슨 결혼이(사랑이) 이래? 반감만 일었다. 그러나 설명할 수 없는 어떤 힘에 이끌려, 아마 자주 본 그림이 질려 다른 걸로 교체하려 한 순간이었을 텐데, 느닷없이 그림에 사로잡히고 말았다. 기묘한 흥그러움! 그림에는 폭력적이고 전제적인 상실을 이미 포용한 사랑이 있었다. 포기하기를 포기한 너그러운 마음, 어둠의 난입을 모르지 않으나 의연히 감당하려는 결의가 희뜩하게 드러났다. 장면 사이사이, 그다지 공들여 숨지 않은 사연이 그제야 읽혔다. 그림은 곧 뒷면 신세를 면했고, 수십 년 후『프레너미』의 일부로 녹아들었다.

『프레너미』는 결혼과 사랑의 척력에 주목한 소설이다. 그러나 단순히 사랑 '없음'에 천착하기보다 그 이면에 딱 붙은 사랑 '있음'을 그리고자 했다. 세상사 모두 귀천궁달(貴賤窮達) 아니던가. 물론 소설을 떠나면 당장 소심해지고 마는 작가의 혼잣말일 뿐, 독자 마음대로 읽는 걸 방해하고 싶은 생각은 추호도 없다. 외부에서 유입된 것을 놀랍도록 유연하게 튕겨내거나 재빨리 흡수하거나 시간을 두고 팽팽하게 맞서거나 하는, 각자가 지닌 감각의 체에 따라 아르놀피니 부부의 그림을 얼마든지 다르게 해석할 수 있는 것처럼 말이다.

『프레너미』는 더는 곁에 없는 내 개와 함께 완성한 소설이다. 소설 속 '웅이'의 일부를 품은, 그리운 퐁이를 떠올린다. 반역자 시간에 걸려 넘어지지 않을, 여전히 흥그러운 그 사랑

위에 가만히 엎드린다.

출간에 이르기까지 긴 시간 응원하며 노고를 아끼지 않은, 그러므로 아마도 작가 못지않게 유예의 달인이 되었을 모든 분께 감사드린다.

프레너미

ⓒ 심아진

1판 1쇄 발행		2024년 4월 5일
1판 2쇄 발행		2024년 12월 26일

지은이		심아진
펴낸이		정홍수
편집		김현숙 이명주
펴낸곳		(주)도서출판 강
출판등록		2000년 8월 9일(제2000-185호)

주소		서울시 마포구 동교로17안길 21 (우 04002)
전화		02-325-9566
팩시밀리		02-325-8486
전자우편		gangpub@hanmail.net

값 15,000원
ISBN 978-89-8218-340-9   03810